光文社文庫

ボクハ・ココニ・イマス

『ボクハ・ココニ・イマス　消失刑』改題

梶尾真治

光　文　社

目次

1

そのとき、浅見克則（あさみかつのり）は、熊本拘置所の独房にいた。

寒くはない。独房の鉄格子の窓の透明な塩化ビニールの板に桜の花びらがへばりついているのが見える。近くの熊本城から風に運ばれてきたものだろう。

正座した克則は、ぼんやりと思った。そうか。そんな季節なのか。世の中の人々は花見酒に酔い痴（し）れる。今の自分には縁のない世界だ。だが、これからのお勤めは、ひょっとして幾許（いくばく）かの自由が享受できるかもしれない、という淡い期待がある。

判決は、執行猶予がつかない懲役一年の刑だった。刑事事件として、その判決が重すぎるものか適切なのかの判断は克則にはつく筈（はず）もなかったが、克則自身、自分が被害者に与えた罪を償（つぐな）いたいという気持が優先していた。

だから控訴審で争うという判断をしなかったのだ。刑に服することで、一刻も早く償えればという気持だった。

弁護士にその旨（むね）を伝えると、心底、意外そうな表情を浮かべたのだ。しかし、その意思は伝えられ、すぐに受刑の道に進むことになった。

ただ、弁護士は、その後、意外な条件を持ってきた。

「控訴をせず、反省しているという点が考慮されて、公ではありませんが、懲役刑ではない消失刑の選択肢も与えられました。こちらであれば刑期は八ヶ月に短縮されます」

克則は、弁護士の言葉を正確に理解できずにいた。ただ、これだけはわかった。別の選択をすることで、一年の刑期が八ヶ月に短縮されるのだということを。

耳慣れない刑であったが。

懲役よりも、肉体の苦痛が伴うのだろうか？

だが、今は三月も終わりだ。単純に考えれば刑期を短縮することによって、年内には自由を得ることができる。いかなる刑罰かというよりも判断の基準を刑期の長さに置いた。

「身体的苦痛を与えられる刑罰なのでしょうか？」と、克則はそれだけを確認した。

「それはないと聞いています。消失刑そのものの実施は、まだ先なのですが、今は試行段階ということで、比較的刑期の短い受刑者に限ってサンプリング調査を兼ねているのだそうです。だから、そのような恩典として刑期の短縮が可能になっているのです」

弁護士は、そう説明したが、その刑の内容については、くわしくは知らされていないようだった。ただ、「禁固や懲役とは根本的に違うそうです。ある意味、非常に楽かもしれないと聞かされています。監房に押し込まれたままというのではないから、一定の自由も与えられます」

克則は、消失刑を選択した。

その数日後、刑の言い渡しが行われ、手錠をかけられて移送となった。

熊本刑務所への移送ではなく、降ろされたのは、熊本駅近くの広大な空地の一画だった。以前は、製靴工場があったところだが、今は、工場は解体されて、雑草が生い茂っているだけだ。克則は、熊本城整備に伴い、いずれ城内にあった合同庁舎がこの地に移転するのだと聞かされたことがある。その計画がいつ実現することになるのかというところまでは克則は知らない。

その空地の中央部だった。遠目には九州新幹線の高架が見える。空地の反対側は市電の通りだと見当をつけた。田崎橋電停あたりになるのだろうか？

中央の建物は平屋で、プレハブと呼ばれるタイプの簡易建築物だった。少くとも囚人を厳重な監視のもと収監しておくには機能的に問題がありそうだった。

入口の表示は「熊本刑務所西部管理センター」とあった。

その後も、弁護士から何故、そのような刑罰がスタートするかという経緯を聞かされた。

理由は非常に単純なものらしい。

全国的規模で、受刑者を収容する施設が不足してきた。つまり、刑務所の容量がパンク寸前であるという。

その対策として考案され、実現されようとしているのが〝消失刑〟だということだ。

重罪に値する受刑者は、これまでどおり、刑務所で服役することになる。しかし、これまでの懲役一年以下の受刑者に関しては、刑務所の空間確保とコストを抑制するために、消失刑への移行が考えられているという。克則は、実施前のテストケースになるそうだ。

一番大きな違いは、消失刑では、行動の自由が与えられるということだった。刑期を終えるまで、どのように過ごしてもかまわないということだ。

「それが、消失刑ですか？　何故、消失刑というのですか？」

弁護士に訊ねたが、それ以上くわしいことは弁護士も情報としては持っていなかった。だが、克則には、監房にも入らずに服役するという状況がイメージとして、うまく浮かんでこなかった。

センターでは、三人の担当刑務官が迎えてくれた。センターに入ると応接室のような作りになっている。部屋の中央から先は、カウンターで遮(さえぎ)られて、ガラス張りになっている。その奥には、機器類が据えられている。二人の女性が機器を監視している。その機器で示しているのが、数値群なのか、映像なのかがわからない。二人とも無表情なのが不気味だった。それに比較して、意外だったのは、三人の担当刑務官が、笑顔を浮かべていたことだ。いや、薄笑いに見えないこともない。

まず、受刑者用の囚人服を渡され、更衣室で着替えを命じられる。

着替えを終えると、応接椅子をすすめられた。言われるままに腰を下ろした。年輩の女性が、克則の前に座った。まだ笑顔を消していない。残りの二人は、克則の椅子(いす)の両脇に立った。この二人は男性だ。

「説明が長くなりますので、おかけ頂きました」

その口調の慇懃(いんぎん)さに、克則は驚かされた。それまでの拘置生活で交わされる言葉は、紋切型の命令口調のものばかりだったからだ。

「刑の執行の前に、面接ということでお話をする必要がありますので。今、体調はいかがでしょうか？」

女性は、ボードを片手に持ち、克則に次々に質問していく。女性が、丁寧な口調だと思ったのは束の間のことだった。繰り出される質問は慇懃無礼(ぶれい)に他ならなかった。あまり思考する隙を与えないように次々に質問は発せられた。「睡眠は十分にとれていますか？」といったことに始まり「体調で気になることはありませんか？」「何か気にしていることは？　心残りなこととか」と続き、克則はそれに律儀(りちぎ)に答えていく。克則は、消失刑に関して監視側の情報として必要なものなのだろうか、と単純に考えていた。

前のテーブルには、二十センチ四方の箱が無造作に置かれていた。箱の表面には英文字で「vanishing ring」（バニッシング・リング）と書かれていた。

バニッシングとはどういう意味だったろうかと克則は思い出そうとしたが、思い出すことはできなかった。質問の形態が変る。

「では、今から十の動物の名を読みあげます。よく注意して聞いておいてください。ニワトリ、クマ、サル、ネコ、ジュウシマツ……」

そして言った。

「五秒以内に答えてください。足の数は何本になりますか？」

「わかりません」正直に克則は答えた。

「では、次に、質問です。三人の宣教師と三人の先住民が川岸にいます。その川にはボートが一艘あるのですが、ボートを漕げるのは宣教師の一人と先住民の一人です。どちらかの岸で先住民が多くなると、宣教師を食べてしまいます……」

克則は、それが渡し舟のパズルであることが、すぐにわかった。三人の宣教師と三人の先住民を全員無事に向こう岸へ渡す方法を考えさせるという問題だ。聞いたことはある。だが、瞬時に克則の頭の中で渦巻いたのは、どうやって解くかということではなく、何故このような問題が自分に出されるのかということだった。

「全員が渡りきるためには、どうすればいいと思いますか？」

「さあ。……よく……わかりません。頭の中が混乱してしまいます」

面と向かって出題されても、とても深く考えようという気にはならない。

年輩の女性は、克則が真剣に考えているのだろうか、というように両眉を少し寄せた。数分間、黙っていたが、それ以上克則が答えようとはしなかったので何度かうなずきながらボードに書き込む。何と書き込んでいるのかは、克則にわかる筈もない。

「では、次の問題に答えてください。あなたが月面で一人遭難したとします。故障した月面走行車を降りて基地へ歩いて帰らねばなりません。しかし、持っていけるものは、次のうち五つだけです。五つを選んで優先順位をつけてください」

女性は、次々にカードを克則の目の前に置く。それぞれのカードには異なる単語がならんでいた。

「食糧」「コンパス」「水」「地図」「ナイフ」「自殺用毒薬」「酸素ボンベ」……。

そのようなカードが、二十枚ほども。

これは、自分の知能を調べているということなのか。それとも、性格や衝動傾向を調べているのだろうか。ひょっとすれば、その両方を兼ねているのかもしれない。

「ぼくは、月へ行ったこともないし、月がどのようなところかもわからないので、選びようがないのですが」と答える。

「わからなくてもいいので、思ったカードを五枚選んでください」と言われた。

仕方なく、「酸素ボンベ」「無線通信機」「水」「食糧」「照明弾」のカードを選んだ。

そんな質疑応答が、それから一時間程も続き、休憩を挟んで別の女性に変った。先ほど、カウンターのむこうで機器の前に座っていた女性だった。

年齢はこちらの方が若いが、ずんぐりしていてまるで仏像のように無表情だった。目が細すぎる上に、唇が最小限の動きしかしないために、ほとんど感情が存在しないように見える。

そして、抑揚のない話し方であるために、人間性を感じることができない。これは、彼女の仕事中だけの態度なのか、四六時中非人間的に過ごしているのかは、わからなかった。

「では、私の方からは、消失刑の概括的説明を行います」と彼女は言った。自分のことを名乗ったりは一切ない。

彼女は、テーブルの上に置かれていた箱を引き寄せ、蓋を開いた。中の透明なビニール袋を取り出す。袋には銀色の金属製の輪っかが入っていた。

「浅見受刑者には、受刑期間中、このバニッシング・リングを首に嵌めて頂きます。軽量ですので慣れれば、まったく違和感を感じることはない筈です。刑罰の期間が終了すれば、自動的にリングのロックが解除されてはずれる仕組になっています」

そう言うと、リングを机の上に置いた。

「一般の禁固刑や懲役刑と、消失刑が大きく異なるのは、消失刑では行動の自由が与えられるということです。そして、刑期が終了するまで、どのように過ごしてもかまいません。ただし、いくつか禁止されている事項があります」

それから、女性は禁止されている事項の説明に入った。

リングには、特殊な働きがあるということだった。

まず、リングは微弱な特殊電波を発する。そうすると、この特殊電波がリングの装着者を包みこむことによって、周囲の人々から受刑者は〝見えなく〟なる。

正確に言えば、透明になるというのではなく、周囲の人々の脳が電波に覆われた存在を感知できなくなるという。わかりやすく言えば、と女性は譬（たと）えた。装着者は盲点に入ったような状態になるのだ、と。

他にも、そのリングは機能を備えていると告げた。リングが装着者の脳波を自動的に読みとり反応する。〝見えない〟服役者が禁止される行動は、法に触れる行動についてはもちろんだが、普通の社会生活を送っている人とコミュニケーションをとろうとすることもそうだ。一般人に話しかけようとしても、行為をリングが予知して首を絞めるという。それで声を発することは事実上不可能になる。それが、どのような原理なのか、克則には理解できなかった。ただ克則が、それよりも恐怖を感じたのは、もう一つのリングの性能だった。

禁止行動をとろうとすると、リングは脳波を読みとり、収縮する。

つまり、受刑者の首を絞めるのである。

禁止される行為の例を、女性は淡々と告げた。

「電話をかけることは禁止されます」

「パソコンの入力行為は禁止されます」

「手紙を書くことは禁止されます」

「社会生活を送る一般人に一定以上の距離に近付くことは禁止されます。一定の距離とは、一メートル以内を指します」

「居住エリア外への移動は禁止されます。居住エリアの範囲は、地図の赤枠内を言います」

克則は、カウンター横の壁に貼られたパネルの地図を見た。熊本市の中央部を白川が横切っている。その白川から西地区が、居住エリアとして設定されているらしいことがわかった。

「居住エリアを出ると、どうなるのですか？」

克則は初めて、質問を発した。女性は少し驚いたように顔を上げた。

「いずれにしても、居住エリアを出ることはできません」と答えた。

「やはり、首のリングが締まるということですか？」

「そうですね」

素っ気ない返事が戻ってきた。

そのとき、克則は先程まで受けていた質問の意味を理解していた。一連のパズルは、やはり克則がどの程度の知能を有しているかを測るものだったのだ。消失刑を受けて行動を制限された状態で、受刑者がどの程度の知能でどのような抜け道を探すことになるのかを調べるための。

まだ、消失刑という刑罰は試行段階の筈なのだから。

「浅見受刑者の居住は、自宅になります。これは、すでに承知していると思いますが」

それには、克則は腰が抜ける程驚いた。嬉しかった。それは聞かされていなかったからだ。克則は横紺屋町（よここうやまち）の古いマンションに一人で住んでいた。両親が若い頃に購入したものだ。その両親も今はもういない。三年前、克則が二十四歳の冬に母親を亡くしてから、一人住まいをしている。

これからの八ヶ月を自宅で過ごすことができると知っただけで、安堵（あんど）感が広がる。

と、同時に疑問が湧いた。

懲役刑と消失刑の選択は、皆に公平に与えられたのではないのだろうか？　すべての受刑者が、自宅を所有しているわけではない。また家族と生活していた可能性もある。そのようなケースでは、消失刑を言い渡すことは難しい筈だ。ということは、生活状況まで調査されて、刑の選択を迫ったということになる。

克則は「自分は新刑罰の試験検体なのだ」と言いきかせた。普及までに、さまざまな改善がなされるのだろう。消失刑の導入の第一要因は受刑者に対しての管理コストをどこまで抑えることができるかということの筈なのだから。

そして、服役中の生活についての説明が再開した。

「当センター横に設置してある供給機で、必要な食料や最低限の日用品は確保できます。供給機に近付けば、リングの電波に反応して供給機が作動するようになっています。日用品は、いつも支給されるわけではありません。だから、支給されるときは必ず受け取っておいてください」

ということは、食べものは、毎日センターへ受け取りに来なくてはならないのか、と思う。克則のマンションから、この西部管理センターまでは二キロも離れていない。歩いても十五分ほどの距離だ。散歩のコースに丁度いいと思う。他に、何もやることはなさそうだし。

「以上ですが、質問はありますか？」

女性は、そう言って克則を見据えた。

「私の他に、消失刑で服役している人はいるんですか？」

「お答えできません」

「は？」

「知る必要のないことです」

克則は内心むっとした。そして、自分の他にも消失刑で服役している者がいるということを確信した。そうでなくては、簡易建築物といっても、このような施設を作ったり、人員を配置したりするものか。

「私が、服役している状況は、このセンターで管理されるのですか？　位置までわかるのですか？」

「わかります。リングから電波を受信しますので。場合によってはセンターからリングを制御することもできます」

やはり、そうなのか、と克則は思った。カウンターの向こうで女性が機器を見ていたのは、受刑者の監視、そして位置の確認という業務なのだろう。そして受刑中は、自分は単なるその光点の一つとなってしまうのだろうか。

あえて、他に聞きたいことも思い浮かばない。いつでも、刑の執行に入ってかまわないという気持だった。

「いったい、誰がこんな刑罰を思いついたんだろう」そんな思いが、克則の口をついて出た。それは、ひとりごとに近かった。

「昔、こんな刑罰を書いた小説があったそうです」

「えっ」まさか、答が返ってくると思わなかったので、克則は驚いて言った。本来であれば「私語を慎むように」と注意されるのが、関の山の筈なのに。だが、女は続けた。

「原形となる刑罰が、小説の中に登場したそうです。ロバート・シルヴァーバーグという作家が考えた〝無視刑〟をヒントにしたものです」

説明によれば、罪人は町に放たれ自由に行動できるというのは、「消失刑」と同じだが、「無視刑」の場合は〝受刑者〟と外見で一目でわかるようになっていて、一般人はその受刑者を「存在しない者」として、徹底的に無視するのである。家へ訪ねていっても、受刑者であるとわかれば、たちどころに無視されて、ドアを閉められてしまう、といったように。

「消失刑」は、その刑罰をより科学的に、徹底的に推し進めたものである。バニッシング・

リングを使って。これまでの説明によれば、服役中の受刑者は、周囲の人々の目には本当に見えなくなっているのだから。

だが、克則は、「消失刑」の説明を受けた時点では、その刑の本質を完全に理解していたとはいえない。

それは刑の執行者側にしても、実は同様だったのである。

2

すべての説明が終わると、克則の首にリングが嵌められた。カチッと冷たい音が響く。けっして気持のいいものではない。首筋に金属のひやりとする感覚があったが、確かに、予想していた程の違和感はなかった。

「バニッシング・リングが起動したら、このセンターの建物の中へも入ってこられません」

そう念を押された。それから、センターの外に連れて行かれた。

「これが、供給機です。ここで食料や日用品を受け取ってください」

供給機はあたかも業務用冷蔵庫のようだった。下の方に受取口がある他は、何の装飾もない。

「わかりました」

「近付けば反応して自動的に受取口から取り出せます。一回につき一度しか反応しませんから、余分に取り出すことはできません」

そう付け加えた。

「そろそろ時間になります。首のリングは時間が来るまで、絶対にはずれません。はずそうとしても無駄ですから」

「爆発するというんですか？」

「そんな非人道的なことは、ありません」と笑った。女性の笑い顔は初めてだった。といっても口角がわずかに上がったに過ぎなかったのだが。

「はずそうと試みたときだけリングが収縮します。諦めると復元します」

つまり、首が絞まるということだ。その、どこが非人道的ではないというのかと、克則は思った。

女性が合図をすると、二人の刑務官が近付き克則の前に立つ。

「では、ただ今より、浅見克則の八ヶ月、未決勾留日数を算入し、五千三百時間の消失刑を執行する」

女性が近付き、克則の首のリングに触れた。ピィーッと電子音が鳴る。刑務官の一人が、センターを出るときに嵌めた手錠をはずした。

電子音が消えた。

女性と二人の刑務官は、何事もなかったかのように、センターの建物内へ入っていく。克則を置き去りにして。

「あの……」もう、刑は始まったんですか？

そう声をかけようとした。

しかし、声にならなかった。喉の奥から出かかる声が、音にならないのだ。妙な喉の震えを伴ってしまう。

説明を受けたバニッシング・リングが機能し始めているのだ。

声帯にリングが干渉すると言っていた。それがこれなのか？

試しに、もう一度、叫んでみた。

自分の喉に手をあてる。

声が出てこない。

消失刑はスタートしているのだ。

リングから電子音が鳴り、突然に消えた。

あのときからだ。バニッシング・リングが機能を発揮し始めたのは。

センターの刑務官たちの姿は既に見えない。皆、センター内に入ってしまったらしい。克則だけが、そこにぽつんと取り残されている。

遠くで、ウグイスが鳴く声が聞こえた。この市街地で鳴くなんて。そして、通りの方からは市電が走り抜けていく音だけが響いてくる。

そんな音を含めても、何と静かなのだろうと、克則は思った。

そして、のどかだ。センターまわりの広大な土地は、雑草が伸び、そして見上げると、真っ青な空と白い雲が目に飛びこんできた。

ずっと閉じこめられていたんだ。

克則は、そう実感した。

いったい、こんな抜けるような青空を見たのは何日ぶりのことだろうか？　いや、ずっと見ていなかった気がする。

数十秒、空を眺めたままの姿勢でいると、春の風が草の匂いを伴って頬を撫(な)でた。

そこで、やっと克則は我に返った。

これからどうしよう。

とにかく、そのときの克則は、先(ま)ず横になりたかった。センターの面接は予想以上に彼に疲労をもたらしていたのだ。

マンションへ帰ろう。

その前に、その日の食事分を受け取るために供給機へ近付いた。供給機は克則の存在に反応したらしく、鈍い音を立てた。見ると受取口に、白いプラスチック容器が二つあった。それぞれ、四十センチほどの長さの直方体の容器だった。把っ手を摑(つか)んで両手で持った。もう一度、センターを見たが、なんの気配もなかった。

幼い頃から、この土地に住んでいるから、自分がどのあたりにいるのかは、わかる。この西部管理センターのある場所の前も、何度となく通ったことがある。その頃は外観は空地ではなく、製靴工場だったのだが。

いずれにしても、ここは、熊本市内の繁華街からは離れた場所なのだ。

克則は、歩き出した。道へ出ると、そこは電車通りだ。歩道を歩く人の姿もまばらである。車道では商業車が次々と目の前を流れていく。

克則にとっては見慣れた光景だ。だが、久々にそんな光景を見たせいだろうか。見慣れた光景の筈なのに、異次元に迷いこんだような感覚がまといついて仕方がない。

受けた説明を、きれぎれに思い出す。

――他の人からは見えなくなっているから、車にも気をつけること。運転手の目からも感知できませんから。

――たとえ、免許証を持っていても、受刑中は車の運転はおろか、バイクも自転車も乗ることはできません。電車も乗車することは許可されていません。移動手段は徒歩のみになります。

かつて、自分が生活していたマンションに向かって歩き始めた。

だが、なんと惨めな服装をさせられているのかと呆れかえる。上も下も生成りの綿のシャツにズボン。そしてスニーカー。

他人の目に見えていないことを逆に感謝してしまう恰好なのだ。そして、首の銀のリング。

通りの向こうから、中年の女性が歩いてくる。久々に化粧をした一般の女性を見たせいか、自分より随分と年上だろうと思えるにもかかわらず、きれいだ、と感じてしまう。

女性は真っ直ぐに克則に向かって歩いてくる。

このままでは、ぶつかると思い、歩道の隅に、よけた。

やはり、克則の姿は女性の目には映っていないのだ。女は、克則に注意を向けることもなく通り過ぎていった。

数十メートルを歩くと、熊本駅前の交差点だ。時間帯もあるのだろうが、それほどの人出ではない。誰も、奇妙な服装をしている克則の方へ視線を向ける者はいない。克則の存在に気がついている者は、誰もいないのだ。だんだん、自分の服に関しての照れくさい思いは消えていく。

自分は透明人間なのだと、実感した。

信号が赤から青に変る。

正面から歩いてくる人にだけ注意をはらっていてはいけないと悟った。

ふいに、首が苦しくなった。足がよろけてしまう。急ぎ足で若者が背後から克則に近付いていたのだ。

あわてて、通りの隅へと移った。若者は、当然、自分の前に克則がいることなど、わかる筈もないのだ。時間に間に合うように急ぎ足でいたにすぎない。

しかし、そのとき、克則に接近し過ぎた。だから、バニッシング・リングは収縮した。若者が克則を追い越して去っていくと、再び首枷(くびかせ)の呪いから解き放たれた。克則は大きく溜息(ためいき)をついた。

朝夕は、この場所は歩けないな、と実感した。

センターで、バニッシング・リングの説明を受けたときは、「リングが収縮して首を絞めます」と告げられても、まだ実感が湧かずにいた。

たった一回の効果の発現だけで克則はその苦痛がどのようなものかを身体の記憶として刻みつけたのだ。視界がなくなったのは、黒目が裏返っていたせいだろう。大きく口を開けて喘(あえ)いだのは覚えている。

これからは、背後にも気を遣いながら行動しなければならないのだ、と首を撫でながら自分に言い聞かせる。

ザ・ニューホテル熊本を過ぎると、極端に人通りが少くなった。克則の緊張がいくぶん解けた。それでも、身体を進行方向に対して左肩を出すように斜めに向けてゆっくりと歩く。

頻繁に後方に注意をはらいながら道の端を。

北岡(きたおか)神社からの道と合流する交差点を渡ろうとしたときだった。青信号で渡り始めたとき、まさか……と思った。

熊本駅方面から走ってきた軽トラックが、左折して、克則のいる場所へ突っ込んできたのだ。スピードを落とさないまま。

運転者からも、克則の姿は見えていないのだ。しかも、他に横断歩道に歩行者の姿はない。

克則が後方にジャンプしたのは、まさに反射的だった。危機に身体が反応したのだ。

軽トラックは猛スピードのまま北岡神社方向へと走り去った。

克則は信じられなかった。

リングから微弱な特殊電波を発する、とは聞かされていた。その電波が装着者を包みこむことによって、服役者は周囲の人々から、〃見えなく〃なるのだ、と。正確に言えば、脳が感知できなくなるのだ、と。

離れた位置からなら運転者は克則の姿を視認することができる筈ではないのか?

それは、克則の希望的観測だった。

現実的には、リングの効果は、それ以上のものだったのだ。どれだけ離れていてもリングをしていれば、装着者は、他人からは見えない。

だから、危うく轢(ひ)かれそうにもなるのだ、と。

そこで、生きるための智恵を克則は一つ、学習することができた。

信号の横で、次の横断者が来るのを辛抱強く待つ。そして、横断者が来たら、一定の距離を保ちつつ、一緒に横断歩道を渡るのである。渡ろうとする歩行者の、すぐ左側を同じスピードで渡るのが安全だということも、すぐ身につけることができた。

町の中で生きているにもかかわらず、まるで無人島で一人で生活するロビンソン・クルーソーのサバイバル生活のようだと克則は思った。

ニュースカイホテル前から米屋町へ抜ける。すると、もう克則の自宅の近くだった。それほど長い間、自宅を留守にしていたわけではないにもかかわらず、なつかしい気持がする。見慣れた風景なのに。

しかし、散歩する老夫婦も遊んでいる子供たちも克則には気付くことはない。老夫婦は近所に住んでいる筈だ。よく顔を見かけていた。会えば、名も知らないのだが、挨拶はかわしていた。だが、今は、克則と出会っても黙って通り過ぎるだけだ。

これが、消失刑というものなのだ。克則は、一抹の寂しさを感じていた。

「帰ってきた……」

そう心の中で呟く。すでに、数十メートル先は我が家のマンションなのだ。

マンションの手前の銀行で、その実感が湧いた。受刑者で、このように自分の住まいがあり、しかも家族がいないという確率は、かなり低いのではないか。

これから、消失刑が一般的な刑罰として普及していくには、そこが問題となるだろう。新たな宿泊施設を建設するのだろうか？　それでは、受刑者の管理コストを抑えることにはならないだろう。

あるいは、マンションの空室などを安価に借りあげて受刑者の宿泊施設として使用するのだろうか？　このあたりは昔からの賃貸マンションが多い。その多くは老朽化しており、ややもすると「空室あります」の看板が多いのだ。熊本市では、常にマンション、アパートの供給がだぶついている。そんな空室を利用するという方法があるのかもしれない、と克則は思う。

いずれにしても、過渡期にある刑罰なのだ。これから、もっと具体的な手法が考案されるのだろうが。

それよりも、先ず自分自身の刑期をつつがなく全うすることが、最優先であろう。

克則は、自分にそう言い聞かせた。

そして、そのとき、見慣れた光景の中で見かけない情景を発見したのだった。

商工会議所ビル前の電車通り。

歩行者用信号の近く。

人垣ができていた。

この通りは昼間でも、それほど人の姿を見ることは多くない。

なのに、二十人近くが歩道に集っているのだ。

克則は緊張した。この人々の間をすり抜けていかねばならないなんて。

幸いなことに、皆が立ち止まっていた。

何かを指差し合い、注視しているのだ。

人々の注意がそちらに向いている間に通り過ぎれば必要以上に人々に接近することは避けられるかもしれない。

しかし……。

いったい、この人々は何を見ているというのだろう。

人々の陰になっていてわからなかった。ある位置まで来ると、彼等が見ているものが、何なのかを、はっきりと悟った。

まず、足が見えた。

車道に横たわっている。そのズボンは克則が着ているものと同素材だ。

まさか。

克則の足がすくんだ。

克則の直感は、はずれていなかった。車道の上に死体が横たわっているのだ。それも、たった今、死亡したというものではない。

生成りの綿のシャツの筈が雨、風に晒されて黒っぽく変色している。タイヤ痕らしき汚れと、血痕が見てとれる。手は腐敗し、骨まで見えていた。腹部は何度も車に轢かれたためか、内臓が飛び出し、干涸びてしまっている。

そして、……首がなかった。

何故、首がないのかわからない。腐敗した遺体に車がぶつかり、首だけを何処かに撥ね飛ばしたのかもしれない。

この死体は、消失刑の受刑者だ。

克則の膝が、がくがくと震えた。

消失刑を受けている者は、他にも何人もいるのだ。自分だけではない。まるで、克則自身の末路を見るような思いだった。

どのような経過だったのかは、克則が想像するしかない。

凄まじく遺体が損壊しているため、年齢も性別さえもわからない。だが、何らかの原因で、この人物は死亡したのだ。常識的に考えれば透明状態で自動車に撥ねられ、即死したのだろう。それでも死体はそのままの状態で横たわり続けた。何度となくその後も車に轢かれたことだろう。そして、腐敗が進行し、首がちぎれることによって、バニッシング・リングがはずれ、その姿を現した……。

そういうことではないのか？

そう考えると、克則は胃が締めつけられ、激しい嘔吐感に襲われた。電信柱にもたれかかり吐こうとしたが、現実には何も出てはこなかった。

どのくらいの時間、遺体は路上に放置されていたのだろうか？　熊本刑務所西部管理センターでは、この事実が把握できていたのだろうか？　これだけ遺体が損壊するまで対応できていないというのは、管理センターの能力には限界があるのだろうか？　あるいは、想像以上に消失刑の受刑者数が多くて、管理できずにいる……。

遠くからサイレンの音が近付いてくる。パトカーと救急車が、ほぼ同時に到着した。野次馬の誰かが通報したのだろう。

何度か、大きく深呼吸をこころみて、心を落着かせようと努力しつつ、克則は、やっとその場を後にした。

振り返ると救急隊員が二人、遺体に駆け寄る姿が見えた。首のない遺体を、どう救急処置するというのか。それよりも、まず西部管理センターが駆けつけてくるべき場面ではないのか？

黒い雲がたなびいたような気持のまま、克則は、自宅のマンションに着いた。

しばらく振りにマンションの前に立つ。古いマンションで、吹き溜りには、どこから飛んできたのかわからない枯葉がたまっている。そして自動ドアの近くには、いくつものタバコの吸い殻が散乱していた。

不在の間に、少し荒れたな、と克則は思った。

マンションに入る。管理センターでは他人の家に入ろうとすれば、リングが反応すると聞かされていた。自宅のマンションには自由に出入りができると確認できて胸を撫でおろした。

ドアを過ぎると郵便受けがある。その郵便受けの半数近くにチラシが溢（あふ）れかえっていた。

それだけの部屋が、現在は空室状態なのだ。

自室の前につく。鍵は、ナンバーロックになっている。変ってはいない筈だった。克則は、父親の誕生日である暗証番号を押した。

乾いた音が鳴る。

しばらくぶりの室内から饐えたような臭いが漂い鼻腔をついた。しばらく流しやトイレを使っていなかったから、水まわりで黴が生えたのかもしれない、と思う。

荷物を置くと、とりあえずカーテンを引いて窓を開けた。

「帰ってきた」

声にはならない自分の声で無意識に克則はそう呟いていた。

窓を開いたためか、室内へ流れ込む天然の風のおかげで異臭は気にならなくなっていた。

――これから八ヶ月か。

フローリングの床の上に、克則はぺたりと座りこんで、そう思った。

――それまでの辛抱だ。

全身が、ぎしぎしと音をたててきしんでいる感じがした。

疲労が限界まで蓄積しているのだ。ベッドに横になる選択もあったのだが、そこまで移動することも億劫なほどだった。

――十分ほど、横にならせてもらおう。

克則は、自分にそう言い聞かせて床の上に横たわった。ひやりとした感触が気持ちいい。窓から春の風が薫(かお)ってくるのがわかる。

十分だけというわけにはいかなかった。

それから、克則を襲ったのは、泥のような眠りだったからだ。

3

布団も使わずに、浅見克則は熟睡した。それほど何時間も眠るつもりはなかったのだが、身体がそれを要求したのだろう。

あまりにも次々と新しい環境と体験に遭遇した。ある種のストレスを継続して受けると多眠傾向になるという。その効果もあったのかもしれない。いや、住みなれた自分の部屋に戻って身体を休めたということが、一番大きい。

まったく夢を見ない、死のような睡眠から醒(さ)めたのは、遠くの衝撃音を感じたからだ。

目を開き、まだ夢の中かと克則は思った。何故、自分の部屋で寝ているのだろう。これは、まだ夢の中にちがいない、と。

一度、目を開くと、ゆっくりと順序だてて記憶が回復してくる。そして、これは夢の中ではないと実感が湧いてくる。

自分は今、刑に服しているところなのだ。

世の中の人々がまだ、ほとんど知らない「消失刑」という刑罰に。

そして、刑をまっとうするために、自分の部屋にいる。消失刑では、自分の部屋で寝起きすることが許される。そんなことが思い当たる。

しばらく、横たわったまま克則はぼんやりとしていた。外は明るい。朝の光だということがわかった。

マンションの前を市電が通り過ぎているのがわかる。

そんなに時間が経過したのだろうか。眠りについたのは夕方だった筈だ。そう……ほんの十分ほども仮眠をとろうと横になったつもりでいた。まるでタイムスリップしたように、今は朝だ。

壁の時計を見ると、六時二十分を指していた。

外を救急車が走っていく音が響く。そんな神経を逆撫でする音が、克則の前日の記憶を蘇らせた。首のない消失刑の受刑者の遺体。群れる野次馬たち。そしてサイレンを鳴らしつつ走り来るパトカーと救急車。

気分が悪くなり、あわててその記憶を、頭から振り払った。

そして気がつく。

今、走っていく救急車は何だろう。

そして、自分が目醒めたときのことを思い出した。

あのときは、何かの衝撃音を聞いたような気がした……。

窓を開き、ベランダへ出てみた。

左の方向に国道三号の長六橋（ちょうろくばし）へ曲がるカーブが見える。そのカーブで二トントラックが無様（ぶざま）に横転している姿が見えた。そして、その傍（かたわ）らにはかつて乗用車だったらしきものが見える。原形をとどめない程にひしゃげてしまっているのだ。たぶん、この事故の衝撃音だったのかと克則は思った。

あれほどの事故であれば、乗用車を運転していた者は重傷を負っているにちがいない。

ひしゃげた車のまわりに二人の救急隊員が駆け寄っていく。

その横を何台もの自動車がすり抜けて走り去っていく。警察はまだ到着していないらしい。

――世の中の日常はこんなふうに流れている。

ふっ、と克則は、そんなことを思った。

ある一定の比率で人は非日常的なできごとに巻きこまれる。それは、こんな交通事故であったり、避けられないトラブルであったり。

そして、巻きこまれていない普通の人々は事故現場をすり抜けていく何台もの自動車と同じように、何事もなかったような日常を送っていく。

自分も同じだ、と克則は思う。あの日までは世間一般の人々と同じように、平凡ではあるが平穏な日々を送っていた。普通の営業職にある平均的なサラリーマンとして。

あの日も、その翌日は同じような一日が自分には訪れる筈だとぼんやりと信じていた。

しかし、その日、克則にはある一定の比率で人に訪れる非日常的なできごとが待っていたのだ。

だから、このような刑に服している。

そして世の中は、克則のことなど関係なく何事もなかったように流れていく。それが、わかる。

克則はベランダを離れて、再び室内へ戻った。

喉の渇きと、空腹を感じたからだ。

考えてみると、昨日の夕方から、何ひとつ口に入れていなかった。

熊本刑務所西部管理センターから持ち帰った白いプラスチック容器を開いてみた。

一つの容器には、中に三つの容器が更に入っている。弁当箱よりもひと回り大きい。それぞれにステッカーが貼られていた。ステッカーの一つには前日の日付が消費期限として書かれていた。そして「夕食」とある。前日、あのまま眠りこんでしまわなければ、それが克則の晩飯となった筈なのだ。だが、今はその容器の表面には大きく「廃棄」の文字が浮かんでいた。消費期限を過ぎたから、食べるな、ということらしい。試しに、その容器の蓋をはずそうと試みたが、強く密着してしまっており、開けることはかなわなかった。残りの二つの容器にはそれぞれ「朝食」と「昼食」の表示がある。その消費期限は今日の日付が記されていた。蓋にはレンジで一分間容器ごと温めて食するように説明書きがあった。さっきの「夕食」の「廃棄」食の容器には、その文字は消えている。特殊な加工が施されている容器らしい。囚人が、消費期限の過ぎた食事を摂って食中毒を起こさないようにという配慮だろう。ありがた迷惑だと、克則は思った。

もう一つの白いプラスチック容器を開いてみた。下着や囚人服の着替え、歯ブラシ、歯磨きチューブ、石鹸、タオル、シェービング・クリーム。そんな日用品の類が詰められていた。他にも色々と入っているようだった。

ただ、シェービング・クリームは入っているのに、シェーバーは入っていない。それでは髭が剃れないではないか。あわててシェービング・クリームのチューブを見た。

新開発の商品らしい。市販のものではない。

そのシェービング・クリームを塗り数分間待つ、そして洗顔すれば、脱毛効果があるというのだ。シェーバーを使用する必要はない。

克則は、はっと気がつき、あわてて炊事場の流しまわりを見てみた。案の定だった。そこからは包丁やナイフなどの刃物類は、きれいさっぱり持ち去られていた。

つまり、克則の自殺防止のためだということがわかった。首を吊ったり自殺を謀ろうとすればリングが締まると聞かされていたことをぼんやり思いだしてはいたが、そこまで用心深く対処されていたとは思いもよらなかった。裏を返せば、リングが締まってもそれは絶対に囚人を殺すことはない。単に苦痛を極限まで与えるための機能だということがわかる。自分の部屋においてさえ、消失刑受刑者を迎えるために周到に準備されていたのだ。日用品のうち、洗面道具だけを洗面台まわりに揃えた。

顔と髪を洗った。シェービング・クリームはなんとなく使用する気になれなかった。

　そして、克則は鏡の中の自分の顔を、凝視した。

以前より目が窪(くぼ)み、頬が削(そ)げてしまっていた。勾留期間に、それだけ体重が落ちてしまっていたということか。その間にじっくりと自分の顔を眺める余裕もなかったということか、と溜息が出た。何キロ体重が落ちたのだろうか？　と克則は思う。

二、三キロということはないだろう。これだけ面変(おもがわ)りしていたというのであれば、十キロ近くは減少したのではないかと思われた。

首を伸ばした。

鏡を覗(のぞ)きこむ。

痩(や)せた自分の首に鎖骨にかかるように嵌まった、あのバニッシング・リングが見えた。装着している本人には、見えるものらしい。

西部管理センターのテーブルに置かれていたときと変らない細い銀色の輪っかだ。

　これが、克則を消失刑たらしめている根源だ。リングの端をつまんで持ち上げてみた。

そのとき気がついた。

西部管理センターで刑が執行開始されたときは、わからずにいた。あのときは、リングを装着したときのかん高い電子音だけが記憶に残っている。

だが、起動しているバニッシング・リングの機能は、それだけではなかったのだ。

一ヶ所だけ、リングに膨らみのある位置があることに気がついた。

そこには、液晶の赤いデジタル数字が表示されていた。

5284：23.56

何の数字だろう。意味しているものは何なのか。

数字を鏡に近付けてみる。鏡文字の数字が変化した。

5284：23.28

数字は減少していく。

5284：23.00

そして。

5284：22.59

克則は、そのとき悟った。この数字は、時の経過を示している。

「では、ただ今より、浅見克則の八ヶ月、未決勾留日数を算入し、五千三百時間の消失刑を執行する」

刑務官が宣告したではないか。そう。刑の執行開始から十五時間が経過したということだ。数字は、克則の残りの刑期を正確に表示したものだと推理した。とすれば首輪に表示される数字が減少していき、その数字がゼロに至ったときに、受刑期間が終了し自動的にリングのロックが解除される。

それが永い時間なのか、あっという間のことなのか、咄嗟に感覚として湧いてこない。不安定な揺らぎ感があるだけだ。

右手で持ち鏡にかざすリングの数字は、その間にも確実に、しかも規則的に減少していく。それから、リングを一周させつつ、観察する。

数字を表示させる膨らみ以外は、何の変哲もないリングだった。一定の細さを保ち続けるリングを嵌めたはずの継ぎ目さえ見当たらないのだ。それが不思議だった。

では、どうしてリングが収縮して首が絞まるのだろう。

両手で左右からリングを持ち、軽く引っ張ってみた。

まったく動かないし、反応はない。リングが締まることはない。

不思議な機能で、装着者の行為を本気なのかそうでないのか読みとっているのだろうか、とも思う。

正直言って見かけは華奢なリングなのだ。力まかせに引っ張れば、ちぎれてしまう針金のように見えないこともない。

もう少し、力を入れてみた。やはり反応はない。ちぎれることもない。

克則は、もう一度試みた。今度は、大きく息を吸い、両手に力を込めて引いた。

今度は、リングが反応した。克則が本気だとリングが判断したのかどうかはわからない。

だが、ゆっくりときりきり収縮し、リングと首の間の指が挟まれる。

あわてて、そこで両手を放す。幸いなことに、そこでリングの収縮はストップした。

鏡を見ると、リングが首から落ちない状態まで縮んでいることがわかった。

リングの性能は十分に実感できたと克則は思った。これ以上、試しても仕方のないことだ。

克則は洗面台を離れて、部屋に戻り「朝食」と書かれた容器を取るとレンジに入れた。

そのとき、リングの感触が首から消えた。首に手をやる。

リングが大きくなり、首の根っこまでずり落ちている。通常モードに復元したらしいことがわかった。現金なものだ、と克則は思った。

レンジの加熱終了の音を確認して、容器を取り出し、テーブルに置いた。

と同時に蓋がはずれた。加熱終了と同時に簡単に蓋はとれるようになっている。

その中にも、いくつものパックされたものが入っていた。それを一つずつ開き、容器内の皿や椀やコップに入れる。

ご飯、味噌汁、ひじき、玉子焼き、そしてほうじ茶。

すべてを、それぞれの白い食器に入れて、添えられていた箸(はし)で食す。食器はプラスチック製で、何の模様も入っていない味気ないものだ。

パックを開けて、それぞれの指定の食器に移しながら克則が思ったこと。「まるで、宇宙食を食べているようだ」

椅子に座り、朝食を前にして、克則は両手を合わせ、心の中で、「頂きます」と言った。

味は、美味しいとは思わなかったが、だからといって、ひどい味だともいえない。克則は空腹を感じていたからかもしれないと思った。ただ、家庭で味わう朝食とは少くとも程遠いような気がする。どこが、どうとは言えないが、何かが違う。足りないとすれば、なんだろう。作り手が、味わって貰いたいと願う〝愛情〟だろうか？　とぼんやり思う。いや、事件を起こす前、平凡なサラリーマンだった頃の自分は、いつも朝食抜きで出勤していたではないか。

克則は、そう思いあたる。

ひとり住まいだった克則は、朝起きると、パンさえ食べずに部屋を飛び出す日々だった。偉そうに、朝食の質を云々と批評する資格などない筈なのだ。

昔、何かの報道番組で、囚人の一日にかける食費は決められていると聞いたことがある。たしか、相当、安い予算だった。その範囲で栄養の配分を考えなければならないのは至難だとも言っていた。米にしても古々米が使われているのではないか。

だとすれば贅沢が言える筈もない。まともな食事を栄養バランス良く摂らせて貰えるということだけでも感謝するべきだろう。

克則は、すべての食事を残すことなく食べ終え、ほうじ茶を飲み干し、「ごちそうさま」と唱えた。

料理が入っていたパックや箸は、すべて、容器の表書きに書かれていたとおり、容器の中に戻した。

昼食を終えたら、西部管理センターに翌日の食べものを受け取りに行く。そのときに、プラスチック容器を返せばよい。そう書かれていた。供給機には返却用のシューターがついているそうだ。

朝食を終え、支給された日用品を片付けて、あらためて部屋の中を見渡した。

なるほど、と克則は思う。

室内から撤去されているものがあることに気付く。

昨夕は帰宅して、室内をチェックすることもなく安心して寝入ってしまった。点検してみて、部屋から抜けてしまったものに気付く。あれも……これも……。

室内からテレビやAV機器がすべてなくなっている。

それから、もちろん、電話兼ファックスもない。パソコンがなくなっているというのはこの部屋に戻ってきたときに、瞬間的に気付いてはいたが。

ふと思い出して、机の抽き出しを開いてみた。

やはり、なくなっている。

停電時用に、コンビニで買っておいた携帯ラジオ。防災用のつもりで揃えていたのだが、それさえ、持ち出されている。

つまり、コミュニケーションに関する製品が、まったくこの部屋には存在しなくなっていた。受刑者が第三者に意思を伝える手段を完全に摘み取ってある。

と、同時に、受刑者を世の中の情報から遮断するつもりらしい。だからこそ、テレビもラジオも〝禁止〟ということなのだろう。

いや、受刑者には、娯楽を一切与えないのだ、という覚悟を見せつけているのではないか。刑務所の塀の外で放し飼いにされてはいるが、囚人なりの不自由を味わい、反省すべきを反省しろ。立場をわきまえろ。そういうことなのか？

克則は生唾を呑みこんでいた。

それなら、それで仕方のないことだ。そう自分に言い聞かせた。

自分は囚人なのだから、罪を償わなければならないのだ。

だが、テレビやラジオを観たり聴いたりすることが禁止だとは、西部管理センターでは言っていなかったような気がするのだが。

言い忘れたのかもしれない。

正式なものではなく、過渡期にある刑罰のテストケースということであれば、そのようなこともあるだろう。

消失刑を国民に刑罰の一つのカタチとして提示する段階でいくつもの修正が施されることになるにちがいない。未完成の刑罰なのだ。

だから、何処に欠陥があるのか、試行錯誤を続けながら完成させようとしているのだろう。執行前に女性刑務官に受けた検査のことも思い出す。どの程度の知能の持主が、どのようなことをやりかねないのか、というデータを揃えるためではないのか。

首なしの受刑者の死体も、センターにしては予想外の事件だった筈だ。

しかし……。

克則は、ぼんやりと思う。

自由に過ごしてかまわないと言われているのだが、これからは何をやって暇を潰せというのだ。これまでの習慣を断ち切られて。

やりたいこと。やらねばならぬこと。何も思いつかないのだ。

外は春の風が吹いている。

克則は、ベランダに椅子を持ち出して、腰を下ろした。

これなら禁止事項には何も抵触しない。

椅子に背中をもたれさせ、ぼんやりと外の風景を眺める。

市電がゆっくりと目の前を熊本駅方向に走り去っていく。

暑くもなく、寒くもない。柔かな日射しが周辺のビルを包んでいる。

平日なのに気のせいかいつもより人の通りが多いような気がした。自動車の通行量も。渋滞するほどの混みようではないのだが。

通りを歩く人々も足早だ。

そうだ。今日は、三月三十一日。月末なのだ、と克則は気付く。通りを急ぐ人々は、近くの銀行に向かっているのかもしれない。

自動車の通行量が多いのも当然だろう。克則がサラリーマンをやっていたときは、月末といえば、集金業務と月末処理で朝早くから営業車に乗りこみ駈けずりまわっていた。

ふっ、とそれを思い出した。

あの事件までは……。一ヶ月のサイクルはそういうふうに巡っていくものだと、考えていた。

自分がいなくとも、社会は何ごともなく回っていく。

自分一人が弾き出されて。

ふと、先刻の長六橋際の衝突事故のことを思い出し、そちらに目をやった。

もう事故処理は終わったのか、そこで事故が発生したという形跡もない。何事もなかったかのように、すべての自動車が流れていく。

4

浅見克則が勤務していたのは、日用品雑貨の卸問屋だった。

克則は、地元の私立大学で商学部を卒業した後、年商十二億円のその中規模の企業に入社した。まさに景気が低迷している時期で、中央でも条件のいい就職口は見当たらなかったし、病弱の母親がいる身としては、熊本を離れるわけにはいかなかった。だからといって地元で職を探そうとしても、ほとんど選択の余地はなかった。

やっと内定を貰えたのが、この「菱山商店」という企業だった。商店という名称を持っているのは、創業が大正時代ということで、その歴史の名残りが企業名に表れているのだ。だから、代表者は三代目だが、社員数は六十名近くもいる中規模の組織だ。

克則は、入社したと同時に営業課に配属になった。セールスの仕事である。

本社は熊本市大江にあり、その商圏は、熊本全県にわたっていた。

卸部門と直売部門に分かれており、克則のチームは卸部門だった。

卸部門のセールスだから、飛び込みではない。受け持ち地区の販売店を巡回する、いわゆるルートセールスだ。営業車で販売店へ納品する、注文を取る、新商品の紹介をする。「菱山商店」はいくつかの中央のメーカーとの特約店契約を結んでいるから、元売り企画のキャンペーン・キャラバンの連中のどさ回りにも同行しなければならない。

給料は地方ベースだから高くはない。次の給料まで、ぎりぎりの生活費だ。遊ぶ余裕はまったくなかった。

それでもかまわなかった。同期の卒業生たちが、職につけずにアルバイトや派遣社員の生活を繰り返しているのを聞くと、贅沢を言ってはいられないという気になった。

就職して二年目の冬に病床にあった母親が肝機能不全で、この世を去った。高校時代に父は肝臓ガンで死去していたが、その原因はC型肝炎から病状が悪化したためだった。母親のC型肝炎は、父親から感染したものだったのだが、最後まで恨みごとを口にすることはなかった。

ただ、案じていたのは克則が一人残されて生きていくことだ。息子の結婚と孫を望んでいたが、克則はまだ若すぎたし、その予定もなかった。

なにより、まだ、そんな余裕は経済的にも時間的にも、ある筈もなかった。

いつの日か、気に入った女性が現れてくれたら、そして、生活に少し余裕が持てそうだったら、結婚してみたいという、人並みの慎ましい願望は持っていた。だが、それは、いつの日になるかという目標としてではなかった。母親の生前は、母親の夢をかなえるべく相手を探した方がいいのかと考えたこともあったが、真剣なものではなかった。

母親が逝ってからは、寂しくはあったが、背中に負っていた重荷が下りたという気もした。

だから日々は仕事に没入するのが普通だった。

克則の受け持ち区域は熊本市の北東部から、阿蘇郡にかけてである。阿蘇も広く、南阿蘇から、大分との県境である波野、小国にまでわたっていた。その地域にあるスーパーや雑貨店、そして美容室や理髪店までも回るのだった。美容室や理髪店を回るのは、「菱山商店」が特約店となっている特殊な業務用の整髪剤や、化粧品を取り扱っているからだった。この巡回が、小口の取引ではあるが意外と手間取るのだった。だが、年を経るごとに慣れると同時に効率もよくなってくる。巡回件数も増えてくるのだった。たてまえは週休二日だが、そううまくいく筈もなかった。商品を卸している店舗は、土曜日も日曜日も関係なく営業している。日曜日だけはスマホの電源を切っていたが、土曜日の欠品の補充にはできるだけ応じるようにしていた。携帯に取引先の泣き言が入ると、商品倉庫へ出かけ配送してやる。もちろん克則の好意によるサービス残業だ。だから、土曜日はタイムレコーダーに関係ないところで仕事をしていたことになる。ただ、夕方からは、学生時代の友人たちと酒を飲みに出かけたり、映画を観たりという楽しみは残していた。

恋人といえる相手は克則にはいなかった。

女性に興味がなかったわけではない。学生時代から、興味を抱ける女性とは縁がなかっただけのことだ。興味を抱ける女性が現れなかったわけでもない。そんな女性が現れても、克則は積極的に誘うタイプではなかったし、そんな女性には、おおかた交際している男性がいた。

そんなものだろうと、克則は思っていた。縁があれば、恋人ができることもあるだろうし、その縁が進行していけば結婚につながることになるかもしれない。

ひとり身の人生だから、焦ることもない、と。

取引先の商店で、克則が独身だと知ると、親類の娘を紹介しようという話が出たりもしたが、そんなときは、「恋人がいますので」と、うまく逃げた。プライベートな部分を仕事の中に持ちこみたくないという思いもあった。几帳面な部分も持ちあわせていた。

だが、克則には、自分自身でもまだ知らない衝動のスイッチが存在した。

そんなある日、中原彩奈が克則の目の前に現れた。

初めて彩奈に会ったのは、営業の朝のミーティングのときだ。

ルートセールスのチームに課長から紹介があった。

「新商品フラウ・カラーのキャンペーンレディの中原さんです。これから、日替わりで、皆さんの営業車で、同行して頂いて美容院で実演して頂きます。火曜日がAエリア、水曜日がBエリア、木曜日がCエリア。金曜、土曜は他の特約店に移られるそうですが、その三日間だけは、特別にわが社の売上をバックアップして頂けることになりました。だから、同行して貰う日は美容院関係を重点的に回れるようにしておいてください」

中原彩奈は、美容師のような白い制服らしきものを身につけていた。目が大きく潤んでいるように見える。唇も厚めの肉感的な印象を漂わせていた。化粧も施されているのだろうが、数メートル離れているのに彩奈が首を傾げただけで克則の鼻腔に彼女の香水が漂って、女の権化が目の前にいるといった印象を与えるのだった。

中原彩奈は、課長に促されて自己紹介をかねた挨拶をした。

「ただ今、御紹介頂いた中原です。新商品フラウ・カラーの素晴らしさをお客さまに知って頂くために、派遣されて来ました。趣味は、カラオケとネイルアートとダイエットです。よろしくお願いしまーす」

舌たらずで、少し粘っこい喋りかただと克則は思った。こんな話しぶりで、客に商品の特長をアピールすることができるのだろうか、と思う。キャンペーンレディとしてのプロ意識があまり伝わってこない。

しかし……と克則は思った。ネイルアートって何なのだろうか、と。ダイエットというのは、彼女に必要なのだろうか？　それほど肥っているようには見えないのだが。

そう考えて、ふっと視線を戻すと、中原彩奈の目が、上目づかいにじっと克則を見ていた。

克則は、そのときごくりと生唾を呑みこんだ。

克則の阿蘇地区は、Cエリアになっていた。だから、水曜日までは、日常通りのルートセールスをやって過ごした。ただ気になったのは水曜日の朝にBルートのセールスに彩奈たちが出て行った後、前日に彩奈と巡回したAルートの同僚の塚本が耳打ちしたことだ。

「あのキャンペーンレディ、好きものそうだぞ。それに、浅見のことを、好みのタイプって言ってたぜ。どうする。どうする？」

「どうするも、こうするもありませんよ」

そう、克則は答えた。

塚本は歯茎を剝き出し、目尻を下げていやらしそうに言った。

「やっちゃえ。かまわねえからやっちゃえ」

同僚の塚本は四十歳を回っている。その年齢の使う表現は、これほど下卑たものなのかと呆れかえった。

その時点では、克則は彩奈に対して何の特別な感情も抱いてはいなかった。ただ、少しは、気になるくらいのことだ。自分の好みのタイプとは違う、そう自分には言い聞かせていた。仕事で同行するだけの女性なのだ。

前日の夜は、レポート用紙に巡回経路の店舗名をリストアップして備えた。

彩奈は「浅見さん、今日は一日よろしくお願いしまーす」と挨拶して営業車の助手席に乗りこんだ。同時に、前日に作った訪問先リストを克則は、彩奈に手渡した。

「今日の訪問先です」

すると、先日と同じ彩奈の放つ香水が強烈に克則の鼻をついた。厭な匂いではないのだが……。

「すごーい。一昨日も、昨日もこんなリスト作ってありませんでした。浅見さんって、若いけど、しっかりしてるんですねー」と感心した。克則は少し嬉しさを感じている自分が照れ臭かった。

「その方が段取りがわかると思って作りました。遠くから回るつもりでいます。まず小国の方から。そして順々に市内に近付いてくる感じにしてありますから」

「えー。楽しみぃ。小国って景色がきれいなんですよねぇ。途中、ずっと草原の道なんですよねぇ」

それから、克則は東バイパスを黙って運転した。何か話さなければいけないかとも思うが、話題が見当たらない。無意識に鼻をひくつかせていたということを彩奈に言われて知った。

「あっ。香水がきついですか？」

「いえ。そんなことはありません。なんていう香水ですか？」

「ミツコというんだそうです。頂きものだからよく知りません。前の彼氏に貰ったんです」

「前の彼氏からですか？　今の彼氏はその香水つけていて何も訊かないんですか？」

「今は彼氏いないんですよ。前の彼氏はすっごく嫉妬深くて、うるさいから別れちゃった」

その価値観が、克則には理解できなかった。彼氏から貰った香水なぞ、その彼氏と別れてしまったら、見るのも厭で、すぐに捨ててしまったりするのではないのだろうか？　女性の感覚は、また異なるのだろうか？

話をしているうちに、実は彩奈は、まだ学生であることがわかった。アルバイトでキャンペーンレディに応募し、福岡で研修を受けたらしい。日当を聞いて克則は落ちこみそうになった。克則の給料を日割りした倍額も彩奈は貰っていたのだ。継続性のある仕事じゃないから仕方ないか、と自分に言い聞かせた。

「浅見さんが、一番この会社で感じいいですよ」と彼女はへろりと口にした。

「あ、そうですか。ありがとう」克則も悪い気はしない。

「一昨日の塚本さんなんか、ほーんとひどいんですよ、エロオヤジなんだから。ここに座っていたら膝を触ってきたんですよ。そんなこと、飲み屋でやってくださいって、はっきり言いました。だから、それから助手席に座らず、後ろの席に座っていたんです」

克則は、塚本の下卑た笑いを思いだした。彩奈が文句を言ったときに「浅見さんが好み」と言ったのだろうか？　塚本の「やっちゃえ」という発言は自分が拒まれたことの腹いせだったかもしれないと、思った。

彩奈は話題を変え、「浅見さんは、小国の方とか、よく彼女とドライブしたりするんですか？」と訊ねてきた。

「仕事でしか来ませんよ」と答える。

「え？　彼女いないんだぁ」

「ええ」と仕方なく答えた。

「うわぁ。今度、晩ごはんとか、誘っちゃおうかなあ」

「いいですよ」と話を合わせた。それより、克則は話題を変えたかった。

「趣味がネイルなんとかって言ってましたよね。あれって、何なんですかね?」

「あれっ。ネイルアート知らないんだ。これっ。これっ」

そう言って運転する克則の目の前に自分の指先を突き出した。爪にキラキラしたものが塗られている。それで克則はネイルが爪であることを悟った。彩奈は、すでに克則に対してタメロである。それから、ひとしきりネイルアートの素晴らしさを話してくれたが、興味のない克則は生返事をするのが、精一杯だった。それが中断したのは、小国のスーパーからかかってきた電話だった。商品のクレームがはいっているという。今、小国に向かっていると答えると、顔を出してくれと要請があった。その日の巡回予定で最初の訪問先「美容院はるこ」には到着時間は伝えてあった。それからクレーム先「スーパーうれし屋」へ回ると後の巡回予定の時間に大幅な狂いが生じてしまう。彩奈に事情を話すと「この二日でわかってるから、私を降ろしてクレーム処理に回っていいですよ」と言った。終わったら連絡入れるから携帯の番号を教えて、と。

幸いなことに、クレームは克則の社の責任ではなかった。使用した消費者にアレルギーが出たらしい。くわしく状況を聞きとり、メーカーの回答を必ず貰うことを約束して解放された。距離的には「スーパーうれし屋」から二キロ程の「美容院はるこ」へ急ぐと、すでにキャンペーンの説明を終えた彩奈が通りに立っていた。克則の営業車を見ると、両手を大きく振りながら、ぴょんぴょん跳びはねていた。

天真爛漫だな、と克則は苦笑いした。

南小国と内牧の二軒の美容院を回ると昼食をとった。高菜飯を食べさせる郷土料理の店だ。車を降りるとき、彩奈は白の制服を脱いだ。「制服、ださいから。お昼はプライベートでしょ」と。

中はピンクのミニスカートのワンピースだった。正面に座って驚いた。胸が大きくV字に切れたデザインなのだ。彩奈が故意に、そうしたのかどうかは、不明だ。ただメニューを見る彼女が前屈みになると、胸の谷間が、もろに克則の目に飛びこんできた。

目のやり場に、困った。

一日が終了して、彩奈を車から降ろすとき、彼女が言った。

「毎日、今日みたいに楽しい仕事だったらいいのに。浅見さんとデートしてるみたいだった」と。

翌日は、再びルートセールスの仕事に戻った。正体のわからない彩奈という女性とはそれっきりの筈だった。だが、ときどき、目の前に座った時の白い胸の谷間のことを思い出してしまうのだ。自分のタイプの女性ではない筈なのに。

営業で巡回しているときに、克則のスマホが鳴った。見知らぬ番号からだった。出ると、それが中原彩奈だった。

「こんにちは〜。浅見さんですかぁ。キャンペーンレディの中原でぇす」

すぐにその喋りから彩奈だということはわかった。しかし、何故、このスマホのナンバーを知っているのだという疑問。そうだ。クレーム処理に走るときに、教えていたのだ。

「ああ、こんにちは。急に……何かあったんですか？」

そう問い返すと、電話の向こうでくくくっという笑い声が響いた。

「一緒に晩ご飯食べたいなって、思って。誘っていいって、言ってたでしょ」

克則は、ごくりと生唾を呑みこんだ。顔よりも、突き出た胸の白い谷間を思い出していた。

「ああ」

結局、その日の夜の約束になった。場所はどこにすればいいのか、克則は思い当たらない。彩奈が、そんな情報にはくわしかった。行きたい店があるという。その言葉に従うしかなかった。

その夜の八時前に、光琳寺通りにある指定の店の前に着いた。そこでは、彩奈が手を振って待っていた。克則の腕をとり、「嬉しーい。来てくれたぁ」と言った。

カウンター席しか空いていない。奥の方に二人は座った。そんな店には克則は入ったことはない。そのことを正直に言うと、「私が選んであげる」と彩奈が注文した。

前菜の盛合せとワイン。そしてピザ。

例の香水の匂いが、またしても、克則の鼻を刺激した。だが慣れたのか、それほど厭な気はしない。ワインを飲む彼女は場慣れした感じだ。自分よりも、六、七歳も下なのに、彩奈はなんで落着きはらっていられるのだろうか、と克則は不思議でたまらなかった。

翌日も、勤務が待っている。彩奈に食事をつき合ってやったら早々に引きあげるつもりでいた。

出される料理は、どれも美味しかった。

「ここ……。美味しいでしょう？」

「よく、ここへは来るの？」

「前は、連れて来て貰ったけど、久しぶりよ。ここの料理、すごく食べたくなってたの」

悪戯(いたずら)っぽく彩奈は笑った。ここの料理を食べたいから誘ったのか。そう考えると、克則は少し気が楽になった。奢(おご)ってやってもいい。そう、思う。

カウンターなので彩奈は必要以上に身を寄せてきた。何度も「こうやって浅見さんと食事できて嬉しい。また誘っていいですか？」と繰り返した。数少いカウンター席も、ほぼ満席だった。

客が一人入ってきて、入口近くのカウンター席に座った。

さっ、と彩奈の表情が変った。

「どうしたの？」と訊ねた。

「前の……別れた彼氏」と答えた。彩奈の視線の先に、克則より少し歳上の男が座ってこちらを睨んでいた。この店は、彩奈の前の彼氏の行きつけだったのだと初めて知った。

「この香水をくれた？」

「そう」と悪びれた様子はない。

「出ようか？」と克則が言うと、「いいの」と両手で克則の腕を掴み、彼方の彼氏に見せつけるように頬をすり寄せてきた。そんな様子をあてつけているように。

それから、三十分程で食事を終え、彩奈を先に出して勘定をすませた。厭な予感がしたからだ。

外に出ようとして気がついた。〝別れた彼氏〟も席にいなくなっていた。

彩奈だった。「手を放してよう。何すんの。関係ないでしょう」

外に出ると、女の叫び声がしていた。

見ると、彩奈の昔の彼氏が彼女の腕を握っていた。「くそっ。俺をこけにしやがって」

彩奈は、バッグで男を叩くが放そうとしない。とにかくなんとかしなくては、と克則は駈け寄った。

「放しなさい」と夢中で、克則は男の腕をとった。引きはがされて男は逆上した。

「てめえ、関係ないだろう。俺の女だ」

拳が飛び、克則の左耳に当たった。男は興奮して何が何やらわけがわからなくなっているようだった。

克則は耳に痛みを感じた。

必死で自分に言いきかせた。我慢するんだ。それから女の悲鳴が聞こえた。男が彩奈につかみかかっていた。男は右手を振り上げ、彼女に殴りかかっている。女に手を上げるなんて。許せない。

それから真っ白になった。それが、克則自身も知らない衝動のスイッチが入ったのだ。

自分が自分でなくなった。気がついたとき克則の前で男が倒れ、克則はその男を手に持った消火器で、まだ殴り続けていた。その消火器を何故持っていたのか記憶にはない。へなへなと座りこんだとき、彩奈が悲鳴をあげているのを聞いた。そして二人の警官の手で、克則は地面に押しつけられたのだ。まるで夢の中のできごとのように。

5

そして浅見克則は、社会から弾き出された。

逮捕され、勾留された。何度も現場検証に立ち会わされることになった。

まったく克則と面識のなかった被害者は、安西輝彦（あんざいてるひこ）、二十九歳だった。

安西商事専務。安西商事社長の一人息子で、その日、青年会議所の会合が終わり、その店へ寄って事件に遭遇した。〝真面目な青年〟だったのだということを取調官から聞かされた。

常軌を逸した暴行の加え方だったという。いまだに被害者は意識を回復していないということを知らされた。軽傷で終わっていれば示談という線もありえたかもしれない、と弁護士は言った。安西輝彦の両親は強硬に刑事罰を主張したという。

当然だろうと克則は思う。

両親が手塩にかけて育ててきた一人息子を自分は植物状態にしてしまったのだから。それも、痴話げんかの仲裁に入ったくらいのことで。

勾留中に、その事件の原因となったともいうべき中原彩奈は、一度たりとも面会に現れることはなかった。

自分は犯罪者になったのだ。若い女性が、犯罪者と関わりになることなぞ、まっぴらの筈だ。

しかし……そんなものだろうか……と克則は思う。彩奈に対しての未練なぞ、これっぽっちも存在はしないのだが。

彼女の電話の誘いに応じていなければ、このような結果を招くことはなかったのにと考えるが、それは死んだ子の齢を数えるにも等しいのかと、克則は思う。確かに、自分の裡には、自分でも知らなかった〝魔〟がいたのだという他、ない。

すべては、まるで一連の悪夢の中のできごととしか思えない。

だが、その過ちを犯したという罪悪感は、凄まじいばかりに克則にのしかかった。これまでの人生でこれほど贖罪（しょくざい）を願ったことはない。克則は人一倍正義感の強い性格だった。だから償いたい一心で、控訴することもなかった……。

勾留中に、唯一面会があったのは、克則が勤務していた「菱山商店」の総務課長だった。戸惑った表情で、克則の処遇について告げた。そこで、克則が犯した事件が地元新聞の三面記事にも載ったことを知った。

懲戒免職ということだった。

克則に、怒りも、落胆もなかった。判決も下りていない段階だったが、それは当然のことのように思えた。それを頷いて聞いた。

「会社の方には、色々と御迷惑をおかけしました。申し訳ございません」

そう伝えた。総務課長は「何かのときは力になりたいから」と言い残したものの、逃げるように帰っていった。それは、きれいごとで口にしたに過ぎないということは克則にもわかる。だから、力になって貰おうなどと期待を抱くこともなかった。

衝突事故の処理が終わった長六橋方向から、克則は視線を転じた。

確かに、いつもより交通量は多い。三月三十一日の月末ということであれば、官公庁も年度末にあたる筈なのだ。

それは世の中の流れの中で言えることであり、克則には無縁のことである。

これから、八ヶ月を過ごすためには……。

克則は、椅子から立ち上がった。

ベランダで毎日ぼんやりと過ごすという方法も確かにあるだろう。だが、克則の身体がそれを拒否した。一日中、ベランダで過ごすのは、牢獄にいることに等しい、と。

これからの生活のリズムは、自分で確認し、選択するべきではないのか。

そう自分に言い聞かせたわけではない。そんなもやもやとした想念が克則を衝き動かした。

克則は、戸締りをすると、その衝動に従って、マンションを出た。

このマンションは空室が増えているから、ほとんど人に遭遇する機会はない。そして、克則はエレベーターを使用せずに階段を下りる。

誰にも出会わない。

通りに出た。

車道の自動車の流れは多いが、通勤時間が過ぎたためか、歩道を歩いている人の姿は、ほとんど見ない。

この状況であれば、予期せずに突然他人に接近されて首が絞まるということはないだろう、と思った。

外には出てきたものの、どうするべきか、ということは考えていない。

ただ、ぼんやりと考えていることはある。

西部管理センターで執行前に刑務官から、さまざまな禁止事項を申し渡された。

他人に話しかけてはいけない、とか、手紙、パソコン、電話は禁止、とか。

他にも、様々な禁止事項を聞かされたが、メモをとっていたわけではない。いくつも聞き逃したり忘れてしまったことがあるような気がしてならなかった。

——確か、他人の住居にも勝手に出入りできなくなる、と言っていたのではないか。

そんな気もするが、確か、ではない。他人の家に入りこんで、いくら透明同然だといっても覗き見しようという趣味はない。しかし、〝他人の住居〟が、どの程度の範囲となるのかは、確認していない。

公共の施設は〝他人の住居〟となるのか？　デパートはどうなのか？　いや、デパートに足を踏み入れようとは、はなから思っていない。そのようなところには何の関わりも生じない筈だし。

ただ、踏み入れる踏み入れないを別として、刑務官の説明の厳密性を確認する必要があるとは考えた。

あわてて、そんな法則性を探りあてることを急ぐ必要もないが、徐々に確認だけは、やっておきたい。

とりあえず、白川の川面（かわも）をゆっくり眺めたいという欲求が湧いた。長六橋の横からニュースカイホテルにかけて遊歩道が続いている。簡易ベンチもあり、白川の流れを見るには、最適だと思われた。

ただ、電車通りを安全に渡るには、今一つ自信が湧かなかった。青信号で渡ろうとしても、運転者の目に克則が見えていなかったらスピードも落さずに突っこんで来るにちがいない。昨日の首なし死体と同じ運命になるだろう。

しばらく横断歩道の前で躊躇(ちゅうちょ)していたときだった。漂うように男が歩いてきた。うらぶれた姿だった。昼といえば、日射しを受けて暖かい。克則の囚人服でも十分に過ごしやすい。なのにこの男は、何枚ものよれよれの長袖服を身につけ着膨(きぶく)れている。左手のビニール袋にはペットボトルやらコンビニ弁当やらが入っていてぱんぱんにはち切れそうだ。背中には、段ボールを束ねたものを背負い、まとめたロープを右手で握っていた。顔は日焼けで、煮染(にし)めたように真っ黒だった。

ホームレスだ。まだ若い。克則と同い歳くらいではないだろうか?

克則は、その男の顔をどこかで見たような気がしてならなかった。

ひょっとして……中学校のときの同級生ではないだろうか、と思いあたる。似ている。たしか……名前は、荒戸和芳(あらとかずよし)というのではなかっただろうか。その彼が、何故、今、ホームレスになっているのかは、訊ねることもできないからわからないが。まちがいない。

荒戸は、横断歩道のところで立ち止まった。通りの向こう側へ渡るつもりらしい。

これだ！　と克則は思い、克則はホームレスの荒戸の背後に立った。

ホームレスがいれば、一般人は、そんなとき一定の距離を保とうとする習性がある。一定以上、離れる。ということは、そのホームレスの背後に立っていれば、一般人は克則にも近付いてこないわけだ。

荒戸の背後に立って、克則は異臭を感じた。彼は、どれほど長い間風呂に入っていないのだろうか？　髪の毛も長く伸び、汚れで毛が固まっているため、ジャマイカの歌手のようなヘアスタイルにも見える。レゲエというジャンルの曲を歌う……。

そして、克則は気がついた。

荒戸は、ひとりごとを呟いている。まず克則は耳を疑った。間違いなく、ひとりごとだ。

彼が呟いていることは、切れ切れに、こう聞こえた。

「……なで、ぼくを……してやがる。手をまわしやがって……ぼくが怖いんだ……ふっ、ふっ、ふっ……」

荒戸は笑っているのだと克則は知った。その証拠に肩を震わせている。最後に「殺してやろうか。ふっ、ふっ、ふっ」とはっきりとそこだけ口にした。

克則は、ぞっとした。荒戸のこれまでの人生で何があったのかはわからないが、今の彼は心を病んでいるのだ。ひとりごとを漏らし、そんな物騒なことを口にするなんて。きっと自分を今の境遇に追いつめた世の中に対しての呪いの言葉なのだろう。

主婦らしい女が、やってくる。案の定、荒戸の存在に気がつき、数メートル離れて立った。荒戸は、その女を見て、近付かないことがおかしいのか、顔をあげてもう一度笑った。

そのとき横断歩道の信号が青に変った。

荒戸が渡り始めるのにあわせて克則も、歩く。

渡り終えて、克則が驚いたのは、荒戸が、ふっと憑かれたような表情で振り返ったことだ。それが、あまりに突然のことだったので、克則は立ち止まって前につんのめりそうになった程だ。

荒戸はゆっくりとあたりを見回し、頭をひねった。気のせいだったか、というように。克則の姿は見えていない。だが、確かに荒戸は見ていないが克則の気配だけは、感じたようだ。

それから、三号線下の地下通路へ入っていく。克則は、ぴったりとその後についた。向こうからも歩行者が歩いてくるが、荒戸の姿を見ると、よけて通り過ぎる。だから、ここでも克則に近付く者はいない。地下道だから、荒戸の靴音も、前から来る歩行者の靴音も、かん高い音を響かせる。足音そのものが、反響するのだ。だが、克則が履かされているスニーカーだけは音を発することはない。

特殊なスニーカーだ。周囲に足音で存在を悟られることのない……。

なるほど、と克則は思った。だから、このスニーカーに履きかえさせられたのか……。足音さえも漏らさない加工が施されているとは。ただの人工樹脂製の靴底と克則は単純に思っていたのだが。

地上の光が差し、登り坂を上ると、そこは白川沿いの遊歩道だった。コンクリートの堤の向こうには、たおやかな白川の流れが煌きとともにあった。

荒戸の後ろを歩くのをやめ、克則は立ち止まった。

すると、荒戸は、立ち止まり、納得いかないという表情で、またしても振り返った。

克則にとっても不思議でならなかった。

荒戸には自分の存在が感知できるのだろうか？　見えない筈だ。音も聞こえない筈だ。気配としてわかるのか？

だが、自分の周囲には何もないことを確認すると、荒戸は堤の向こうへ消えた。そこはコンクリートの小径となっていた。そして、その小径は長六橋の下へ続いているのだ。

克則は、堤から顔を出してみて知った。

橋の下は雨露もしのげる。青いビニールシートの家が見える。そして段ボールが敷きつめられている。

そこが、ホームレスである荒戸の住まいになっている。雑誌がつまれ、空き缶がビニール袋にいくつも入れられ転がっていた。その住まいに、よろよろと荒戸は帰っていく。

不思議な、そして一方通行の中学生時代の級友との再会だった。二人とも古町中学校を卒業しているのだ。一人はホームレスとして、そしてもう一人は消失刑の囚人として。

もし、自分が、このような刑罰を受けずに、菱山商店の社員として、変り果てた荒戸に出会っていたら、どのような態度をとっただろうか……？

ベンチに腰を下ろしながら、そんなことを考えていた。

落ちぶれたかつての同級生の姿を見て、声をかけることができるのか？　彼のために、何をしてやれるか、と考えるだろうか？

どれも自信はない。見て見ぬふりをするのが、関の山ではないのか。

彼が、信号待ちしている間に漏らしていたひとりごとは……。

誰かを恨んでいるような話しぶりだった。いや、誰かというよりも、世の中すべてを。

荒戸も誰とも話していない、ひとりぼっちなのだ。誰にも相手にされずに。罪を犯していないだけで、彼も消失刑にあっているのと待遇は変りない。寝場所と食べものの苦労がないだけ、自分の方が恵まれているかもしれないではないか。

そして、彼は町の中で孤独を味わい続けた結果、心を病み、ひとりごとを呟くようになったのではないだろうか。話し相手がいなければ、自分に話しかけるしかない。

それは、半年後の克則自身の姿かもしれないと、思ったりもした。寂しさに耐えかね、声を出して自分自身に話しかけようとして、自分の首を絞める姿さえも想像した。

ぞっとしない。

今の自分が、すべての人の目に映ったとしても、受ける視線は、荒戸に対するものとほとんど差はないだろう。

そう、思った。

そして、眺めたかった白川に視線を移した。

子供の頃にもこうやって眺めた……。とうとうと流れていく様に、まったく変りはない。近くの長六橋を走り去る車両の音も、風と緑の匂いがした。目を閉じ深呼吸すると、気にならなかった。目を開く。

ニュースカイホテルの方向から老人が歩いてくるのが見える。午前中の散歩だろうか。首輪でつないだ一匹の犬を連れていた。種類は克則にはわからないが、大型の雑種犬という印象だった。老人が引くリードは、ぴんと張りきっており、老人の引く力と、その大型犬が飼主を引っ張る力は、ぎりぎり均衡を保っているように見えた。

犬の脳には、このバニッシング・リングはどのような効果をもたらすのだろうか。人間と同じように、盲点となるのだろうか？　と克則は思う。そこまでは聞かされていなかったが。

ただ、もし、克則の姿が見えて、飛びかかってくることがあれば最悪だ、と思い克則はベンチを離れた。もし、そうなれば老人の力では、大型犬を制御できそうもない予感がした。

その証拠に、老人は克則のいる場所に近付くにつれて、前につんのめるような早足になっていた。大型犬に引きずられている。

克則はベンチから、地下通路の方へと移動しようとしていた。いったん立ち止まり、老人と犬の様子をうかがう。

驚いたことに、大型犬は、つい今まで克則が座っていたベンチに老人を導いていた。それから、しきりにベンチの匂いを嗅ぐ。

あ、と克則は思う。

姿が見えるのかどうかはわからないが、大型犬は克則の匂いを感じた。克則が座っていたあたりを、しきりに嗅ぎまわる。

「エフッ！　エフ！」

エフというのが、その大型犬の名前らしい。先を急げというように老人がリードを引くが、大型犬は動こうとしない。それから、その場所は自分の領域だと宣言するように、ベンチの横に短い放尿をした。

気がすんだ筈なのに、大型犬は遊歩道の上に鼻面をつきつけて、嗅ぎ回っている。そして着実に克則に近付いてくる。

姿は、やはり大型犬には見えていないらしい。だからこそ、異物である克則の存在を匂いで感知し、跡をたどってくるのだ。このままだと、克則のいる場所までたどり着くのは時間の問題と思われた。

見えない囚人は関わりあいにならぬこと。

それが最優先だろう。

克則は最悪の事態を避けて地下通路へと戻った。

一つ法則を確認した思いだった。

犬は、克則の姿は見えないようだが、匂いで克則の存在を感知することができる、と。

地下道を歩きながら、克則の頭の中では、もやもやと何かが渦巻いていたが、はっきりとそれが明確な思考として結晶化することはなかった。

もし、自分が消失刑のモニターとしての立場も兼ねているとすれば、この事実は改良点として考慮されるべきだろう、と思ってはいた。

地下通路の距離は二十メートルもない。幸いにも、そこでは、他の歩行者と出会うことはなかった。

まだ、部屋に戻るには早すぎる。

ふと、克則の心に誘惑が芽生えた。

繁華街へ行ってみよう、と。まだ、時間は早い。お昼にもなっていない。

繁華街が人混みに変るのは、昼刻から午後にかけての時間帯の筈だと考えた。白川沿いの遊歩道までの行動が、克則を大胆に変えてしまったようだ。

朝から、一度もバニッシング・リングは克則の首を絞めてはいないのだから。

ひょっとして、さっきの遊歩道では、最悪の結果を招いていたのかもしれないのだから。あのベンチで、もたもたしていたとしたら。大型犬が、克則に飛びかかり全身に咬みついてくる。同時に、犬に接近されたことでリングが克則の首を絞めあげる。そんな状況が、ありえなかったわけではない。

もし、そうなっていたら、克則はなす術もなく遊歩道の上を転げまわり、全身が傷だらけになっていたかもしれない。

そう考えると、背筋に冷たいものが走ると同時に、自分の決断が正しかったことを再確認してしまう。

それから、裏通りを山崎町の方向へ歩いた。ここも歩道と車道に分かれているから、危険性は少い。この道をたどってサンロード新市街へ行こうと考えていた。

見憶えのある車が、克則の横を過ぎた。

克則はなつかしさで、いっぱいになった。「菱山商店」の営業車だった。リアウィンドウの下に菱形と山形を組合わせたマークが、はっきりと見えた。

営業車は、克則の存在にも気付かずに追い越すと、十数メートル先の信号まで走り、そこで信号待ちのために停車した。

今なら、間に合う！

克則は、歩道を駈けだした。刑を執行されて、初めて走ったことになる。全力で疾走した。

誰が、運転しているんだろう。顔を見たかった。

営業車は、まだ停まっていた。幸い、その信号待ちでは他の歩行者の姿はなかった。走り寄ると、克則は助手席側の窓から覗きこんだ。Ｂエリア担当のセールスである吉川（よしかわ）が運転席に乗っていた。Ｂエリアは市内西部も受け持ち地区だ。吉川は克則よりも二歳歳上の先輩になる。眠そうな目で、左手だけでハンドルを握っていた。右肱（ひじ）を窓にかけ、頰杖をついている。かすかな欠伸（あくび）を漏らす。

克則が窓の外にいるなぞ、気付きもしていない。

克則は、吉川に声をかけたい衝動に捉（とら）われた。しかし、それはルール違反だし、すぐに肉体的罰がやってくることも知っている。

口は開けた。無性になつかしかった。だが声にするところを、すんでに自制した。

――おい！　吉川さん！

――みんな、元気でやってますか！

そんな声にならない声が克則の内部で谺（こだま）した。

信号が青に変ると、吉川はアクセルを踏みこんだ。もちろん克則に気付く筈もなく。

6

克則は、走り去っていく菱山商店の営業車が見えなくなるまでその場に立ちつくしていた。

そのとき、初めて克則は、誰かと話をしたかったのだと気づいていた。職場で顔を合わせていたときは、時には煩わしささえ感じていた人間関係だったのに、さっきは自分から駈け寄ってさえ行った。

刑の執行が始まって、一度も人恋しいと思ったことはなかったのに。

克則は大きく溜息をついて、再び歩き始めた。

吉川の様子を思いだしていた。

かすかな欠伸を噛み殺している気怠そうな表情を。

克則のことなど、まったくかけら程も思い出しはしないという風だった。克則が逮捕されたときは、社内はその噂でもちきりだった筈だ。だが、判決から刑の執行まで時間も経過している。すでに、菱山商店では、克則のできごとも風化してしまっているのだろう。

もしも、克則の姿が吉川に見えたとしても、吉川は迷惑そうな表情を浮かべるしかなかったのではないか、と思える。

そのまま克則は歩き続けた。

肥乃国(ひのくに)銀行の本店に何台もの車が吸いこまれるように入っていく。皆が月末送金のために時間と戦っているように見えた。

電車通りは、またしても信号だ。

少し、克則はこつを会得できたような気がした。人が溜る位置から離れ、ビルの柱の横で信号待ちをする。そして、青信号になったら、左右を確認して、人の群れのやや左、横断歩道のマークの外を歩くようにする。それで他人との接近が防げることもわかった。

これが、学習ということなのだろうか、と克則は苦笑いした。

人々は、信号を渡りきると四方に散っていく。直進すれば向こうはバスセンター機能を持つサクラマチ・クマモトだ。そして右へ行けば市内中央の繁華街であるサンロード新市街になる。

克則は右の歩道を選ぶ。小走りに、歩道の端を進んだ。階段を上ると、そこは花畑広場と辛島(からしま)公園になる。噴水があり、休めるベンチもトイレもある。そこで、しばらく休憩するつもりだった。

公園内は、すべて舗装されているため、月末というのに仕事にも学校にも縁のない若者が数人、スケートボードの練習に興じていた。

急接近される可能性を封じるため、段差のある噴水の縁に沿って歩く。

そこで、立ち止まった。

三人の陽に焼けた労務者風の男たちが、花壇の横で、焼酎を飲みながら車座で話していた。労務者風と思ったが、仕事をやっているようにも見えない。やはりホームレスかもしれない。かなりの大声で話声が響いてくるのだ。少々離れていても、克則の耳にも会話が届いてくる。

話が聞きたかった。

単純にそれだけだ。

克則は噴水の縁に腰を下ろし、耳をそばだてた。

三人とも、五十代らしい。一人はしきりに首を回す痩せた男。頭髪がまばらな前歯のない男。もう一人は汚れた小さなスーツを身につけた男。

三人に共通しているのは、陽に焼けていることと、無精髭と、ゆったりした喋り方だった。三人はそれぞれカップの焼酎を持っていた。三人の中央には、スルメと柿の種が置かれていた。

「空き缶集めていたら、町内会長みたいなジジイが、違反だろうって文句言ってきやがったよ」

スルメを咥えながら、ちんちくりんのスーツを着た男が言った。

「ばかやろう、って言ってやれよ」

「ああ。ばかたれえって言ってやればいいんだ。これが、今日の飯代なんだぞって言えばいい。俺の飯茶碗を叩き落す権利が、あるかあって」

　残りの二人も憤慨して答えた。

「ああ。だから、だったらカンカン拾わなくても食ってける方法教えてくれよお、って詰めよったら黙ってたよ。こんなこと好きでやりたくねえよ、って」

　三人は楽しそうに、けらけらと笑った。そして焼酎をあおる。

「あんた。今、どこに寝てるの？」

　頭髪の薄い男が、首を回す男に訊ねた。

「俺？　サンロードの地下通路」

「あそこは、市営駐車場の管理人が回ってきて追い出すだろ」

「ああ。でも十一時になったらシャッターが閉るから、その後、シャッターの横で寝るよ。あと一人は寝る広さあるけどな」

「いや、俺たちはいい。花畑公園の交番の裏だ。絶対追い出されないし、警備も万全だし。灯台下暗しってよ」

　それから三人は嬉しそうに間の抜けた笑い声をあげた。

「どうして、そんなこと訊ねんの？」

　首を回す男が問い返す。

「いやね。聞いたのよ。ホームレス狩りがあったってね。白川公園のとこで。朝になって傷だらけになってるのが見つかって救急車で運ばれたって」

「誰がやるんだ。ひでえことするなあ」

「知らないよ。社会的弱者を苛めるような卑劣な奴はロクなもんじゃないぞ」

克則は、それを聞いて思わず笑い出しそうになった。自分で〝社会的弱者〟呼ばわりしていれば世話はない。

だが、笑いをこらえるなんて、刑がスタートしてから初めてのことではないか。克則はそう思う。

「多分、若い連中だろうさ。そいつ等はそいつ等で欲求不満のはけ口が、ねえんだろうさ。とにかく、寝込みを襲われるらしいからな。だから、訊ねたのよ。地下通路の入口なんて目立つところは用心した方がいいって」

「拳があるよ。拳が」そう首を激しく振りながら男が答える。

「腕っぷしが少々強くても、奴等は一人じゃないって。群れて苛めに来るんだ」

克則は思う。

どの世界のどんな境遇でも、それなりの悩みを抱えている人々が存在するのだと。自分は寝泊りの心配はないが、それ以上の孤独はある。彼等に交って話ができたら、どれほど幸福なことか。

それから、食いものの話題になった。自分が今まで食べたもので一番うまかったのは何かという罪のない話だった。

東京は築地（つきじ）で食べた寿司の話だったり、神戸肉のステーキの話だったりしたから、かつてはまともな生活も経験していたのかもしれない。しかし、その後に、幼稚園はソルボンヌだったとか、三人の美女が自分を奪いあって殴り合った話とかをかってに始めたため、ほとんど稚拙な妄想話に思えてきた。

だが、正直、その男たちが羨（うらや）ましい。

ホームレスであろうが、なかろうが。真実味のない法螺（ほら）話を語りあっているにしても。

少くとも、彼等には仲間がいる。自分の気持を伝えあうことができる。

立ち上がりかけて、もう一度、そのホームレスたちを眺めた。

人恋しい。

向こうから、また新たな男がやってきて、三人の前に、コンビニの弁当を置く。廃棄分の弁当を分けて貰ったのだろう。

皆で分けあってつまみながら、大声で笑う。

裕福な暮らしとは程遠いかもしれないが、彼等だけのコミュニティの独特の連帯感が伝わってくる。

言いたい放題を言い、それをまた誰かが笑う。上下の関係は何もない。

その輪に加わることはできない。それが消失刑なのだから。

そこに、克則がいることに、誰も気がつくことはないのだ。

仕方がない……と、克則は思う。

自分は今、囚人の身だ。刑罰を受けているのだ。

これに耐えねばならない。そしてこの苦痛を甘んじて受けねばならない。

刑が終了したら、孤独から解放される。それまでの辛抱だ。

いったん帰宅した克則は、昼食をとった。サンロード新市街へ入って確認したいことがいくつかあったが、辛島公園からサンロード新市街を眺めたときに、急速に歩行者が増えていることに気づき、不安を感じたからだ。

まだ、時間はいやというほど残されている。あせって、人だらけの繁華街に身を投じて何度もリングに首を絞められる危険に遭遇するかを考えれば、時機は選ぶべきだろうと克則は考えた。

昼食は、カレーライスだった。それから、コンソメスープとサラダ。特別にうまいものではない。カレーは、人参やじゃが芋、タマネギが入った小学生時代に給食で出てきたような昔ながらのものだ。カレーというよりもカレーシチューに印象は近い。

まずいとも思えないから、それ以上を囚人の身で望むのは贅沢というものだろう、と克則は自分に言い聞かせた。ただ、メニューの組合せから言って、栄養が偏らないような工夫はこらされているのだろうな、と思った。量も、満腹というより、腹八分で終わるほどだ。

食べ終わって、食事の心配もせずに、のうのうと過ごせるというのは、辛島公園でたむろしていたホームレスたちより、ずいぶん恵まれているのかもしれない。

ただ、孤独には耐えなければならないが。

それから、思い出したのは、ホームレスたちが飲んでいたカップ売りの焼酎だ。囚人はアルコール禁止だ。克則は、ビールや日本酒、ワインは好きだが、焼酎をうまいと思ったことはない。

それでも彼等が手にしていた焼酎は、うまそうだったな、と今になって思う。刑が終了する頃には、このような食生活を続けていたら、理想的な健康体に変身しているのかもしれないな、と考えた。

それはそれで皮肉な結果かもしれない、と克則は思う。

食事を終え、プラスチックのバッグに三食分の容器を納めた。昨夜の夕食分だけは食べていないから「廃棄」表示になっているが。夕食までに、西部管理センターへ出掛けて、本日分の食事を受け取ればいいが、時間的にはまだ早い。

何をしようかと、考えた。テレビもない。ラジオもない。新聞もない。暇の潰しようがない。

自分が使っていた学生時代からの机に腰を下ろした。抽き出し(ひだ)しを開いた。ボールペンが二本入っていた。

他の抽き出しも開けてみる。Ａ４サイズの白紙の束と、ノートが一冊入っていた。退屈しのぎに、白紙を一枚とり出して、机の上に置いた。ずいぶん永い間、使っていなかった筈だから、ボールペンを握り、白紙の上を走らせた。書けるかどうか、自信がなかった。

その心配は必要なかった。ちゃんと円形にペンは走る。あ、い、う、え、おと字を書いてみた。書ける。

そこで、克則は閃いた。

このような経験は、なかなかできるものではない筈だ。記録として、日記に残しておくことも自分にとって意味があることではないのか？　まだ刑がスタートして二日目だ。毎日、記録していけば、後に刑そのものの問題点も自然と浮かび上がってくるのではないか？

それは、素晴らしい考えに思えた。そしてすぐにでもそれを実行しなければ、という思いに駆られる。

克則は、抽き出しに入っていたノートを取り出した。それは、まだ使用されていないノートだった。

ちょうどいい。

最初のページを開いた。少々、黄ばんではいたが、書くのには何の支障もない。

克則は、ボールペンを持ち、日付を書こうとした。

三月三十一……。

そこで、腕が止まった。

握っていたボールペンが右手から転がった。

書くどころではない。

バニッシング・リングが、くいくいと克則の首を絞める。

克則の頭の中では、苦痛と疑問符だけが充満していた。大きく口を開き、少しでも息を確保しようと舌が伸びた。視界が消えたのは白目に裏返ってしまったからだ。

そのまま、床の上に転がり落ちた。両手でリングを握り締めるのが、できる精一杯のことだ。

やっと、視界が戻ったとき、克則は悟った。自分は知らずに禁止事項に触れたのだ。だから苦痛を味わわされた。

何が禁止事項だったのか？　聞いた覚えがなかった。さっき、文字を書いたときは、リングは何の反応もしなかったというのに。

日記を書こうとしたことが、禁止事項に触れたのか？　それとも、意味のある文章を綴ろうとすれば、それが禁止事項になるのか？

多分、どちらもということなのか。

電話やパソコンが禁止されているということは、他人と意思の疎通をはかることが、禁止されているということだ。日記や手紙を書くという行為は、原始的ながらも、コミュニケーションをとろうとしていると、バニッシング・リングのセンサーは判断したにちがいないのだ。

よりによって自分の部屋でこのような目に遭うなんて。

リングがかなり緩んできたところで、克則は身を起こした。右側頭が痛い。倒れこんだとき、そこを床で打ったらしい。

背筋を冷たいものが走るのを克則は感じた。

――何もできない。

机の上のノートを閉じ、抽き出しの中にしまった。無力感に苛まれながら。

そのまま、床の上に倒れこんで天井を見上げた。

しばらく、何も思考が湧いて来なかった。

大きな溜息を一つついた。

消失刑とは、存在していることを否定する刑だ。あたりまえのことだが、そのように浮かんで来る。

その刑を受けている期間、囚人は存在しないのだ。世の中の人々にとって。

その期間は言い換えれば、死者に等しいということだ。死者は日記などつけはしない。だから、首を絞められたのだ。

克則は途方もなく自分が愚かなことをやったのだという気にさせられた。

何もやろうという気がしなかった。ただひたすら、ボーッと天井を見ているだけだ。

父が亡くなって、初七日のときに、母が話してくれたことを、唐突に思い出した。

「人は死んでも、四十九日間は、この世に止まっているんだよ。だから、父さんの魂も、このあたりにいて、私たちのことを見ているにちがいないんだよ。だって、それまでは、自分が死んだって自覚がないんだから。呼びかけても誰も答えないし、自分の姿も見てはくれない。それで四十九日目にやっと自分が死んだって悟って、あの世に旅立つんだよ。だから、父さんは、まだそのあたりで私たちを見ている筈だよ」

そういう風に説明したのではなかったか。

今の自分が、そうだ。

克則は、ぼんやりと思う。

ひょっとして、自分はもう死んでしまっているのではないだろうか。そして、四十九日が過ぎていないから、この世に止まっている。誰の目にも見えない。誰にも話しかけられない。この身体も、西部管理センターのことも、首のリングも、すべてが妄想ではないのか。

ほんとは、自分は、もう死んでいる。

そして、あるときそれに気がつくことになる。

あわてて、その考えを打ち消したものの、もう、後八ヶ月も精神的にもたないかもしれないなと、弱気な考えに陥ってしまう。

しばらく、ぼんやりと時を過ごした後、自分を奮いたたせるために思いついたのは他愛もないことだった。

八ヶ月の刑期を無事に終えたら、何をやる……。それを楽しみに生きていったら、どうだ。

そんな考えが浮かんだ。幼稚だとは、わかっている。しかし、他に楽しみらしいものはないのだし。

思いを巡らせた。

友だちと会って、酒を飲み、バカ話をする、という考えが湧いた。

貯金が少々あった筈だ。あの金を取り崩して行ったことのない場所へ旅行してみようかと思う。しかし……前科のある人間にパスポートは発行して貰えるものだろうか？　もし、発行して貰えないときは、国内の旅行でもかまわない。北海道には行ったことがないから、そちらの温泉を回ってみるのもいいか。

そして、自分が旅行している様子を想像しようと試みるが、ちっとも楽しさを伴わない。

そして本音の気持が浮かび上がってくる。

人恋しい。

誰かと話をしたい。

そして、気持を切り替えた。刑が終了したら、いろんな人たちに会いに行こう。そして話すんだ。何でもいい。自分の顔を見て、笑ってくれれば。怒ってくれれば。蔑(さげす)んでくれればば。

一人ずつ顔を思い浮かべ、名前を思い出した。その名前をノートに記しておくことはできないなと、思う。母の顔が浮かんだ。駄目だ。会えない。従兄(いとこ)の顔、学生時代の友人の顔、そして中原彩奈の顔。あわてて彩奈の顔は打ち消した。

7

刑がスタートして一週間が経過した。

それで、浅見克則は、一日のだいたいのリズムを掴んだ気でいた。

午前中は、散歩の時間にあてた。平日を選んで、熊本城は二の丸広場で芝生に座り、花見をした。

人影も、まばらだし。

満開の桜の下で、ぼんやりと時を過ごす。駐車場に、韓国からの団体客がバスで到着して意味のわからない言葉を交わしながら本丸の方へ向かうのが聞こえるが、広場内に立ち入ってくる気配はない。彼等は薬研堀(やげんぼり)の横を抜けて行幸坂(みゆきざか)を渡り頬当御門(ほほあてごもん)から入場するのだ。広場内まで入ってくることはない。

この近くに熊本拘置所がある。

一週間前は、そこの独房にいた。そこで見た桜の花びらに自由への思いを馳せたのではなかったか？

だから、ここまで足を向けたのだ。

さすがに平日だから花見客は少い。今夜の花見のためにビニールシートが敷かれ、新入社員らしき若者がその上で文庫本を読んでいるのが見える。場所確保のために派遣された総務担当者なのだろう。

克則のいる場所からは離れているから、問題はないが。

風が吹いて白い花びらが吹雪のように舞った。

もう今日が、最後の盛りかもしれないな、と克則は思う。

願いがかなってよかった。ひとりぼっちではあるが、花見らしい花見が今年はできたではないか。そう自分に言い聞かせて立ち上がった。

来年も、また来よう。今度は刑が明けている筈だ。酒や弁当を持参して、誰か親しい人とともに。

それから、ふと考える。前科のある身寄りのない人間に親しい人なぞできるのだろうか？

まあ、いいさ、連れが見つからなければ、一人酒で首のリングも気にせずに飲めばいいだ法華坂へと出た。

けのことだ。

克則は、二の丸広場の芝生をゆっくりと歩く。県立美術館から野鳥園横の斜面を抜けて法華坂へと出た。

坂を上れば、国立病院の裏門へと続く。その法華坂の石垣の下に三台ほど自動車が駐まるスペースがある。

一台の白い乗用車が駐車していた。

なにげなくその横を通り過ぎようとして、克則は足を止めた。

この匂いは……。

あわてて、その車を見た。

助手席の窓が開いている。そこから香気が漂ったのだ。

まさか。

助手席には女が乗っていた。間違いなかった。中原彩奈の笑い顔があった。

彼女は、まだミツコを使っているのだ。前の彼氏、安西輝彦からプレゼントされた香水を。

そして彼女は、あの服を着ている。胸元がV字形になったデザインの服だ。克則の位置からだと乳房の半分ほども見えてしまいそうだ。

「あ、は、は。ばーかみたーい」とか「チーくん、すけべえ」とかを黄色い声で言っているのが聞こえた。

チーくんというのが、運転している男のようだった。彩奈の右手は、チーくんの太股の内側に置かれていた。

　魔性の女だ。

　そう克則は実感した。

　彩奈とチーくんはすでに男と女の関係らしく、おたがいの話しかただけでもそうだとわかる。

　二人には、助手席の窓を覗きこむ克則はまったく見えない筈だし、気がつきもしない。

「そいでさー。そいでさー。これ買ったらさー」と彩奈は手に持っているバッグを目の前で振った。「もう、一文なしになったの。もう、私に買って、っていう感じで飾ってあったから、仕方ないから買ってやったのよ。だっからー、無一文になったわけ。チーくんがこれ買ってくれないかなあって」

　チーくんは、顔は見えないが、スーツは上品で高価そうだ。安西輝彦と同じタイプの金持の中小企業の社長の息子のような雰囲気がある。だが平日の午前中だというのに、何故彩奈のような女を助手席に乗せてこのような場所でのんびり過ごせるのかは、わからない。後部座席に、ゴルフ雑誌と、千代田製菓と書かれた紙バッグが載っているのが見えたからチーくんというのは千代田くんの略なのだろうな、と克則はぼんやり考えた。

「いくらだったんだよ」

「んー。七万八千円」

「まじかよぉ。女のバッグって、いい値段するんだなぁ」

「ねぇ。いいでしょう？　いいでしょう？」

いいでしょう？　というのは、バッグがいいでしょう？　ということなのか、買ってくれてもいいじゃない、と両方の意味に聞こえる。

「いいよ。買ってやるよ」とチーくんは仕方なく言った。

「やったぁー」と彩奈は両手の拳を突き上げてみせた。

よせ！　やめろ！　後で悔やむことになるぞ！　と克則は声を大にしてチーくんに教えてやりたかったが、できる筈もない。

指を咥えて傍観するしか、できないのだから。

「チーくん大好き。イケメンだし、性格も気前のいいとこも、私のータ、イ、プ、よ」と彩奈は臆面もなく言った。

彩奈は、そんな心にもない台詞が何の罪悪感もなく、さらさらと出てくる女だ。克則にも会えて嬉しいとあの日平気で口にした……。

助手席側の窓から見た横顔で判断すると、チーくんは馬顔だった。鼻が高いにもかかわらず、眼鏡はずり落ちて鼻眼鏡になるのだ。

「親に紹介するときは、化粧は少し大人しいほうがいいぞ」とチーくんは言った。チーくんは、真剣に彩奈との結婚のことを考えているようだ。こんな頭の悪そうな喋り方をする女に夢中になるというのは、チーくんも世間知らずなのかもしれない。

教えてやりたい。前につきあっていた男は植物状態で入院中だと。次に目をつけた男は犯罪者となって受刑中だぞ、と。

お前も、呪われてしまうぞ！

彩奈が、克則が逮捕されても一度も面会に来なかったのは、当然のことだった。彼女にとっては「次、いってみよー」くらいの考えでしかなかったことがわかる。

そう思うと、腸が煮えくりかえるような気がする。

「わかってるよ。そのときは、チーくんの親が安心するくらいの演技できるから」

「母親は勘が鋭いから、彩奈の本性を一目で見抜いてしまうかもしれないからな」

「本性がどうだっていうの？　彩奈はいつだって、こんな彩奈よ。厭だったら、別にいいのよ」

彩奈は完全に世の中を舐めきっている、と克則は思う。彩奈が〝親〟という言いぐさをするとは。せめて、〝お母さま〟なり〝ご両親〟だろう。しかも、甘えたり拗ねたりと、女の武器をフルに使いまくる。

しばらくチーくんは押し黙っていたが、思いなおしたように彼女に訊ねた。

「彩奈は、今、ぼくの他に誰かつきあってる人はいないのか？　学生とか」

「いないわよ」即答した。「同い年くらいは子供にしか見えないしー」

「その……その香水の匂いなんて、けっこうきついだろ。母親は、そんなのスゴく厳しいんだぜ。今までつきあった奴から貰ったのか？」

「これ、ミツコっていうのよ。高いんだって。叔父さんの外国みやげ。でも、彩奈もあまり好きじゃないんだ。チーくんが嫌いなら、つけないわ」

そういうと、彩奈は、バッグから携帯用の香水をとりだし、車外へ放り投げた。ミツコの携帯用容器が克則の横に転がる。チーくんは少し呆れたようでもある。

「今まで、つきあった奴はいるだろう？」

「あらー、彩奈の初めての彼はチーくんよ。だから、ちゃんと責任果してね」

臆面もなく彩奈はしゃあしゃあと言ってのける。すべての女性が、こうなのだろうか？

克則は、腹が立つのを通り越して呆れ返ってしまった。

そして、同時に情けなさがこみあげてくる。自分は、こんな女のために罪を償わなくてはならなくなったということか。

さらに、自動車の窓に近付きそうになって、あわてて克則は自分を抑えた。

これ以上近付いたら首輪が締まってくる筈だ。

「そろそろ戻らなきゃ。彩奈を、どこで降ろせばいいんだ」

「んー。下通（しもとおり）と銀座通りの交叉したところあたりでお願いしまーす」

「よっし」

それから、彩奈の乗った自動車は、克則の前から発進した。

克則は、それ以上、彩奈たちに関わることもできない。

彩奈の頭の中では、すでに克則が逮捕された瞬間から、きれいさっぱり克則の存在は消去されてしまっている。それは、わかった。克則が取調べを受け、判決が下り、刑に服している間、彩奈は日々、面白おかしくちゃらちゃらと生きているのだ。

人生とは、そういうものなのか？

どのような苦労を続けても、けっして日の目を見ることのない者と、そんな苦労には一切縁のない者が存在するのか？

いや、そういうことはない筈だ。彩奈のような生き方をしていれば、いつか必ず生き方に応じた報いが来る筈だ。それも最悪の形で。

そう信じなければ遣瀬（やるせ）ないではないか。

せっかく、美しい桜を見た後だというのに。まるで砂を嚙（か）むような思いを味わってしまった。

ただ、彩奈が話すことを聞いてわかったことがある。見えない自分の前では、人は真実を見せることがあるという事実だ。晒け出すということではなく、その人間の本質が見えてしまうということだが。

だが、あまり楽しいことではない。

自動車が去った後、小さな香水の携帯用容器が草の上に転がっていた。それを、克則は無意識に拾う。一度、鼻に近づけたが匂うことはない。そのまま、ポケットに入れた。

本当は、そのまま真っ直ぐに自分の部屋へ一度帰るつもりだった。だが、とてもその気になれなかった。無性にむしゃくしゃするのだ。

足は法華坂を上り始めていた。

行楽客に出会うと、右折してバスセンター機能を持つショッピングモールであるサクラマチ方向へと向かう。

サクラマチには入らず、数日前行った辛島公園に寄った。

噴水の横に、例のホームレスたちがいた。

自分が話に加わることができなくても、彼等の話を聞くことができる。

少し、ほっとした。

近付いてわかった。先日より一人少い。のべつ首を動かしていた男がいないのだとわかった。

先日は、あれ程、声高に能天気に話していたというのに今日は声をひそめて喋っている。

しかも顔をつき合わせて。

しかし、相変らず、二人はカップの焼酎を飲んでいた。

克則は、そんな二人のホームレスの背後に近付いた。

「信じられねえよなあ。あれほど昨日までぴんぴんしていたのになあ」

「でも、子供の話を珍しくしていたじゃないか。会いたいけど、会えない。迷惑かけてるからって。でも、一度ちゃんと謝っておかなきゃいけないってね。珍しいなあ。こいつがこんなこと口にするなんて。そう思っていたんだよ。あれ、ムシの知らせだったんじゃないか？」

誰のことだろうか、と思う。

頭髪の薄い男が言った。

「ああ、俺もそれ、ちと思った。あいつ、いつも首をピクピク動かしていたじゃないか。その癖が、子供の話をしたときは一度も動かなかったんだよなあ。あの時、あれっ、首を動かす癖がなおりやがった！　って思ったんだよなあ」

ああ、今、ここにいない三人目の男の話なんだな、と克則は思う。彼はいったいどうしたのだろう。ここにいないということは……二人の話題に上るということは……急病でもして、何処かへ運ばれたということだろうか。

「何時頃だったんだ？」

「ああ、あんたは、昨夜、酔い潰れていたから全然気がつかなかったんだな。ひどいもんだったぞ。多分二時過ぎだよ」

「そんなに飲んじゃいなかったよ。一昨日の夜が雨で、あまり眠れてなかったからさ。そんなにひどかったのか？」

「ああ。花畑交番が、慌ただしくなってさ。警官たちが駈け出すんで俺も見に行ったさ。その時は、火は消えていてさ。消防車も来ていてさ。救急車も来ていてさ。そのときは、すでにダメだな、こりゃって、皆言っていた」

「サンロード側から下りる地下通路だろう」

「そう、そう」

「あそこは、目立つから危ないって思ってたのよ。この間もそう注意したばかりだったのに。拳ふりあげて強がってみせるだけで、聞く耳持たなかったからなあ」

「何だか、寝込んでいるときに、着ているもんにライターオイルかなんかかけられて、火、つけられたらしい。あっという間に火だるまになったってさ。炎を見て通報した人が答えていたけど、五、六人いたらしいよ。蜘蛛の子を散らすように、それぞれ全然別の方角に走って逃げたみたいだって」

「火だるまって……苦しいだろうなあ」

頭髪の薄い男は眉をひそめた。克則は、まさか……という思いでいっぱいだった。強がっては見せるが、気の弱そうな男だった。その男が……。

「背中も、頭も、半分は炭になっていたよ。もう、ピクとも動かなかったな」

頭髪の薄い男は目を真っ赤にしていた。

「誰が、何が面白くてそんなことをやるんだよ。俺たちが、いったい何をしたっていうんだよ」

「警察の連中が言っていたけれど、この間、白川公園でホームレス狩りをやった連中と同じじゃないかって。手口だけ、どんどん残忍になってるって言っていたからなあ。

何度やっても捕まらないだろ。味をしめたんだろうさ。前はさ、よってたかって石投げつけたり、バットで殴りかかったりしていたのがさ、油をかけて火をつけるなんて、もう俺たちのことを人と思っていないんだよ」

それから二人は押し黙ってしまい、焼酎を飲んだ。

二人は同時に大きな溜息をついた。朋友を失った寂しさからだろう。

克則は、ホームレスたちから離れて、サンロード新市街前のスクランブル交差点に立った。昼前で、人通りは少いが、注意をはらいながら歩行者信号が青になるまで、市営地下駐車場へ下るエレベーター横で待った。そこなら急に人が近付いてくる心配はない。

歩行者信号が青になると、地下通路の入口を目指した。

そこが、昨夜ホームレスの一人が焼き殺された現場の筈だった。

その地下通路は、サンロード新市街の入口から花畑広場横を抜けて、サクラマチ・クマモトの地下街までつながっている。花畑広場横の地下からは、市営地下駐車場への運転者出入口も兼ねていた。

地下通路の昇降はエスカレーターである。夜間はエスカレーターは停止していたという記憶があった。そのエスカレーターの先の位置でシャッターが下りる。ホームレスが寝たりするとすれば、そこだろうと克則は思っていた。奥まっていて夜露もしのげるだろうし、雨風の影響も受けない。自動運転のエスカレーターだった。人の気配がないことを確認してエスカレーターに乗った。下り始めたのを確認して克則は駈け降りる。

下りきったところが踊り場になっていた。そこにタバコのハイライトが一箱と蓋が開けられたワンカップの清酒、そして辛島公園の花壇に咲いていたパンジーが輪ゴムでまとめられた花束として隅に置かれていた。

さっき公園で話していた二人のどちらかが手向けに置いたのだろうか、と思う。この被害者は、克則のことは何も知らない筈だ。しかし、克則にしてみれば、曲がりなりにも顔も知っているし声も聞いた。

自然に、両手を合わせてしまった。黙禱を続けた後、事件があったらしき場所を見たが、その周辺のタイルには焼け焦げの跡も何も見つけることはできなかった。花束や清酒のカップがなければ、そこで事件があったであろうことさえ、わからないのだろうなと克則は思った。少しだけオイルの臭いが漂う。

あまりにも寂しい哀れな死だ。克則には家族はすでにいないが、この男は最後に家族への思いを仲間に吐露している。

無念だったことだろう。

立場こそ異なるが、おたがいに社会から弾き出されたもの同士。悼まずにはおれなかった。

それから、昇りのエスカレーターに乗る。前方に、バッグを下げた老婆がいるため、克則は駈け昇ることはできない。ここは階段が設けられていないので昇降ともエスカレーターを使わないわけにはいかないのだ。このような事情がなかったら、克則も、エスカレーターを利用することはなかった。老婆が降りたら、ためらわずに駈け昇るのだが。

そんな不安が的中した。

後ろの地下通路で複数の足音が響いた。駈けてくる。

振り向いて、克則はその正体を見た。

六、七名の私服の中学生たちだった。サクラマチ・クマモト方向から仲間と地下通路を走ってきたのだろう。

来るな！

走って来るな！

克則は、祈るしかない。まだ前のステップに老婆が立っているのだ。今、来られたら、挟み撃ち状態だ。生唾を呑みこむ。

老婆の真下まで克則はとりあえず進んだ。バニッシング・リングに首を絞められる苦痛は、もう懲り懲りだ。

奇跡が起こった。中学生たちの足音が止まったのだ。

中学生たちが何故、止まったかというと。

奴等は、壁際に飾られた花束やカップの清酒を指差し、腹を抱えて笑っていたのだ。

七人の中学生。

こいつ等だ。直観的に克則にはわかった。こいつ等がホームレス狩りの犯人だ。だから、花束やカップ酒の意味もわかっている。わかっているからこそ、大笑いしているということが。

そうだ、彼等はまだ春休み中なのだ。暇にまかせてホームレス狩りという遊びを思いついたのだろう。昨夜、自分たちがやったことをチェックしに来たのだ。

犯罪者は、必ず現場に戻るという。

克則は厭な気がした。

中学生の表情を一人ずつ見る。どの子も平凡で上品な顔をしている。凶暴そうな顔付きをした子など一人もいない。どこにでも見かけそうな子供たちだ。

ただ、笑い声だけはちがっていた。怪鳥のような甲高い声をあげて笑い合うのだ。あたりに人がいないことをいいことに。

その笑い声が、彼等の容赦ない残忍さを象徴している気がしてならなかった。少年達は、人間の皮膚の下に、魔をひそませている。

背中を寒けが走ったと同時に、克則はエスカレーターの恐怖から解放された。

8

そのできごとは、数日間、克則にとって心に引きずることになった。自分には、犯人がわかっても、誰かに知らせることさえかなわない。

あの中学生たちは、同じ中学校の友人たちなのだろう。昼間は普通の中学生として過ごす。あれだけ、組織だった連係プレーでホームレス狩りをやるというのは、それなりの知能の高さも備えているのだろう。

そして家庭では、〝聞きわけのいい素直な優等生〟を演じ続けているのではないか、と思った。その証拠に、それぞれがセンスのいい上品な服装をしていたではないか……。

思いだすと厭な気持になるので、できるだけ克則は、そのことを考えないようにする。しばらくは、外に出ることも控えたほどだった。

午後、西部管理センターに食べものを取りに行く以外は、ほとんど自分の部屋の中に籠りっきりで過ごした。

世の中、外に出ると厭なことばかりが起っている。そう思えてならなかった。部屋の中で、ひたすら時間が経過するのを待つ。それが、退屈ではあるが、一番、安全で、囚人らしい過ごし方ではないのか。

日記も書けず、新しい情報を得る手段もないまま、時間を潰すには、眠りが一番いい方法なのだろうが、睡眠時間には限りがある。ましてや、克則の肉体は、それほどの睡眠を必要としない若さなのだ。

ひたすら腕立て伏せや、屈伸を繰り返し、肉体を疲労させようと試みるが、自ずと限界がある。

それに飽きたら、あとは自分の思考内だけのゲームに耽（ふけ）るしかない。

思考内のゲーム。

単純なものだ。

もし、この消失刑から解放されたら、何をやるか？　ということを考えていく。

勤めていた会社を訪ねるという選択肢はない。とりあえず、会いたい人に会って事情を話して、それから熊本を離れようか。そう考える。この部屋が処分できたら、自分のことを誰も知らない土地に移って、まったく新しい人生を始めようか。

履歴書に、賞罰を書く欄があるが、この刑に服していたことも書かなくてはならないのだろうか。馬鹿正直に書けば、まず採用されることは、ない気がするのだが。

刑に服したことは書かずにいれば大丈夫だろう。しかし、履歴詐称（さしょう）になるのではないか。

まあ、いい。

そのことは今度考えることにしよう。

とりあえず、刑期を終えたら、会って話をしたい人のことを考えよう。

中原彩奈の顔が瞬間的に浮かんだが、すぐに打ち消した。もう二度と目にしたくもない女だ。

机の上に目がいく。先日、彼女が捨てた香水が置かれている。この矛盾は……。

従兄や叔父、叔母の顔も浮かんだが、あえて話したい対象ではなかった。自由になったからと会いに行っても迷惑がられるばかりのような気もする。

中学時代から大学時代にかけての友人の顔が浮かんできた。ああ、あいつ等となら、馬鹿話ができそうな気がするが、仕事の忙しさにかまけて、ちっとも会っていなかったなあ。大学の親友は、東京へ就職してしまい、それからほとんど音信が途絶えてしまっている。

あいつには、電話してみよう。

中学時代の、よく遊んだ彼……名前はなんといったっけ。顔は思い出すが、名前は出てこない。克則は愕然（がくぜん）とする。

そう、考えていて気付く。

自分は、人との付合いは淡白だったのだな、ということを。

なのに、今頃、このような刑を受けて、初めて人恋しいという感覚を味わわされることになるのだ。

皮肉なものだ。

しかし、克則は、自分は恵まれている方なのではないかとも考えたりする。もっと、緊密な人間関係を築くことに重きを置いていた人なら、この状況は気が狂うほど辛いことではなかったろうか。

自分だからこそ、これで何とか耐えている。

それが、意味のない慰めであることを、すぐに悟るのだが。

かなり長いこと話をしていないことが、わかる。生まれてこの方、これ程長期間、声を発しないことはなかったのではないのか。それから少し不安を感じた。

刑が終了したとき、自分の声が失われてしまっているということはないのだろうか？　声が出せるにしても調子っ外れになってしまっていないか。

いずれも、今の克則にとっては、どうでもいいことに過ぎない。

そんなとりとめのない思考を繰り返していると、時間の経過が混乱してしまう。うとうとと眠りに入り醒めても真夜中で、夜明けまで、長い時間を待たなければならなかったり、浅い眠りを続けた後に、すでに昼下がりになっていることに気付き、慌てたりという状態だった。

さすがに、これではいけない、と克則は考えた。思考そのものも鈍化している。

その時期は、随分と夜の時間も短くなっていた。東の空がやっと明るくなりはじめるかわたれどきだ。

ベランダに出て見下ろすと人通りも車の通りもない。

外の空気を吸いに行ってみようという気が起きた。すでに一時間前から目を醒ましていた。まんじりともせずに克則は闇の中で膝を抱えていたのだった。

――歩いていない。

腕立て伏せや、屈伸だけではどうしても満たされないものがある。西部管理センターまでは毎日足を延ばしているが、距離的にはそれほどでもない。

雨が降っていたら、諦めたかもしれない。しかし、ベランダに出た克則の頬を爽やかな風が撫でたのだ。その風に誘われた。

克則は、前日のプラスチック容器を持った。

とにかく歩きたい。

どこまで歩こう。

やや明るくはなりかけていたが、日の出までは三十分以上かかるのではないかと思われた。日の出を見たい。

そう唐突に思った。それで思いついたのは熊本市の西部に位置する花岡山(はなおか)だ。熊本駅の裏手に位置する。標高は百三十メートルしかないから、山というよりは丘である。しかし熊本市中心部を一望できるし、距離的にも無理はない。山頂にたどり着くのが、丁度、日の出の時間になると踏んだ。

帰りに、熊本刑務所西部管理センターに寄ればいい。

克則は、まだ眠りから醒めていない町を歩き始めた。唐人町へ向かい大股で歩く。誰と出会うこともなさそうなので、ペースをあげる。正面に花岡山のシルエットが見えた。その山頂に仏舎利塔が見えるのが特徴的だ。

この時間帯に町を歩くことそのものが、新鮮だった。風景は見慣れているにもかかわらず、全然別の場所を訪れたような錯覚を持つし、ベランダで感じた風は、まだ心地よい感触を与え続けてくれる。

そんな静寂の中で突然、凄まじい排気音が轟き、真っ黒い車体の低いスポーツカーが後方から爆走してきた。その通りはメイン道路ではない。古い問屋が集中する裏通りなのだ。道路標識の制限速度は三十キロに指定されている。そんな通りを時速百キロを超えようという速度で疾走してきたのだ。

あわてて、克則は電信柱の陰に跳んだ。

瞬間的に黒のスポーツカーは彼方まで走り去り、二つ目の点滅信号で、凄まじいタイヤの軋み音を放ちながら新町方向へと右折していった。

この時間帯は、交通量はほとんどゼロだ。だから、代わりにこのような危険が待っている。車の姿が他に見えないのをいいことに、すべての抑圧を発散させるつもりで生命知らずの傍若無人の暴走運転がまかりとおる魔の時間でもあるのだ。スポーツカーのデザインといい、運転していたのは、まだまだ世間知らずの尻の青い若者のような気がする。そう遠くない将来に自分の向こうみずな運転で手痛いしっぺ返しを受けることになるのだろうと克則は想像した。

鹿児島本線の下馬天神の陸橋の下を過ぎ、安国寺と北岡自然公園に挟まれた道を抜けて、地獄坂の石段を上った。

かなりの急坂なのは覚悟していたが、階段幅が狭いのが少し不安だった。前から人が下ってきたら避けようがない。

だが、この時間には、まだ人はいない筈だと信じて、足腰のために駈け登った。

しかし、それも三十段も続かない。やはり運動の絶対量が少いのか、息があがってしまう。両方の足が上がらなくなり、階段横に延びる鉄枠にもたれかかり、息を整えた。車道上りを選べば距離はあるものの傾斜は緩やかだ。息も切れることはなかっただろう。

しかし、この地獄坂なら、唐人町で出会ったような暴走車に轢かれる危険は避けることができる筈だった。

誰がつけたのか、地獄坂というネーミングは言いえて妙だと克則は感心する。

がくがく震える膝をなだめつつ、地獄坂を登りきったところで、前方から早足で下ってきた老人が、こちらへ歩いてきた。あわてて道の脇へよけた。老人は、そのまま軽い足取りでペースを落さないまま地獄坂を下っていく。

数瞬の差だった、と克則は胸を撫でおろした。

「おはようございます」

「おはようございます」

前方で挨拶を交わす声が聞こえた。

花岡山山頂までは、朝の人気の散歩コースのようだ。顔見知りの老人たち同士だろう。まだ太陽は昇っていないというのに、元気なことだ、と克則は思う。

それから選んだのは、山頂まで続く階段だった。

山頂まで登りきって、石段の隅で克則は腰を下ろし、下界を見回した。

眼下に熊本駅が見えた。そして熊本駅の向こうからビルの谷間に沿って彼方へ走る白川の流れ。

左手の小山の上に熊本城がそびえる。その熊本城を囲い込むように見えるビル群。その上空を鳥の群れが飛んでいく。

その霞んだ熊本市街の彼方に阿蘇外輪の山々が見える。その稜線が明るくなり、その一点が輝き始めた。

日の出だった。

点は徐々に膨れ上がり、これほどの速度で太陽は動くのかと驚かされるほど光が溢れ返った。

克則は、その光景に目を奪われ、じっと佇んだ。

単純に日の出を見ようと、ここまで登ってきたが……。何と厳粛な光景であることか。ここまで、有無を言わさない存在があることに感動していた。

気がつくと、自然と涙が溢れていた。それも止めどなく溢れ続けるのだった。この気持の正体は何なのだろう……。

見回すと、何人もの人々が太陽に手を合わせたり、見とれたままでいる。宗教云々ではなく思わず手を合わせてしまう力が、そこにあるのだ、と克則も思った。

太陽が昇りきると、人々は山頂を下り始めた。克則は、きつい思いをしても、山頂まで登った甲斐があったという思いでいっぱいだった。

同時に喉の渇きを感じていた。慣れない階段上りの結果だろう。どこかで水を飲むことはできないのか……と思う。地獄坂の近くに飲料水の自動販売機はあったが、もちろん、克則には使えない。

いったん自分の部屋に戻れば事は解決するのだろうが、克則は唾も出ないほど喉がからからになっていたのだ。

仏舎利塔の裏へと、すがるような気持で回る。奇跡があった。

散歩者のための水道が設けられていたのだ。上に水を噴き出すタイプの蛇口だ。

そして、前に使用した誰かが忘れたのだろう。少量ずつではあるが、水を噴き出し続けていたのだ。

克則は、駈け寄って水を飲んだ。飲む寸前に、リングが邪魔をするのではないか、という怖れもあったが、幸いにも首を絞めてくることはなかった。これほどうまい水を飲んだことはなかったような気がする。

満足して飲み終え、口を拭(ぬぐ)った。そのまま水を出しっぱなしにしておくのはまずいと思い、蛇口をひねり、水を止めた。

そして振り返って知った。

首からタオルを下げた老人が、目を丸くして立ちつくしている。信じられないものを見た、という目で。

老人の目には克則の存在は見えていなかった筈だったから、目の前で寸前まで噴き出していた水が止まったのは不可思議な現象に映ったのかもしれない。ひょっとして、蛇口が目に見えない力で回されるところまで目撃したのか？

しかし、だからこそ克則と老人は〝首を絞められない距離〟を保てたのではないのか？

克則は、あわててその場所をあけた。

だが、またしても予想外のことが起こった。

地面は砂利が敷きつめられていた。

克則が、横へと退った拍子に、小石が彼の重さで、ざざっと音をたてた。今度も、首輪は幸いにも締まらなかった。だが、その音は、はっきりと老人の耳にも届いたようだった。

老人は向きを変え、肩をいからせた。そして叫んだ。

「誰だ。そこにいるのは？」

克則に返事ができる筈もない。ぴくりともせずに、身をすくめる。

「もののけか？　狐か？　わしを化かそうとしているのか？」

自分以外の何者かが、あたりにいる、ということを老人は確実に察知している。気配だけなら気のせいかと考えてくれただろうが、砂利を踏む音まで耳にしては、思い過ごしとは考えられなかったのだろう。

克則は、その場で微動だにせずにいた。

早く、向こうに行って欲しい。

それだけを願っていた。

老人は、身をかがめ、地面を見回す。まだ自分の知覚が正しかったことを確認したい様子だ。しかし、正体はわからずにいる。

「確かに、何かが、おった……」

そう、ひとりごとを漏らしながら。地面から目を移し、もう一度ゆっくりとあたりを見回す。克則の姿は見えていない。

ただ、視線が克則に向いたときに、老人は目の前を手ではらうような仕草をした。熊本刑務所西部管理センターで、リングの性能について説明を受けたとき、リングの装着者は周囲の人間の盲点に入ったような状態になるのだと言われたことを思いだした。ということは、克則に視線を向けたとき、老人は盲点が拡大した状態になっているのだろうか？　だから、目の前を手ではらうような動作を無意識にしてしまうということか？

老人は、くるりと背を向けた。その隙に、克則は数歩移動して老人からできる限り離れた。

「おーい。こっち。ちょいと来てくれ」

老人は、そう叫ぶ。その声の向こう、半球の白堊、仏舎利塔に鎮座する仏陀像に手を合わせていた老婦人がこちらに顔を向け、はあーい、と声をあげた。その様子から、老婦人が老人の連れ合いだということがわかる。

「急いで。急いで」

そう老人は手招きするが、老婦人は「はい、はい」と答えつつ、帽子を頭に載せながらよちよちとやって来る。

やっとやって来た老人の連れ合いは、いたって穏やかな性質のようだ。にこにこと笑いながら、「はい。はい。なんでしょうか？」

老人は、興奮が醒めやらぬのと、連れの行動ののろさに頬を真っ赤にしつつ、水飲み場を指差す。

「婆さん。今、そこに何かおった」

「はあ、そうですか」

「信じていないな。見えないが、わけのわからないものが、そこにおった」

「はいはい。あなたがそう言うのなら間違いないでしょう」

「そんな言い方をして、信じてないだろう」

「信じます。信じます」

「二回言ったな、二回言うときは信じてないだろうが」

老人は顔を真っ赤にして向きになる。安全圏まで離れた克則は、その二人の問答を聞いて噴き出しそうになるのを必死でこらえた。

「何がいたんですか？」

そう問い返されて、やっと老人は満足したようだ。腕を組み口をへの字に曲げて答えた。

「うむ。姿は見えないがな、何やら、妖怪みたいなものだと思う。今は、気配が消えてしまった。婆さんが来たからだ」

「あなたが呼んだから来たんじゃありませんか」

「昔から、花岡山には狐がおると言うとったからなぁ」

「今どき、狐はいませんよ。いるなら狸でしょ」

老人は、はっと顔を輝かせた。

「そうか、狸か。狸が化かそうとしたのか」

「狸なら悪さはしません。悪戯したんでしょう。もう化かされたんですよ」

妙に老人は納得したようだった。何度もうなずいていた。

老婦人が「何なら私のお尻を見せましょうか？　尻尾があるかどうか」と言うと、「いや、いいよ」

克則は、そのとき、魔が差したのかもしれない。このような意思伝達の方法もあると思えたのだ。言葉を発しなくても。

そんな気持をこめて、足元の砂利を踏みしめようとした。老夫婦の前で。

ぼくは、ここにいます！

右足を動かそうとする。

そのとき、首輪が反応した。急速に締まる。

耐えきれず、無意識に倒れこんでいた。

視界が真っ白に変化していた。どこかで、誰かの黄色い叫びが聞こえた。

微動だにできずにいると、ゆっくりと首の苦痛が和らいでいく。

目の前の風景が戻ってくる。

老夫婦が、あわてふためいて逃げ去る姿が見えた。

克則が倒れこんだ激しい音は、あの二人にしっかりと聞こえたらしい。

荒い息を吐きつつ、しくじったという思いで克則は、ようよう立ち上がった。

9

それから克則は、登ってきたときと同様に仏舎利塔正面の階段をひたすら下った。熊本刑務所西部管理センターに足を延ばそうと思っていた。

自動車道に出る寸前の階段横のベンチに腰を下ろし、あたりに人がいないことを確認して遅い朝食を摂った。朝食用の容器に入っていたのは紙パックの牛乳と真空包装されたクロワッサンだけだった。だが、克則には、それで十分だ。外で食べるモーニング食は、手早く簡単に済ませるものがありがたい。そして、牛乳が入っているとわかっていたら、山頂であれほど騒ぎを起こさずに済んだものを、と苦笑した。おかげで老夫婦を驚かせ、リングで自分の首を絞める結果を招いてしまった。

朝食は、数分もかからなかった。食事を済ませると車道を走り、今度は、熊本駅方向へと続く極楽坂（ごくらく）へ足を向けた。この坂は上りに使った地獄坂とは対になった呼称を持つ。熊本駅裏へと続くこの坂は、地獄坂と較べて道幅が広く、しかも、傾斜が緩やかだ。しかし自動車が通行することは、まずない。消失刑の受刑者である克則にとっては、理想的なルートだと判断した。

熊本駅を過ぎ、西部管理センターに着いたのは、それでも午前八時半を回った頃だった。容器の交換は午後からだ。容器には、その日の夕食から翌日の昼食までが入っている。だから、昼食時間以降が交換の時間だ。

本来、これ程早い時間に克則が来る必要はない。しかし、克則には、目的があった。熊本刑務所西部管理センターの一日が、どのようなものかを知りたかった。センター内には入れないが、敷地内で待機することは可能なはずだ。供給機から食べものを受け取るために、自由に敷地内へ入ることができるのだから。

センターの建物から、十数メートルの位置に、腰を下ろす。

あたりは、草が伸び放題の状態だ。車が通行する建物の周囲も草が刈られて小石が敷きつめられているだけだ。センターの建物も、安い資材を使った簡易建築物だ。選挙事務所のように、目的の期間が終了したら跡形もなく撤収できる構造と思える。

この地区は、いずれ官庁が軒を並べる予定と克則は聞いている。だから試験的に実施中である消失刑が本格的に導入されるときは、いずれにしても、このセンターは撤去され、また別の場所に本格的に建造されるということなのだろう。

駐車場には、二台の乗用車が駐まっているだけだ。その持主である職員は、すでにセンター内に詰めているということだろうか。

センター内は、外部から様子を知ることはできない。小さめの窓が、克則の位置からは四つ見えるが、いずれも鉄格子がはまっていて、その内部のガラスは鉄線入りのでこぼこのものだから乱反射してしまうのだ。

出入口は、入るときにドアが開かれるが、内部にもう一つドアがあり、白い壁が見えるに過ぎない。

軽自動車が砂利をはねる音をたてながら敷地へ入ってくる。克則の前をカーブして、駐車場の二台の自動車の横に停止した。中から、三十代の制服姿の刑務官が薄いカバンを手に持って降りてきた。肩が凝っているのか、首を右に何度も曲げながら、欠伸をしている。そのまま、センター内に入っていった。

続いて、三台の自動車が入ってきた。どれもセンターの職員のようだ、その間にも徒歩で二人の女性が通勤してきた。一人は見覚えがあった。克則が拘置所からセンターへ連れてこられたときに説明してくれた担当刑務官の一人だ。ただ、制服ではなく私服のコートを着ていた。肩には、大きめのバッグをさげている。

その姿では、町で出会ってもどんな職業の女性なのかは、まったくわからないだろう。克則に接したときの職業的雰囲気も消えていた。知らなければ、ただの中年女性だ。

最後の一台が入ってから、センター内の動きはなくなる。それから、しばらくは、克則は草の上に寝転がり空を眺めた。幸い日射しは暑くもなく心地よいだけだった。

ドアが開く気配がある。

二人の制服姿の職員が出てくる。二人は、駐車場に向かう。挨拶を交わし、それぞれの自動車に分かれた。一人が乗り込む前に、立ち止まったまま、あたりを見回した。それからその男も自分の車に乗り込んだ。

二台の自動車がセンターから去る。それで悟った。今、出て行った二人は夜勤でセンターに詰めていたのだ。さっき出勤して来た連中と、業務の引き継ぎを終えて今、帰宅したらしい。

少し克則は気になることがある。刑務官の一人が、自動車に乗り込むときに、あたりを何かを探すように見回したことだ。

あれは、自分の気配を探していたのではないのか？

克則には、そんな気がしてならなかった。センター内には奥に機器類があり、職員たちが、そこに座っていたことを思い出す。克則に説明はなかったが、常識的に考えれば、その機器類は囚人たちの行動を監視するモニター機器であったはずだ。

とすれば、当然、克則の首のリングは、所在を発信し続けているにちがいない。そしてセンター内のモニターに囚人が一人敷地内に来ていることを表示していたのだろう。

囚人がセンターの敷地内に足を踏み入れることは禁じられているわけではない。だから、それ以上の対処はされなかったのかもしれない。しかし、刑務官の立場としては、克則がセンターの敷地にいることが気にはなるはずだ。だからこそ、自動車に乗り込む前に、視認できるはずはないとわかっていても本能的にあたりを見回したのではないだろうか。とすれば、業務引き継ぎで、センター内の職員たちも、ここに克則がいることがわかっているはずだ。

しかし、新たに外の様子を調べようとセンターから出てくる者はいない。バニッシング・リングを嵌めた囚人など、何もできはしない。行き場のない無縁仏の霊が漂っているに等しいということなのだろうか。

それから、時間が経過した。日射しを強く感じ始めたので、克則はセンターの建物の陰に移動した。建物内部の動きは、まったくわからないし、人の出入りもない。すでに、ぼんやりとした時間を過ごすことには慣れてきたようで、克則は待つこともあまり気にならなくなった。

センターの建物の壁に背中を預け、腰を下ろし、膝を抱えて過ごした。気候のよさも加わってか、少しうとうとする。気がついたのは羽搏(はばた)き音でだ。あわてて顔を上げると、空地に二羽のカラスが舞い降りていた。

地上のカラスたちは、ゆっくりとあたりを歩き回る。別に目的は何もないようだ。二羽のカラスが興味を持ったのは、巨大な冷蔵庫のような外観の供給機だった。

よちよちと歩いて近付いていく。

カラスは、好奇心が強く、頭のいい鳥だと克則は聞いたことがある。鳥の形をしてはいるが、首の傾げ方や興味の示し方は、まるで人間である。

供給機の前に来ると、一羽のカラスが恐る恐る供給機を嘴で突つく。一度突つくと、用心のためか、あわてて供給機から離れ、そして何事も起こらないことを確認すると再び近付く。こんな風景をどこかで以前に見たことがあったな、と克則は思う。そして思い出す。テレビの深夜番組で見た映画だ。『2001年宇宙の旅』とかいう題ではなかったか。

あの中で、類人猿が、地上に高級知性が残した黒い石柱に恐る恐る触れて知的進化をとげるという場面があった。モノリスに触れて道具を持つことを覚えるのだ。

供給機に触れるカラスは、まさにあの映画の一シーンだ。地上から人間が消え去ったら、カラスたちが次の文明を担うかのような連想までしてしまう光景だった。

カラスは遊んでいる、ということを知る。カラスは遊ぶ動物でもある。

それから、今度は供給機に危険がないことを知ったのか、供給機の受取口に嘴を突っこみ始めた。その様子がおかしい。しばらく、無駄なことをすると思って見ていたら、奇跡が起こった。

ゴトン！

音がして、受取口に容器が落ちてきた。

さすがに、これはいけないと思った克則は立ち上がってカラスに近付いた。カラスも、克則の存在はわからない。

どうするべきなのか考えたが、本能的に身体の方が先に動いていた。

バニッシング・リングは作動しなかった。驚くべきことに、カラスは克則の両手の中にいた。

いや、もっと驚いたのはカラス自身だったろう。容器を取り出すことに夢中になっていて克則の気配に気がつかなかったらしい。パニックを起こしてグワァ、グワァと濁った声で鳴き喚いた。もう一羽のカラスは仲間の突然の狂態に驚き、上空へ飛び上がった。

カラスから手を離すと、羽を広げ数歩後退した後、逃げた相棒の後を追って飛び去っていった。

後ろで人の気配があった。

センターから、二人の刑務官が出てきた。カラスのあまりにけたたましい鳴き声に何事かと思ったらしい。

飛び去る二羽のカラスを見上げて言った。

「えらく、けたたましいケンカをやってたんだな」

カラス同士のケンカと思ったらしい。克則は本能的に身をすくめ、息をこらしてしまった。気がつかれるはずもないのに。

二人はカラスの気配が完全に消えてしまったことを確認して、再びセンター内に入ってしまった。

再び克則は、センターの日陰に腰を下ろした。

今の二人は、あの騒ぎは単純にカラスのせいだけだと思ったのだろうか？　自分がここにいることは想定していないのだろうか？　と克則は思う。

数分後に、自動車が入ってきた。ワゴン車だ。センター前で停車すると、運転手が降りてきて中へと入っていく。すると、先刻の二人の刑務官が出てきて、供給機の方へ歩いていく。

その自動車は囚人用の食事運搬車だということを克則は知る。運転手はワゴンを移動させて供給機近くへ停止させた。

刑務官の一人が鍵穴に鍵をさし込むと、供給機が開いた。

そこで初めて、カラスの仕業に気がついたらしい。

「誰か、飯を持って行ってない奴がいるぞ」

「返却と在庫をあたってみろ」

「大丈夫だ。数は合っている」

そう言いあっている。ということは、食料の容器は囚人の数にぴったりというわけではなく、やや余分に入っているらしい。

「何故、受取口に残っていたんだろう」

「供給機が誤作動を起こしたのかもしれないな」

「メンテナンス会社に連絡をとった方がいいですかね」

「ああ、そうしてください」

つまり、原因がカラスにあるという発想はまったくないらしい。

その間にも、運転手は、供給機内から前日回収された容器をカートに積み込み、黙々と作業を続ける。そして車内から今日の食事が入ったカートをセットする。六個単位で、合計六回収納した。つまり、現在、三十六人の消失刑の受刑者が存在するのだと、克則は知った。いや、供給機には、やや余分な収納がなされているようなので、三十人前後ということだろうか。

もっと受刑者は多い筈だ、と克則は勝手にそう考えていた気がする。しかし、三十人前後の受刑者にあれだけの管理のための刑務官を投入しているというのは、効率が悪すぎる気もするが。受刑者一人あたりの管理コストは馬鹿高いものについてしまう。そう考えてから、「ああ、これは試験期間ということだから、かまわないのか」ということに気がついた。だからセンターも、簡易建築だし、敷地も合同庁舎建設予定地だから、いつでも立ち退けるように舗装もされていないのだ。

消失刑が公になり、大量の受刑者を管理しなくてはならない状況が訪れれば、公認の施設が別途設けられることになるのかもしれないな、と思った。

供給機の補充作業を終了させると、運転手は書類にサインを貰い、早々にワゴンに乗り込むと敷地から出て行った。

二人の刑務官も再びセンター内に入っていった。またしても、静けさが戻る。

遠くで、市電が走り去っていく騒音以外には熊本駅からの発車を知らせるメロディ、そして、この町中に鳥の囀り（さえずり）が聞こえてくる。花岡山から、この辺りまでも飛んできているらしい。

見覚えのある白い自動車が入ってきた。克則が拘置所から、このセンターへ移送されてきたときに乗ったバンだ。センター内から、三人の刑務官が出てくる。制服の男に付き添われて手錠をつけて出てきた男は、克則よりもひとまわりくらい歳上のようだった。その男も、消失刑を選択したらしい。

自動車から下りて不安そうにあたりを見回していた。まだ、その男は、現時点では、「消失刑」の実態がどのようなものであるのかを理解していないはずだ。その男の目を見ればわかる。懲役刑より刑期が短くなると提案され、要領を得ないままに消失刑を受け入れた。故に正体の見えない不安感で押し潰されそうだ。だから、そんな目になっているのだ。

男は激しく目をしばたたかせていた。

そう。

消失刑がスタートした日の克則自身の姿でもある。

男は、刑務官に連れられてセンター内へと入っていく。男を送ってきた白いバンは、しばらくして帰っていく。今、内部では男に対して、消失刑の適性テストとレクチャーが行われているのだ。

自分と同じレクチャーが行われるのだろうか？　とすれば、刑の執行まで数時間かかるだろう。

それから、また、あてのない時の流れがある。少し時間は早いが、容器から「昼食」を出して食べた。本来ならレンジで温めてから食べるべきなのだろう。ドリアのようなものをスプーンですくって食べたが、ドリアとは似ても似つかない味だった。入っていた野菜ジュースで、無理に腹の中へ流しこんだ。

これで三食とも、片付けたわけだ。

容器を供給機に近付いて戻す。と、同時に容器は瞬間的に消える。同時に新しい容器が。

その虚しさに、克則は思わず溜息をついた。

同じことの繰り返し。

新しい容器を下げて、また、さっきの日陰に戻って、うとうととした時間を過ごした。

目が醒めたのは、人の気配だ。

センターから、数人の人々が出てくる。

その中に、自分と同じ囚人服を着た男の姿が見える。

レクチャーが終了し、男の刑が執行されるのだ。

刑務官によって刑の執行が告げられる。克則は、あえて近付く気もしないので、男の名前も刑期も熊本駅から届く列車の走行音に掻き消されて耳に届くことはなかった。

ただ、その男はどう自分の刑罰を受けとっているのかはわからないが、視線が定まらず終始おどおどとしているように見えた。

自分も、ああだったのだろうか？

そして受刑者の首には、例のバニッシング・リングが嵌められていた。最初のひやりとした感触を克則は思いだしていた。

これから、供給機の使用法の説明だ。それから執行。

そのとおりの順序で、進んでいく。

そして、刑の執行がスタートする。

さすがに、そのときは克則も立ち上がり、様子を見守った。

刑務官の一人が、受刑者の首輪に触れた。

数秒も経たずに、受刑者の身体が虹のような色彩に包まれ、それから見えなくなった。

自分の手や身体は、克則自身の目には見ることができる。だから、他の人の目から、どうして自分の姿が見えないのかというのが、今一つわからなかった。感覚的に摑めなかった。

だが、今、はっきりとわかる。

他人の目には、自分は、あのように映って<ruby>ない</ruby>のだ。

囚人がいる場所は、多分あそこだ、と見当はつく。しかし、その向こうにはちゃんと風景があり、囚人によって遮られている様子は微塵もない。風景も歪んでいるわけではないし、自分が聞いたときは「盲点に入ったようなもの」ということだった。

やはり、消失刑は、透明刑なのだ。

囚人同士だからといって見えることもない。だから、さっきの受刑者は、すでにどの位置にいるのかもわからなかった。

刑務官たちも、センター内に戻ろうとしていた。

何ごともなかったかのように。

自分は、最初の日、あれからどのように行動したのだろうか？

供給機から受け取り、我が家へ戻った……。

供給機へと視線が行った。

同時に、ガタンと供給機が作動した。容器を吐き出した。

先刻の受刑者はやはり、自宅へ帰ろうとして、すぐに供給機から食べものと日用品を受け取ったらしい。その容器は……克則には見えなかった。囚人が手に持つことで、やはり容器も盲点に入ってしまう。

もちろん、その囚人も、ここに克則が存在するということは、わからない。

センターの出口あたりに注意を向けていたが、囚人が出ていく気配を知ることはできなかった。足音も聞こえない。何かが目の前を通り過ぎる気配も感じない。

すでに囚人は出て行ったのかもしれないと思える。そのことを感知できないのは、当然だろう。

すると、克則は、ここに来た理由に初めて思いあたった。

新たな囚人を見たかったわけではない。

ひょっとして……刑期を終える囚人の姿を見ることができるのではないか、と願ったのではないか。

無の中から現れて、刑期が終了したことを刑務官に告げられて、祝福を受ける……。そんな光景を目にしたかった。

そんな光景を見ることが、唯一自分をなごませることができるのではないか、と。

しかし、これまでの流れでは、この日は、その様な願いは、かなえられないらしい。

それから、克則は一時間程、センター内でぼんやりと時間を潰し、虚しい気持を引き摺ったまま、帰途についたのだった。

10

暑い夏の時間も過ぎて、日中も歩いて心地よさを感じる。

消失刑も半年を経過した。バニッシング・リングも数字が驚くほど減少している。

1063 : 18.43
そのとき、鏡の中の数字を見た克則が思ったことだ。

もうすぐ。

消失刑が終了する。

まだ、遠い先のことのような気がしていたから、あえてリングの数字を見ることは避けてきた。

だから、克則にとっては二重に嬉しい。千時間を切ったら、リングの数字を、しょっちゅう確認することになるのだろうな、と克則は思う。

そして、これまでの受刑期間のことを思い出そうとしても、ほとんど何にも思い出せないことに気がつく。

特に夏は、最悪だった。酷暑の連続で、何をする気も起こらなかった。センターに食べものを受け取りに行く以外にはほとんど外出せず、ひたすら横たわって過ごした。最悪なのは部屋のエアコンが故障したことだ。克則はエアコンの修理ができるはずもない。仕方なく窓を開け放ち、熱風の中で、時を過ごした。センターに行くのは、もっと地獄だった。できるだけ日が陰るタイミングを狙い外出したのだが、それでも、熱風の中を歩くことには変りない。帰りつくなり、シャワーを浴びることが、唯一の避暑だった。

日曜や休日と重ならなければ、ショッピング・モールであるサクラマチで涼むことも許されたが、人が近付くことに気をつかい、心安まることがないのだ。数日は、熊本城が見渡せる休憩所のベンチで時間を潰したこともあるが、平日でも身寄りのない老人たちの溜り場になっていることを知った。そして、老人たちは、克則の横に突然に現れる。老人たちには克則の姿は見えないのだから、当然、悪意はない。それでもベンチに座ろうと克則に近付くと、至近距離でバニッシング・リングが反応する。

克則は、あわてて場所を空けなければならない。

何度か、そのような目に遭ってから、さすがに克則は懲りた。老人たちも、顔見知りが何組かできあがっている。地下でお茶菓子を買ってきて、いつまでも長居する。嫁の愚痴(ぐち)やら、政治家の悪口やらがあてもなく延々と続く。

その連中の側にいても、予測できぬ行動が多いので、危険なのだ。突然立ち上がり、走り寄ってきた。克則の存在がわかったのではない。尿意を催(もよお)して、トイレに走っていったのだ。

わない。

だから、酷暑の日々、克則は肉体が涼しさを求めても、そのモールに足を向けようとは思わない。

その頃には、自分に何ができて何ができないのかということを随分学習していた。

他人の家へ入ることが、禁止されていることは、克則は知っていた。しかし、どの範囲までが〝他人の家〟であるのか、線引きは不明瞭なままでいた。だが、涼を求めてデパートの中に足を踏み入れたときから、自分が考えている以上にその制限は緩やかなのではないかと思ってしまった。

克則にとってショッピングモールは禁止されているか不明の場所だった。しかし、中年女性が入っていくとき、発作的にその後についてモールに入った。

結果的に、首輪は締まらなかった。

バニッシング・リングは、モールは公共の場所だと判定したのだ。その事実は、克則にとって嬉しくてならなかった。だが、人が集る場所だけに、他人から見えない克則は相応のリスクを背負うことになる。その法則を一つ学習できればいい。

そして、それ以降はデパート内に足を踏み入れたことはない。

実験の一つとして、シネコンに足を踏み入れたことがある。

克則は、映画館で映画を観るタイプではない。観るとすれば、テレビか、あるいは思いついたときに借りてきていたＤＶＤでだ。

そのときは、開場時間になったばかりの朝のシネコンだった。散歩の途中に立ち寄り、そのまま開放されていたドアを抜けて館内へと入った。

シネコンは、人もまばらだった。捥(もぎ)りの横を抜けたことは、後になって気付いた。客がそのときいなかったため、係の女性が数分、場所を離れていたらしい。リングが締まらなかったのは、そのためかどうかはわからない。わからないが、結果的に、克則は場内に入ってしまった。

入口に女性が立っているときに、そこをすり抜けようとすればどうだったのか？　そのときはリングが締まったのだろうか？

もし、締まるとすれば、リングが作動する一番の要因は、リングを嵌めている人間の意識だということになる。知らずに入口を通り過ぎた場合には、作動しないのだから。

つまり、罪の意識を行動の中で感じたら、その罪の意識をリングが素早く読みとるということなのか？　とも思う。

それほど単純な仕組ではないだろう。何故なら、百人の囚人がいれば、百種類の罪の意識のレベルがあるのではないか、と克則は思った。自分がこのように罪の意識を感じているときでも、まったく罪悪感など感じない囚人もいるのではないか。そのような囚人はリングによる責めを負わないのだろうか？

そんなことはないはずだ。そんな風に感性のずれた囚人にこそ、力による矯正(きょうせい)が必要になってくるのではないか。

克則は、そんな疑問を抱きつつも、扉が開放されているスクリーンのうち、一番近い場所を選び入ってみた。

座席には誰も座っていない。既に空調が入っているようで、全身の汗がみるみる引いていく心地よさがあった。克則は、すぐに移動が可能なように、最後部の右端の席に座った。

このように映画館で映画を観るのは本当に久しぶりだ、と思う。しかし……客が誰も入ってこない。このようなときは、映画は上映されないのだろうか、と思ったりした。それであれば、涼むだけ涼めればいいと思う。

場内が暗くなった。

上映が始まる。予告篇だ。犯罪映画だ。久しぶりに大画面で観る映画の音響に、克則は驚いた。これほどの迫力があるものだったとは……。犯罪者が、人質をとり逃亡する。それを追う一介の市民らしい主人公。カーチェイスがあり、ビルからビルへ飛び移り、銃撃をかいくぐる。

克則は不思議な気持になる。

自分も犯罪者だ。

犯罪者が、犯罪映画の予告篇を観ている……。いいのだろうか？

そこで、克則以外は無人の場内に、初めて客が入ってきた。何故か、克則は逆にほっとした。客は中年女性の二人連れだった。座席は指定になっているらしく、暗い場内でフロアの床表示を確認しながら、ゆっくりと自分たちの席を探していた。その後から、また、老人が一人。

誰も客がいなければ、大赤字だな、と考えていたから、克則は、ほっとした。

そういえば、ここで、どんな映画が上映されるのか確認していなかった、ということに、そのとき気がつく。

正直、どんな映画でもかまいはしない。

中年女性二人は中央の席に、老人は、その斜め後ろの席に座った。いずれも、克則がいる位置からは離れていることで安堵した。

突然の他人の接近による恐怖の首絞めの心配は、少くともなさそうだ、と読んだ。

これで、少くとも二時間ほどは刑のことも忘れることができる。

そう考えた。貴重な娯楽だ。

そう甘くはなかった。

予告篇が終了し、本篇の上映が始まった途端だった。

荒地をバギーが猛スピードで走り抜ける。その映像にかぶせてタイトルが出たときだった。

タイトルの字も満足に読む余裕がなかった。視界に星が飛んだ。酸素を求めて大きく口が開いた。

バニッシング・リングが突然、作動したのだ。あまりの苦しさに座席から転がり落ちた。その位置から、出口までは十数メートルはある。とても、苦痛の程度からいけば、出口までたどり着けるとは思えなかった。

首を絞められながらも、そのとき克則のかすかな意識にあったのは、そこを出る、という切迫したおもいだけだ。

壁に寄りかかりながら、なんとか両足で立つことができた。それから座席横の階段を転がり落ちるように下った。足をもつれさせ、最後の四、五段は転がり落ちた。

それでもバニッシング・リングは容赦なかった。周期性をもってくいと締めてくる。生命に別状がないように一定時間締めた後に瞬間的に緩むということは、そのとき知ったのだが、苦痛に苛まれる身としては、それどころではなかった。

必死で両手と両足を動かし、床の上を這(は)った。

やっとロビーまで戻ったのだというのは、意識が鮮明になってからわかったことだ。それまで、自分がどのように苦痛から逃れることができたかというのは、思い出しても霧の中のできごとのようにしか思えない。それから克則はポスターが貼られていない壁際にへたりこみ、辛抱強く、息が整うのを待った。

映画の予告篇までは、大目に見て貰えたのだ……と克則は思う。一刻も受刑中であることを忘れてはならない、とリングは主張している。だから、本篇のタイトルが映った瞬間に仕置きを始めたのだ。

やはり、リングは克則の意識を読みとったのだろうか？　センターの管理だけで、あれほどタイミング良くリングが作動したりはしないはずなのだが。

そんな因果が、そのときの克則にわかるはずもない。ただ一つ。受刑中に映画を観るなどという行為は禁止されている。意外でもなんでもなかった。克則はその真実と法則を学習しただけだ。

もう、その実験も繰り返してはいない。

それまでのことを振り返ると、首を絞められる苦しさと、どうしようもない寂しさだけが思いだされるのだ。

暑いのが日中の残暑だけになると、克則は宵闇が訪れると外出したいと思えるようになった。

夜風が本当に気持よく感じるのだ。

市電の通りがまばらに感じられるようになった時間帯だった。もう午後十時を過ぎる頃だろう。

ベランダから開いたガラス戸を抜けて涼しい風が訪れる。その秋の気配に誘われて、克則はベランダに出た。

室内は暑さは感じなかったが、まだ日中の残暑が籠っていた。だから、ベランダに出たときの心地よさはひとしおだった。

遠くで虫が、かすかに鳴いている音が聞こえる。誘うように風が頰を撫でた。

見上げると一分の欠けもない真ん丸の月が天空にあった。そのまわりには雲一つないのだ。

頭上の満月は凛と輝いていた。

もう中秋と呼ぶべきなのだろうか、と克則は思う。同時に、このようなビルの谷間から名月を愛でるのは勿体ないと思えてきた。

発作的に部屋を出た。

長六橋横の遊歩道から観賞すべきだと思った。

電車通りを渡り、三号線下の地下通路を抜けた。この時間帯だから、人っ子一人通ることはないと承知していた。大の大人でも、この時間帯に一人歩きで、この閉鎖空間のイメージのある地下通路は歩きたがらない。上の横断歩道を選ぶはずだ。見知らぬ人物と、ここではすれ違いたくないと思うだろうし。

地下通路を抜けると、遊歩道だ。左に長六橋が見える。そして目の前を一級河川である白川が流れている。見上げると満月。

曲がりなりにも、この風景には風情があるなと克則は満足した。

ベンチを見ると人影が一つ。ぽつねんと腰を下ろしている。

ひょっとすると……という克則の予感は果して当たっていた。

ホームレスの荒戸だった。

ぼんやりと、満月を眺めていた。寂しそうな表情で。肩を落し、首を傾げて。

その心の中に去来するものが何かはわからない。

荒戸が暮らしているのは、長六橋の橋桁(はしげた)の下だ。そこからでは、月を仰(あお)ぎ見ることはできない。だから、満月を眺めるために、このベンチまで出てきたのだろう。

荒戸は、ベンチの左端に腰を下ろしていた。克則は、その背後からまわり、ベンチの右端に、そっと座った。もちろん、荒戸が気付くことはない。

他には、誰もいない。二人だけだ。だが、荒戸は、一人ぼっちだ。仲間のホームレスもいない。

中学の同級生が、今、何故こんな境遇に至ったのか、聞いてみたい気もする。だが、それは克則には物理的にできない。

荒戸が、黙したまま月を眺め、そして、一つだけ大きく溜息をついた。

その溜息は、どんな意味があったのだろうかと克則は考える。

生きていくことに、何の希望もないという溜息なのだろうか？

社会から、ケースこそ違え、弾き出された二人が、ならんでこうして月を見上げている。

そんな光景が、とても皮肉なことのように克則には思えた。

荒戸に家族はいたのだろうか？　職に就(つ)こうという努力を何故放棄したのか？　もし、今の自分に話す力を与えられたら、それは訊ねてみたい。克則は、そう思う。

三十分ほども、荒戸は月を見上げていたろうか。そして、ゆっくりと立ち上がった。気がすんだらしい。

鼻唄を歌っていた。そのままコンクリートの堤の切れ間から、川の方へ消えた。克則は堤から荒戸の姿を探した。荒戸はコンクリートの細い小径を歩いている。真っ直ぐに行けば長六橋の下に着く。長六橋のライトで荒戸の影が長く伸びている。

そう言えば今日は、荒戸はまったく独り言を呟いていなかったなと思う。前に会ったときは、世の中に対しての呪詛（じゅそ）をあれほど吐き続けていたというのに。その日毎に心理状態が変るものだろうか。

すると、突然、荒戸が立ち止まった。

それから、右の拳を天に突き上げながら、叫んだ。大声で。

「糞ったれがあ!!」

そして、再び、すたすたと、自分の塒（ねぐら）に向かって歩き始めた。

今の雄叫（おたけ）びで、少しは発散できたのだろうか？　いや、独り言を呟かなかった代わりに、それだけ溜っていたということか。

克則はベンチに戻り、それから十分ほど、無心に月を眺め続けた。それから、地下通路へと引き返す。

地下通路は薄暗いが明かりがついている。向こうから数人の影が来るのが見える。小声で話すが、四方が閉じているからエコーして克則の耳にも届く。

「何人で住んでるんだよ」

「一人だ。橋の下だ」

「一人なら大丈夫だな。反撃されないよな。いくつくらいだ？」

「さあ。陽に灼けてて、まっ黒だから、年齢はわからない。けっこうトシいってるかもしれないし、若いかもしれない」

「年寄りがいいな。抵抗しないから。若くて威勢が良かったらどうするんだよ」

「若くて威勢が良かったらホームレスなんかやってねーだろう」

会話で何の話をしているのかがわかる。

彼等は荒戸のことを言っている。

影を数える。一つ、二つ……七つ。

七人。

そして、その声が予想外にかん高いことに気がつく。声変りの頃の少年たちだ。

あわてて克則は地下通路から遊歩道へ戻る。

エコーした若者たちの声が追ってくる。下品で残酷そうな笑い声を伴って。

「石を投げるんだよ。何発か当たれば、向こうは脅えるさあ」

その会話にガラガラと雑音が入る。中の一人がバットを持ってきていて、それを引きずっている音なのだ。

七人が地下通路の明かりの下まで来た。

見覚えがある。この七人は……。

新市街の地下通路で春にホームレスが焼き殺される事件があった。その現場跡で見かけた中学生たちだった。多分、ホームレス狩りをやったのは、この七人の中学生に間違いないと克則は確信したものだった。

その七人が、またしてもこんな場所に現れた。

誰かが、長六橋の下で寝起きする荒戸の情報を皆に伝えたのだろう。それで、ホームレス狩りのためにここへ七人揃って現れた……。

これから、荒戸の寝込みを襲うつもりなのだろうか？

「ライターオイルは？」と一番背の高い帽子をかぶった少年が訊ねた。

「コンビニで売ってくれなかったんだよ」

右端の少年が言った。

「何だよ。じゃあ、やれねえじゃねえかよ」

背の高い少年が、右端の少年を膝蹴りするようなアクションを見せた。あわてて弁解している。

「仕方ないから、ファンヒーターに入ってた冬の灯油の残りを水鉄砲に入れてきた。結局同じだろう？」

「冬に使った灯油か。夏を越したんだぞ。水になってないのか？」

「灯油が水になるなんてことはないよ」

そうだ。間違いない。

今から、この少年たちは、荒戸を標的にしてホームレス狩りを始めようとしている。

「だけど、もし捕まったら、ぼくたち刑務所に行かなきゃならないんじゃないか？」

「何を気の小さいこと言ってるんだ。世のためにやってるんだぞ。汚ねえ連中がいなくなれば町はきれいになるだろう？　この間も、大丈夫だったんだ。警察も、おざなりな捜査しかしないんだよ。お前、抜けたいのか？　抜けてもいいよー。でも明日から知らないからなぁ」

どうすればいい。

克則は、自分の胸が銅鑼（どら）のように鳴り響いているのを感じていた。

中学生たちは近付いてくる。

11

克則は、どうするのが最善の道か、思考が散り散りの状態で、まとまらない。思いつくのは、大声で叫んで人を呼ぶ、といった単純なことだが、今の自分には不可能だということに思いあたる。

少くとも克則には、荒戸の危険を見過ごすことはできない。だが、最善の方法は何か、思いあぐねるうちにも、七人の中学生たちは狂気じみた哄笑とともに、荒戸の塒を目指す。大声で叫ぶことが、もし可能だとしても、その方法が有効だというわけではないのだ、と悟る。あたりには克則以外の人の気配がない。凶獣と化したコドモ集団だけだ。

とりあえず、克則は走った。

長六橋下から、白川に沿って遊歩道沿いに延びる堤防の向こうに橋下へと続く小径への階段が設けられていた。反射的に、克則はその階段を駈け下りた。克則に他に選択肢はない。中学生たちが荒戸を襲うにしても、そこから侵入するしか、他に方法はない。コンクリート壁に手をあてながら、長六橋の橋脚を目指して進む。足元は真っ暗で細心の注意をはらって進まなければならない。しかし、その先の橋のたもとは、段が広がり荒戸の塒になっているのだ。遠目で見た記憶が蘇える。段ボールが敷きつめられた青いビニールシートの家。

今は明かりも見えない。もう休んでいるのだろうか？

声をかけることは、首輪のせいでできるはずがない。どうやって知らせればいいというのか。

迷いつつも、橋の下へと進む。川岸に繁茂（はんも）している丈の高い草の群れだろうか？　はっきりと見えないが、風のせいでざわざわと騒いでいた。まるで克則自身の心中を表しているかのように。いや、この部分の下は川面の筈だ。

頭上の橋の上では、長距離トラックのライトが光芒（こうぼう）を放ったりもするのだが、その真下を照らし出してくれるわけではない。無機質な騒音をまき散らしながら彼方に遠ざかっていくのがわかるだけだ。

橋の下へと入ったが、暗闇だ。どこに荒戸がいるのかも、皆目、見当がつかない。

手探りで進んだとき、手応えがあった。

ビニールシートの感触だ。その中に、荒戸がいるはずなのだ。無意識に摑んだシートが、ばりばりっ、とけたたましい音をたてた。

「なんだ！　何だっ！」

寝呆（ねぼ）けた男の声が、ビニールシートの中からする。荒戸がいるのだ。

「逃げろ！　ここをすぐに離れろ」

そう叫びたかった。口を開き声を発そうとした瞬間、察知したかのようにリングが反応し始めたのがわかった。

結局、叫ぶことはかなわない。意思を伝えることはタブーなのだ。さっきは不可抗力でビニールシートに触れてしまったから許される。だが、危機を伝えるために、ビニールシートを摑むことは許されないらしい。リングが反応しようとする気配が克則にはわかる。

ビニールシートの中で明かりがついた。

そうだ！　と克則は胸をざわつかせた。警戒するんだ。そうすれば、少くとも悪ガキたちが怯むひる可能性は大きくなる。

ばさばさと音がして、突然中から荒戸が顔を出す。真っ黒い顔の中で、白い歯だけが浮かんで見えた。

克則はなんとか知らせる方法はないか、と必死で考えた。一刻も早く、逃げるんだ。襲われるぞ。だが、その意思をリングは読みとっているのか、今や、克則が荒戸に近付こうとするだけで、リングの締まる気配を感じる。あの苦しさを知らなければ、無理にでも叫べたかもしれないのだが、それだけ克則には恐怖の伴った理性が残っているのだ。そこまでの勇気が湧いてくるわけではない。脂汗をかいた手を握りしめるのが精一杯のことだ。

荒戸は、しばらく外の様子をうかがっていた。彼にとっては、何の変った様子も感じられないらしい。しきりに首をひねった。

「何だ。風かよ！」とボソリと言う。

ちがう！　風なんかじゃない。気付いてくれよ。

しかし、克則の願いも虚しく、荒戸は、大きく欠伸を漏らし、二、三度首を振ると、ビニールシートの中に姿を消してしまった。

数秒後に、明かりまでも消える。またしても荒戸は寝込んでしまったらしい。

最悪だ！　と克則は心の中で呟く。

風の音に混って、中学生たちの気配が近付いてくるのが、わかった。連中は、すでに堤から、コンクリートの小径に下りてこようとしているようだ。それは克則にはわかる。さすがに、全員が黙っているが、彼らの持つライトで、その位置がわかるのだ。

ここまでやってきて、ビニールシートハウスに灯油をかけ、荒戸を火だるまにしようという計画なのだろう。黙ってはいても、時おり、うひひという、獣のような笑いを隠しきれずにいた。善悪の区別どころか、正気と狂気の領域さえ定かではない連中のようだ。

克則が、中学生たちから荒戸を守る手段はそのとき他に考えつかなかった。連中に近付くことはできなくても、連中が克則に接近することはできる。

ライトを持った彼等は一列になってコンクリートの小径を小走りにやって来る。

克則は、中学生の持つライトに背を向け、小径を覆うように横たわる。

小径の幅は一メートルもない。克則の足は宙に浮いている状態だ。

ざっ。ざっ。ざっ。ざっ。

彼等の履いた靴の音が近付いてきて、克則は目を閉じた。

至近距離に来たと感じたとき、バニッシング・リングが克則の首を急速に絞めた。反射的に克則は身を縮めた。

克則の背中に何かが当たるのを感じたのが、同時だった。

「あわっ」と甲高い悲鳴のような声が響き、誰かがコンクリートの斜面を転がり落ちていく。続いて、「ああーっ」と泣きそうな声がして次の少年も落ちた。水音が二つ続いた。

後方に続いていた残り五人の少年も、そこでやっと異変に気がついたらしい。

「止まれ。止まれ。止まれ」と叫んだが、次の少年も勢いが抑えられなかったのか、それとも後ろの少年から押されてしまったのか、克則のリングを蹴り、そのまま宙を飛んだ。

激しい水音が立つのを克則は聞いた。

後続の少年たちも何か尋常ではないということに、気付いたらしい。立ち止まっていた。三人も、白川に続けざまに目の前で転落したのだから。しかも派手な水音をたてて。

先頭の少年がライトを持っていたのだが、すでに水中に飛ばしてしまったらしい。あたりは、闇に戻っていた。

克則が考えたのは、落ちた少年たちがどうなったかということだ。

水量は多かったろうか？

流れは速かったろうか？

立ち止まった少年の一人が、「うわーっ」と悲鳴を上げて走り去る。理屈で考えても、不可解な現象が目の前で起こっていることの恐怖から一刻も早く逃げ出したかったのだろう。仲間を助けようともせず遁走する。

それが合図になったのか、残った数人も、ばたばたと逃げていく。

「おーい。助けてくれよう」

川の中から声がする。克則が起き上がると、ざぶざぶと複数の水音がする。

「おーい。逃げるなよ。上がれないだろう」

「いないのかあ」

克則につまずいて落下した三人だ。克則はほっと胸を撫でおろす。川は、それほどの深さではなかったのだ。三人とも生命に別状はないようだ。川の中を歩きまわっているが、コンクリートの橋脚を這い上がることができずにいる。

「助けて下さーい。誰か助けて下さーい」

情けない声で叫んでいた。

ビニールシートの荒戸の塒で再び明かりがついた。

「誰だよ。何やってるんだよ」

荒戸が現れた。ライトを手に持っているから荒戸の姿はシルエットでしか見ることはできない。

「すみませーん。お願いしまーす。助けて下さーい」

中学生の一人が荒戸に哀願した。

ライトが川面に向けられて、初めて克則も落ちた三人の中学生たちの姿を、まじまじと見ることができた。

三人は、まるで下水道から出てきたドブ鼠だった。頭から落ちたのか、髪の毛までずぶ濡れで、三人が三人とも口をへの字にして情けない泣き顔を浮かべていた。両手を幽霊のように垂らして。

そこには、先刻の残虐な表情は微塵もない。あるのは幼稚な子供の助けを求める顔だ。

「なーんだ。お前たち。そんなとこで、なーにしてるんだあ」

荒戸は愉快でたまらないという声で三人に呼びかける。自分が襲われかけていたとは露知らず。あまりの能天気ぶりに、克則は溜息を漏らしそうだった。

中学生たちは、声をかけてきたのが、今から襲おうとしていたホームレス本人であることに気付いたらしく、声を失ってしまった。

少しは罪の意識も残っていたらしい。

「寒いのかあ？　黙っとっても、何もわからんだろうがあ」

三人は、荒戸に答えない。いや、答えられない。

「お前たち、落ちたのかあ」

やっと一人が、ようやく「はい」と蚊の鳴くような声で答えるのが聞こえる。

「バチがあたったんだなあ」

荒戸は、しゃがみこみ、川を見下ろして、そう言った。明かりに照らされた三人は、ばつの悪そうな表情で唇を噛む。うち一人は、ぎょっとしたように目玉を剝いていた。灯油を入れた水鉄砲を持っていた子だ。すでに彼の手の中には、その水鉄砲はない。

荒戸は続けた。

「こんな夜遅くに、夜遊びしているからバチがあたったんだぞ。おまえたちくらいのときは、睡眠をよくとらなきゃいけないんだ。勉強もしなくちゃならない。夜中にこんなところに来るなんて、間違ってるぞ」

一人の子が「すみません。すみません」と繰り返し謝っている。

「なんで、こんなところに落ちたんだあ？」

荒戸も中学生たちの生命に別状ないことがわかり、楽しんでいる風情がある。

なんで、落ちたかと訊ねられても、彼等自身も何故なのか、わからない筈なのだ。克則につまずき、気がついたら川に落ちていたにちがいない。

どう説明したものやらわからずに三人は口籠ってしまった。まさかホームレスを襲おうとしたなんて口が裂けても言えないだろうし。

やっと一人が口を開いた。

「妖怪です。妖怪に化かされました」

なるほどと克則は思う。説明のできないできごとに遭ったわけだから、そう話すしかないらしい。それであれば、中学生たちにも説明がつき自分自身でも納得できるということか。克則の姿は、彼等の目には見えていなかったのだから。

「妖怪って……もののけってことかあ？」

「そうです。妖怪あしはらいだと思います」

「そうか。妖怪なら仕方ないなあ。おまえたちがいい子だったら、もののけも悪さをしなかったんと、ちがうかあ？」

三人は押し黙る。

「お願いです。助けてください」一人が泣き声を出した。

荒戸は、腕組みして首をひねった。それから、「ちょっと待ってな」と自分のビニールシートハウスに引き返した。戻ってきた荒戸の手には、ロープが握られていた。明かりで照らされてわかったのだが、黒と黄色の縞(しま)のロープだった。ということは、「私有地」やら「立入禁止」の土地のまわりに張り巡らされているロープを、荒戸は確保していたらしい。

「この下に来いよ」と手招きする。「一人ずつ、引上げてやるから、軽い奴から、腰にこの縄を結びつけろや」

そう言うと、ロープの片方を川の中に放りこむ。

「すみませーん。お願いしまーす」と一番身体の小さな子が叫んだ。

「よおし。引上げるぞ」と言って荒戸がライトを置き、ロープを引っ張り始めた。たかだか三メートルほどの高さだし、五十キロ程の重量なのだろうが、荒戸の栄養失調の細腕にはこたえるらしい。呻き声を漏らしながら、引上げる荒戸は必死の形相だろうと思われた。克則も駈け寄っていき、一緒にロープをたぐりたい衝動に駆られたが、リングが反応しかけたのを知り、心の中で声援を送ることしかできなかった。克則としても、悪いのは中学生たちの方だし天罰なのだとわかっていても、責任を感じてしまう。

最初の一人がやっと引上げられる。その子は、コンクリートの上に両手と両膝を突き、疲れ果てた様子だ。しかし、荒戸が叱咤する。

「なんだ。助けられた方がそんなにへたばっていてどうするんだ。今度は、二人で引上げるんだぞ」

次のロープを川に垂らす。真下では、餌を求める鯉のように二人が両手を伸ばしていた。中学生の力とはいえ、二人で引上げるとなると随分と楽なようだった。最初の一人のときよりも、短時間で決着がついた。

三人目が、リーダー格の一番身体の大きな子だ。彼が皆を扇動していた。

その子を引上げるために、荒戸と二人の子が力を合わせてロープを引っ張る姿は、まるで綱引き大会だ。もう、荒戸は呻き声を漏らさずに「オーエス、オーエス」と掛け声をかけていた。

だが、最後にその子にもう一度、天は罰を与えた。それまでも使用されたロープは風雨に晒(さら)され続け、かなりくたびれていたのだろう。

もう少しで引上げられるというところで、「あっ」と荒戸はじめ引上げる三人が、後ろへ引っ繰り返った。と同時に、激しい水音が響く。

老朽化したロープが切れてしまった。

次に二本のロープを垂らして巻きつけ、引上げられたのだが、引上げた三人は、へたりこんで、ぜいぜいいっていたほどだ。

やっと落着いた三人の中学生は、今度は交互に、でかいクシャミをやり始めた。

荒戸が、右手の甲で三人を追いやるように振りながら「さあ、もう、さっさと家に帰れ。風邪をひいてしまうぞ。いや、もうひいてしまったかもしれんがな。夜遊びばかりしていると、俺みたいなホームレスになっちまうぞ。さあ、帰れ、帰れ」

昼間、独り言を呟きながら町中を放浪している荒戸和芳が言う台詞(せりふ)とはとても思えない。

すると、やはり三人はそれなりの幼い年齢だからだろうか？　揃って、荒戸に対して頭を下げた。

「どうも、ありがとうございました」

「もう、夜中に、こんな危い場所をうろつくんじゃやないぞ」

「はい。もう二度と来ません」

よしっ！　と荒戸は腕組みをした。三人は何度も荒戸に振り返り頭を下げながら、立ち去っていく。しかも、先程、克則が荒戸を救うために小径で横たわっていた場所に来ると、不思議そうに自分たちが蹴躓いたものの正体を確認しようとしていた。

しかし何も見つかる筈がない。

不思議そうに首をひねりながら去っていく。

これで、少くとも今後は、あの悪ガキ連中の残虐の標的に荒戸がなることはないだろう。分別臭そうに、荒戸は腕組みしたまま足を広げ、三人を見送り続ける。また、滑り落ちることのないように見届けてやるといった様子で。

ひょっとしたら、あの中学生たちはホームレス狩りも、やめるのではなかろうか？　だとすれば、自分や荒戸のとった行動は無駄だったわけではない、と思う。

だが、他のホームレス狩り事件の罪は償ったことにはならない。しかし、それを裁くのは、克則でないことは確かだ。

中学生たちが姿を消し、荒戸は橋下の塒へ戻ろうと踵を返した。

克則も責任を果したという思いで、自分の部屋へ帰るつもりで、その場を離れた。

そのときだった。

「誰だ。そこにいるのは？」

荒戸の声が聞こえた。振り向くと、荒戸が克則の方を睨んでいたのだ。

見えるのだろうか？

いや、見えてはいない。その証拠にしきりに克則の位置を確認するため小刻みに首を振っている。見えているのなら、焦点も定まる筈だ。

気配だけを感じたのだ。

そのときは、克則は、荒戸が自分の存在を認めてくれた歓びと、禁を破ったことによるリングの制裁が下るのではないかという恐怖が入り混った複雑な心境だった。

だから、咄嗟にとった行動は自分の動きを凍結させる、ということだけだ。

荒戸は、身を少し低目にし、ライトを、克則の方に向けながら近付いてきた。

影が伸びている！

自分の足元を見て、克則はそう思う。自分の姿は見えなくても、影法師（かげぼうし）だけは隠しようがない。他人の目にも見えるのではないか？

だが、意外なことがわかった。

影も、荒戸には見えていないのだ。しきりに自分の目をこすっている。ぶつぶつと「ぼやけて見えるんだよなあ」と呟いている。

それもリングから発せられる電波のせいらしい。そこまで考慮はされている筈だ。昼間の太陽の下でも影はできるのだから。

自分の周囲は、リングで認知できなくなる。そして、自分の存在を連想させる事象の範囲が広ければ、視力そのものにも一時的な干渉を行ってしまうらしい。

荒戸は、そこで首をひねった。それから、独り言を言う。

「確かに、ずりっ、と足を擦るような音が聞こえたんだがなあ。この間も、聞いた気がするんだ。さっき、ビニールシートを揺すったのも、そうだよな。

何かいるんかっ！」

それから、耳をすませて周囲の反応を確かめるように見回す。

「おまえ……もののけか？

さっきの子供たちが言っていた、妖怪か」

はっきりとした声で、そう呼びかけてきた。

そのとき、ライトが上からも照らされた。照らしたのは、橋の照明でもはっきりわかる。

二人の若い警官だった。

「今、そこでずぶ濡れの中学生たちを補導したんだが、橋の下のあなたを襲おうとして白川に落ちたんだと言っている。話を聞かせてもらえないか？」

荒戸は怪訝そうに見上げると叫び返した。

「おれを襲ったって？　何を言ってるんだ？　あの子たちを、おれが助けたんだぞ」

意味がよく摑めていないらしく、荒戸は拳を頭上に振り上げる。頓珍漢な会話で……。

もののけは、さっさと退散だな、と克則はコンクリートの小径を脱け出した。

12

実は、このとき、克則にとってとんでもないことが起きていたのだが、そのことに気がつくのは、数日が経過してからのことになる。

その間に克則の考えを支配していたのは、あのときホームレスの荒戸が、何故、克則の気配を察知できたか、ということだ。もし、あの後に警官たちが現れなかったら、荒戸は克則の存在を知ることができたのではないのだろうか。それを契機として、克則は荒戸と意思の疎通がはかれる方法を探りだすことができたのではないかという可能性にまで想像が広がっていく。

そう考えて、二度ほどもあれから長六橋下のビニールシートハウスを訪ねてみたが、荒戸は不在だった。最初は次の夜。続いて昼間に。

長い取調べを受けているのだろうか？　とその夜は考えた。そして、昼間は、放浪中なのかもしれないと。

だが、そのときは、そこまで執着を持っていたわけではない。

刑期終了まで、後一ヶ月程度しかないのだから。その期間を無事に務めあげれば、娑婆(しゃば)の自由な生活を満喫できるのだという希望が湧き始めていた。

それがなければ、克則は、まだ訪問を続けていた筈だ。

数日が経過した。

すでに世の中は十月を迎えている。

その筈だった。

その朝、目を醒ました克則は、顔を洗った後、鏡の中のバニッシング・リングを凝視した。数日、確認することを我慢していたからだ。

克則の予想では、リングで表示される数字は八百時間を切っている筈だった。

鏡に顔を近付け、首を上げる。

愕然とした。

自分の目を疑った。

リングの液晶の赤いデジタル文字。

1044：37.18
そんな馬鹿な。

一週間以上も前に1063という数字を見た記憶があった。で、あれば数字はかなり前に千時間を切っている筈だ。

前回確認したときよりも十数時間しか経過していないなんて、何かの間違いにちがいない。

何度も確認のために目を近付けた。

間違いない。

放心状態のまま、克則はリングに表示された数字を凝視し続けた。

変だ。

新たな真実に、克則はそのとき気がついた。

その真実は恐怖を伴っていた。

リングの数字が、まったく変化しない。

1044：37.18
本来であれば、一秒ごとに数字は減少していく筈だ。千四十四時間三十七分十八秒から千四十四時間三十七分十七秒へと。

時間表示は静止したままだ。

何らかの理由で。

数字が減少していく筈がそうならない。

自分の耳に胸の鼓動が激しく打つのが聞こえてくる。

バニッシング・リングが壊れた。

いや、表示部分だけがフリーズしたのだ。他の機能は正常に働いているんだ、と克則は言いきかせる。

試しに「そんな馬鹿な」と叫んでみようとした。

克則は、リングが自分を苦しめる機能は正常に作動していることを知った。声を発しようとした瞬間に、リングが締まり始める気配がわかったのだ。

あわてて、叫ぶのをやめる。喉から情けなくも空気だけが漏れた。

何故、こんなことが起こったのか、必死で考えた。

欠陥リングだったのだろうか？

試験施行であれば、真っ先に正すべきは、リングの機能じゃないか。

いや、先日までは正常に刑期の残り期間を表示していた筈だ。

では、何故？

いくら考えても答は導き出せない。

朝食をとる意欲すら失われてしまった。洗面所で、克則は魂が抜けたかのように座りこんでいた。

ひょっとして、あの時だったのでは、ないのか？

ようやく、一つの可能性にたどりついていた。

荒戸をホームレス狩りから救おうとしたときだ。中学生たちが、荒戸の塒を襲おうとしたとき、自分は何をやったか。自分の身を挺して中学生たちを白川に落した。

あのときだ。

コンクリートの小径に横たわって、道を塞いだ。そして、三人の中学生が、克則につまずき、川へと落ちた。

二人目までは克則の背中に足をとられた。しかし、三人目は……。

克則の首に足が当たった感触があった。そうだ。リングにだ。

もし、バニッシング・リングに不調が起きたとすれば、あのときしかない。リングが蹴られた衝撃で……。

そうだ。あの日の朝にリングが表示した数字を確認したのだ。

あのときの数字の残時間千六十三時間。表示の停止時間は千四十四時間。十九時間後ということになる。時刻的には、だいたい合致する。

これが、どういうことを示すのか考え始めると、悪い想像が生まれてくる。

刑期を終えても、バニッシング・リングがはずれることはない。永遠に消失刑から逃れる術（すべ）がなくなってしまった。

それが、最初の悪夢にも似た連想。

いや、そんな異常事態も想定されているのではないか、と考えたりする。だとすれば克則が願うのは、バニッシング・リングの時間表示機能だけに問題が起こったのだという可能性だ。時間表示機能が、ある瞬間に正常な時間を打ち始めるかもしれないではないか。

あるいは、表示機能に変化は最後まで起こらないが、刑執行満了とともに、リングは自動的に克則の首から外れ落ちる……というものだ。

克則にとって一番都合のいい想像だ。だがそうなってくれる保証は何もないし、一番可能性が低いように思えてならないのだ。

せっかく、ここまで刑期を務めてきたというのに。

刑期満了の日を数えてみた。

刑がスタートしたのは、桜が咲き乱れる三月三十一日だった。あれから五千三百時間の刑であれば、十一月の五日が、刑の終了ということになる。

すでに十月に入っているということは、わかっていた。後、三十日。どんなに数えちがいをしたとしても、三十五日で刑の満期を迎える筈だ。

それまでは、この事は考えないことにしよう。くよくよと思い悩んでも、今の自分にできることは、何もないのだから。

そう、自分に言い聞かせることにした。

そんな結論にたどりつけたのは、かなり太陽が高く昇ってからのことだ。

一つだけ、克則は自分なりのルールを決めた。

このままでは、日時の経過がわからない。自分なりの方法を考え出す必要がある。それで思いついたのが、この方法だった。

克則が、自分の部屋から熊本刑務所西部管理センターへ移動する間に、ニュースカイホテル前の遊歩道を通る。そこも白川を渡る泰平橋がかかっているのだが、その橋の根っこから河原へと下りていくことができる階段がある。夏は雑草が生い茂っているのだが、この季節になっても、枯れる気配は全く見せない。ただ、夏草がそれだけ繁茂するから、その階段を使って下りていこうとする人の姿はほとんど見たことがないのだが。

階段を下る。

克則は、ぎょっとした。

泰平橋の下に人がいる。

考えれば当然のことだろうが、予期していなかった。こちらの橋下は舗装がされておらず、そのまま河原になっている。その橋下一面にビニール袋に入れられた空き缶や衣服類が転されていた。そして橋桁の一つに、寄りかかって座っている中年男の姿があったのだ。そう。まるで座禅僧が瞑想に耽っているように見える。

この男は、荒戸のようなビニールシートハウスは利用していない。代わりに、自分のまわりにビニール袋に詰めた布類を積み上げ、塁を築いている。それで夜風は防げるらしい。

そして、不思議なのは、まだ真新しいバイクがその近くに置かれていた。胡座をかいている男の横にヘルメットが置かれていたからそのホームレスらしき男の所有物なのだろう。

だが、どうやって、この位置から上の道路へバイクを出すのか、方法はわからないが。

階段の下で、しばらく立ちすくんだ克則は、白川の岸辺近くに一本だけぽつねんとある柳の巨木に目を留めた。

　そこまでは、夏草の間を人一人がやっと通れる踏み分け道が続いていた。そこを、克則は進んだ。セイタカアワダチソウを両手ではらいながら。

　その柳の木は、巨木ではなかった。近付くとそれが数本の柳の集合体であることを知った。柳に囲まれた空間には、不思議なことに一本の雑草も生えていないのだ。

　梅雨の時期は増水して柳たちは水没する。

　しかし、柳たちは確かに永年の試練を耐えて、ここに存在し続けているのだ。それが、何よりも克則にとって信頼できる気がした。

　ここにしよう。

　そう心に決めて、克則は柳の根元の泥地を清掃し、そして河原から拾った拳大の石を一つ置いた。

　明日も一つ、同じ場所に石を積むつもりだ。そして、その翌日も。

　白川が増水する可能性は、考えない。その季節まで、この儀式を続ける必要はない筈なのだから。

　そして、三十五の石が、この砂地に並んだら、自分の刑が明けるのだと言い聞かせた。

　テレビもラジオも新聞も縁のない環境で、強制的に世間の情報から断絶させられ、自分のメモ一つとることも許されないとしたら。

唯一の楽しみは、自分が自由を取り戻す日が来ることしかない。

その日を正確に知りたいと願うことは、おかしいことではない。

石を拾い、柳の木の下に置くことは、リングも許してくれる行為らしい。縦に七つ。それが一週間だ。それが五列並べば、どんなに計算が間違っても刑期の終わりの筈だった。

ふっ、と不吉な予感がよぎった。

もしも、三十五個の石が並んで、バニッシング・リングの枷（かせ）が解けなかったら、どうなるのだろうか？

全身の肌が、粟立（あわだ）つような気分に襲われた。

あわてて、その想像を打ち消した。風が吹いた。克則の周囲の夏草の群れが、ざわざわと騒いだ。それが、あたかも、克則には自分の不安を具象化した様な光景に見えて仕方がなかったのだ。

それから、毎日、克則の午後一番の日課に河原の訪問が組みこまれることになった。

横紺屋町の自宅を出て、長六橋横の遊歩道を目指す。そこから遊歩道を歩いて泰平橋横の信号を渡る。それから泰平橋脇の階段を下り、その日の石を一つ並べる。

それから、熊本駅近くの熊本刑務所西部管理センターに、その日の食事を受け取りに行くのだ。

石は一つずつ増えていく。七個の石が二列になり、三列になった。どんなに激しい降りの雨に見舞われても、その儀式を克則はとりやめることがなかった。雨の翌日、寒気が克則を襲った。

発熱したのだ。

西部管理センターから最初に受け取った白いプラスチック容器の中には小さなケースではあったが、体温計と家庭用常備薬の類も納められていた。それを思い出して、克則はぎしぎしと軋むような身体を這いずらせて体温計を口に咥えたのだった。

ちなみに、そのときの体熱は三十八・五度だった。解熱剤を肛門に差し込み、全身をがたがたと悪寒と寒気で震わせながらも、ふらふらと泰平橋下の河原を目指したのだった。もはや、それは克則の執念だった。願をかけて神社に日参する御百度詣りと近いものがあった。

さすがに、高熱を発した日は、西部管理センターまで足を延ばすことはできなかった。河原から戻り、部屋の布団にくるまり、がたがたと震える歯を鳴らしつつ、そのまま、誰にも知られず息を引き取ってしまう可能性についても、何度頭をよぎったことか。

このような状況も、いくら試験期間とはいえ、予測されていて当然だと思えるのだ。リングが電波を発信しているから、常に所在までわかると言っていたのを覚えている。であれば、自分がこのように身動きできずに、部屋に籠っている状態も把握できる筈だ。

供給機は、近付けばリングに反応して食料品や日用品を吐き出すと言っていた。多分、すべてのリングの波長が異なるのではなかろうか？　そして、どの波長のリングをつけた受刑者が受け取りに現れていないということも、わかるのではないだろうか。いくら人手が足りないといっても、様子を確認するくらいは、刑務官としての義務ではないのか？

それらは、すべて克則の解釈である。だから、現実には克則の部屋には、誰も訪れることはなかった。

その経過の中で、克則にとって、また一つ厭な想像が生まれた。

自分の安否を確認しに誰も現れない理由は、ただ一つ。

バニッシング・リングが所在を示す電波を発信していないからだ。

何故なら、刑期の残りを表示する機能が故障したとき、同時にリングの他の機能も壊れてしまったのだ、と。

あわてて、自分に言い聞かせる。

供給機の前に立ったときに、これまで同様、食べものを吐き出してくれるではないか。あれこそ、バニッシング・リングの他の機能は正常に働いている証しだ。故障しているのは刑期残の表示だけだ、と。

そんな日は妄想と悪夢の繰り返しだった。

七人の中学生たちが、自分を襲ってくる夢も見た。皆、黒いシルエットで棒で叩こうとしたり石を投げつけたりする。彼等には、夢の中では克則の姿は見えるらしい。

他の夢では、河原に並べた石を、中原彩奈と泰平橋の下にいたホームレスの二人が次々に白川へ投げこんでいく。それを、克則がやめてくれと哀願するが、二人はせせら笑いながら石を放り続けるのだった。

石が五列並び、最後の一個を置く日がやってきたが、克則の不安は頂点に達していた。三十五個の石を並べると決めたものの、それは、最大限の数を想定した方がいいだろうと考えてのことだ。刑期の終了は、それより早いことはあっても、三十五以上のことはあるまいと考えていた。

しかし、五列目の七番目の石を置かねばならないのである。

あれから、リングの数字を何度確認したことか。しかし、非情にも、数字は1044：37.18のまま動いてはくれなかった。何度も確認したのは、何かの拍子で、機能が回復してくれるのではないかという藁(わら)にもすがる思いからだ。

願いはリングには届かなかった。

最後の石を置き、克則は大きく溜息をついた。そのときは、供給機から一週間前に出てきた厚手の無粋(ぶすい)なコートも着込んでいる。昼間でも日が射さないと寒いくらいだ。石の感触も冷たかった。

コートが吐き出されてきたときは「一週間くらいしか使用しないのに、勿体ない」と思ったものだが、今は、そのありがたさが身に染みてわかった。

川面から渡ってくる風が、現実の気温よりも底寒く感じるほどだった。コートは身に着けていても〝希望〟は宙ぶらりんのまま剝ぎとられている状態なのだから。かすかな望みは、失っていなかった。その望みが潰(つい)えたら、自分は瞬時に死んでしまうのではないかという予感があったからだ。

ウサギもそうではなかったか、と克則は思う。ウサギは孤独でいると、寂しさで死に至る、と。

きっと、自分もそうではないのか。

そのまま、重い足取りで、熊本刑務所西部管理センターへ向かった。刑がスタートした頃は、人通りのある場所を歩くときは、神経を張りつめ細心の注意をはらっていた。しかし、今の克則から、その緊張は消えている。半ば、自暴自棄もあるしそれだけの期間、刑に服してきたことの慣れも生じていたのだろう。

西部管理センターに着いた克則は、真っ直ぐに供給機を目指した。前日の食事のための空のプラスチック容器を返却口に落とした。それから供給機の正面にまわる。

そこで、愕然とした。

供給機が反応しない。今日の分の食べものを吐き出さない。

何故だ？

最悪の想像がまたしても溢れ出した。

自分の刑期は、終了した。

しかし、バニッシング・リングは機能に障害を起こし、首からはずれることはない。

最悪の機能障害だ。食料の供給を受ける信号を発する機能は服役期間を終えたリングからは発されることがない。

これほど悪い冗談は聞いたこともない。

どうすれば、いいのだ。

克則はパニックを起こしかけていた。

刑期は終了した筈だ。リングをはずしてくれ。なんとかしてくれ。

他に、そのとき克則は方法を思いつかなかった。バニッシング・リングは機能障害を起こしている。ならば、自分の訴えも聞き届けられるのではないか?

西部管理センターの事務所に走った。

——浅見克則の服役期間は、終了した筈です。バニッシング・リングをはずしてください。

そう伝えるために。

だが、リングの機能の一部だけは皮肉なことに、残っていた。

西部管理センターの入口で、克則は、膝を折り、身悶(みもだ)えした。

リングが非情にきりきりと克則の首を絞めつけたのだ。

13

バニッシング・リングの理不尽な折檻（せっかん）は、浅見克則が西部管理センターの入口から転がり落ちたのと同時に、劇的に終了した。

克則は叫べれば叫びたかった。

刑期は終わったんだ！　ぼくの首輪をはずしてくれ！

だが、もちろん声を発することができるはずもない。

刑務官が現れ、駐車された自動車の方へ歩いていく。それまでセンター内に入れなかった克則にとっては、またとないチャンスだ。その後を追う。何とか、わかってもらわなければならない。刑期を終え、装置の故障で首枷から逃れられずにいる囚人が存在することを。このままでは、飢え死にだ。誰にも存在を知られることなく朽ち果ててしまう。

供給機から食べものが出てこないというのは、刑期が終了したということなんだろう？

言葉を発さなくても、その刑務官に摑みかかるだけで、目的は達成される筈だった。そのために、跳びかかる。だが……。

その姿勢のまま、克則は、その場に蹲（うずくま）った。

そんな事情はつゆ知らず、刑務官は鼻唄をうたいながら車に乗り込んでしまった。

あわてて、克則は自動車から離れる。

そして、排ガスを残して、自動車は電車通りへと走り去る。克則にできたのは、それを見送ることだけだ。

――ぼくが……ここに、いるというのに……。

囚人の刑期については、こちらですべて管理されている筈だ。刑期が過ぎたのに出頭しない、あるいは所在不明の受刑者が存在するのであれば、西部管理センターでは、もっと大騒ぎになっていて当然なのではなかろうか？

最初に担当の刑務官のレクチャーを受けたときに言っていたではないか。囚人の位置まで管理センターで把握できるのだと。であれば、刑期の終わった囚人が、センター内をさまよっていることもわかるはずだ。

いや！

ひょっとして、リングの機能が変調を起こしたとき、同時に位置を知らせる機能も故障を起こしてしまったのではないか。

だとすれば、センターで克則の状況はまったく把握できない。

悲惨すぎる。

バニッシング・リングの束縛は解けないまま、他の機能だけが、無効化してしまうなんて。供給機から食べものを得ることもできない。救いの手も望めない。誰にも存在を知られるともない。

それは、そのまま死を待て、と宣告されたも同じだ。センターの内部では、克則が失踪したといった情報で慌ただしくなる、という様子も見受けられない。いつものように淡々と時が過ぎているとしか思えない。

何か方法があるはずだ、と克則は言い聞かせた。

考えろ！

考えろ！

焦り(あせ)が、自分の智恵を鈍化させている、としか思えない。まったく考えが思い浮かばない。思いついたことといえば、足元に落ちている小石を拾い、窓に投げつけることくらいだった。

うまくいくはずもない。小石を拾うことはできた。だが、投げる姿勢をとろうとしただけで、首輪が締まり始めるのがわかる。圧迫感を首に感じたとき、小石を手から離さざるを得なかった。

冷静なときなら、すぐにわかるはずだ。意思を伝えようとすることにつながる行為をとるだけで、これまでもバニッシング・リングは、その加虐機能を発揮してきたではないか。

なす術がない。

しばらく、風景の静止した時間を過ごした後、深い絶望と寂莫(さくばく)に包まれて、克則は、西部管理センターを後にした。

そのときは、克則は呆然自失のまま、漂うような足取りだった。あれほど気を遣っていた他の通行人のことも意識からはずれていた。幸いなことに、このような時に限って克則に異常接近してくる通行人は、いなかったのだが。

無意識のうちに彼が着いたのは、自宅だった。階段を上り、自分の部屋へふらふらとたどり着く。

少し、ドアが開いていた。

そんなはずは、ない。西部管理センターへ行くときに、ルームキーを自分の手で確実にロックした記憶がある。

外出中に誰かが部屋に入ったのだろうか？

ドアのノブを引くと、予想通り、何の抵抗もなく開いた。

間違いない。不在の間に誰かが勝手に室内に侵入している。その気配は克則にわかった。

室内を見渡す。

荒らされた形跡はない。だが、微妙に何かが違う気がする。

その理由がわかった。食事用のテーブルの上にＡ５サイズの紙が置かれていた。

「刑期終了通知書」とあった。

熊本刑務所長の署名が添えられている。それによると、浅見克則は十一月五日をもって刑期をまっとうしたことになっている。よって、刑期が終了したことを通知する、という無味乾燥で簡潔な公文書だった。

紙は二枚重ねになっていた。その下にある紙には、もっと具体的な指示が、記されていた。すでに、克則の首からバニッシング・リングが自動的に解錠されていることを前提に、その文書は作成されている。

バニッシング・リングがはずれても、社会復帰支援のために、必ず熊本刑務所西部管理センターへ出頭し、担当官の指導を受けろという指示だった。

受刑期間を過ぎても克則が現れないため、住居として登録されたこの部屋に、文書を残し、連絡を試みたらしい。

つまり、受刑期間が過ぎてもバニッシング・リングが解錠されないということは、想定外らしいのだ。その証拠に、そんなケースの対処については一切記されていない。

思わず克則は、その二枚の文書を握りしめていた。怒りがこみあげてきた。

なんという、おざなりな「お役所仕事」なのか。

一つアイデアが浮かんだ。

この二枚の文書を、西部管理センターの入口に置いてくることだ。そうすれば、状況を少しは推測してくれるのではないか。

無理だった。そんな意思を持って文書を握った途端、首輪はすぐに反応の気配を見せる。

西部管理センターどころか、表にも文書を持ち出せそうにない。

願うとすれば、再度の西部管理センターからの訪問だ。くしゃくしゃになった二枚の文書を見て、どう解釈してくれるかということに望みを託すしかない。

だが、再度の訪問があるのかないのか、わかるはずもない。どれだけ先のことだろうか、と克則は思う。

それは、ひょっとして自分が飢え死にした後のことかもしれない。

自分の部屋の中にいるというのに、室内の足元は、ぽっかりと巨大な暗黒の穴が口を開いている気がした。それは、絶望という名の穴なのだ。

思考が飛んだ。頭の中が限界を超えたのかもしれない。肉体が思考を拒否したのかもしれない。膝から崩れ落ち、自分を床に転がせるにまかせた。

何も考えたくなかった。

だが、横になると、停止したはずの思考なのに絶望だけが這いずり寄って来る。その思考を振りはらうことはできない。

この状態で、何日ほど生き延びることができるのだろうか。「今の世の中、飢え死にする人間なんていない」とある噺家が喋っていたことを克則は思い出した。しかし、今の自分は、「今の世の中」でありえない死を迎えようとしている。

人は、何も口にしないで、いったいどれ程の期間、生をつなぐことができるのだろうか。

一ヶ月？　いや、もっと生きることは可能なはずだ。身体に余分な脂肪を蓄えていれば、生存期間は長いのだろうが、どちらかといえば克則は痩せ型なのだ。受刑期間に入ってからその傾向はより進んでいた。

水は自室の水道でなんとか飲める。渇きさえ克服できれば、かなり生命を延ばすことは可能だろう。多分、数ヶ月は……。

その数ヶ月が、何になるのだ、という思いも同時に渦巻く。何の希望も伴っていないではないか。

絶望と同時に、克則には自己保存本能も生じていた。

何か、食えるものがあるはずだ。そんな可能性も思い巡らせた。

かつて、西部管理センターで日がな一日過ごしたとき、カラスが供給機から食料容器を出したことを思いだした。

あの日のように待っていれば、またカラスが食べものを供給機から吐き出させることはないだろうか？

だが、その可能性は極端に低いように思える。あれは、柳の下に、たまたま泥鰌がいたようなものだ。あるいは、野良仕事をやっている農夫の前で走ってきたウサギが切り株で転ぶようなものだ。それを当てにしていても成果が期待できることはない。

とにかく、無駄な運動量を増やさないことだ。そして、何かの奇跡が起こる確率にすがるしかない。

それから、克則は眠った。

何の解決にもならないが、つらく重いものを感じるよりは、眠りの中にいることの方が楽だったからだ。

目が醒めたのは空腹のためだった。外は、まだ明るい。数時間の眠りでしかなかったことに気付いた。

まだ、何日も断食をしたわけでもない。たった数時間、何も口にしなかっただけのことだ。自分の肉体が、それほど耐性がないのかと考えると情けなかった。

とりあえず水を飲んだ。

できるだけ頭を空にして、身体を動かさない。

一日が経過した。

断食一日目だと、言い聞かせた。その日やることは決めていた。泰平橋横の河原へ行くことだ。

自分がこれから何日生きていけるのか予想はつかない。ただ、強迫観念にも似た衝動があった。

とにかく、柳の木の下に小石を積んでいこう。一日に一個ずつ。それが、どれだけ自分が生きたかという証しになるのだから。それが自分に残された唯一の仕事だと、言い聞かせた。

虚しいが、他にやれることは何もない。

少し足元がふらついたが、かまわずに外へ出た。たった一日、食事を抜いただけで、この有様かと、自分に毒づく。これが、もう一日、そしてまた一日と経過するたびに、どうなるものだろうかと不安になった。いつか、燃料切れを起こした車のように立ち上がる力も湧かない日が来るのだろうか。そして、それからは、ぴくりとも動けず横たわったままの日が続き蠟燭の炎が消えるように命が尽きる刻を迎えるのだろうか、と連想した。

まるで病みあがりのように、ふわふわとした感覚の歩みで泰平橋へ向かった。

米屋町からニュースカイホテル横に出て信号を渡る。泰平橋の際に来て驚いた。

あれほど生い茂っていた河原の夏草が、すべてきれいさっぱりと刈り取られていた。

柳の木群は、元のままだ。

誰がやったかわからない。国土交通省の仕事だろうか？　河原の雑草は目を離したたった一日の隙に消失しているのだ。キャタピラの跡を地面に残して。

こんなことって……。

克則は、もつれそうになる足で階段を駈け下りると、一直線に柳を目指した。

今は、掻き分けて進まねばならない丈の高い雑草も昆虫類もいない。

柳の木々の下へたどり着いて、一本の幹に両手をつけると、地面を見下ろした。

あった。安堵した。小石は、克則が置いたままの状態で、そのまま残されている。

河原の清掃作業をやった人々は、ならべられた石塊に気がつかなかったのだろうか？　それとも、石の規則的な配置になんらかの意思を感じて、触れることを遠慮したのだろうか？理由はわからないが、克則は、柳の一本に寄りかかり、胸を撫でおろす。

そして、川岸から一つ石をとり、土の上に置いた。その空間だけは清掃作業が完全に無視されたため、ならべられた石の間から、雑草の芽が姿を見せていた。石を置きはじめたときは、土の表面を克則なりにきれいに整地しておいた。雑草の一本まで抜きとって。だが十一月も半ばというのに、青い芽が姿を見せるなんて。そして、石の間に二匹のミミズが姿を見せ、のたくっている。溜息をつく。

石を置くことで、克則は義務感から解放された気がした。だが、同時に風に吹かれて言いようのない虚しさも味わっていた。

――いったい、自分は何をやっているのだ。

そんな苛立たしさが、頭の中を一瞬ではあるが突き抜けていった。

堤防に向かって歩いていきながら、寂しさをひしひしと感じる。

誰も、自分の存在を知らないんだ。ぼくが、ここにいることも知らないし。いや、ぼくが、かつて存在していたことも忘れてしまっている。

遊歩道まで上ったときだった。泰平橋に、何やら人が集っていた。数人だが、地面を見下ろしている。橋の中央近くだ。

しかし、そこには、何も見当たらない。

サイレンを鳴らしながら、パトカーが橋の向こうから走って来るのが見えた。

そのパトカーが、人だかりの前で停止する。携帯を持った手を振っていた男が、警察に通報したらしい。しきりに、自分の横の歩道を指差して喚(わめ)いていた。

切れ切れに聞こえるのは、「ここに、見えないが、何かがいる」ということだ。

まさか……。

克則は立ちつくした。消失刑を受けることになった初日に克則は受刑者の一人の末路を目撃した。あのときは、腐乱して首がもげた遺体だったから姿が見えた。しかし、今、彼等が取り巻いているものは……。

野次馬たちには、倒れた受刑者は見えていないのだ。克則にも。それは、まだ首にバニッシング・リングを嵌めたままに違いない。

きっと、橋を通行する誰かが、見えない〝何か〟の存在を知ったのだろう。そして、警察へ通報。

西部管理センターでの刑務官の説明では、川向こうへは行けないということだった。それを承知で渡ろうとしたのか？

あるいは自殺？

あれだけ野次馬に囲まれているということであれば、すでに絶命していると考えるのが正しいだろう。

自殺かどうかは、克則の想像でしかない。何故、自殺をしなければならないのだ。消失刑の受刑者は、いずれも重罪ではない刑期の短いものたちばかりのはずだが。

二人の警官は、見えない〝何か〟に触れながら、顔を見合わせていた。そして、ニュースカイホテルの横を救急車が走ってくる。

救急隊員たちは、車内から担架を下ろし、見えない〝何か〟を担ぎ上げるとそれに乗せた。

走り去る救急車を見送りながら、ふと克則はいくつかの可能性を同時に思い描いていた。

バニッシング・リングの故障は、自分だけに起こったのではないのではないか。ホームレス襲撃の中学生たちとの接触でリングが故障したと思っていたが、原因は他にあって自分以外の囚人のリングにも故障は起こっていたのかもしれない。そして、克則より早く刑期の明ける囚人は自分よりも長く飢餓に苦しむ……。

あるいは前途を悲観して、首を絞められても絶対に救いを求められない位置まで疾走して自殺した。

いずれも推測でしかない。

それから、数日間はふらつく足で、石をならべる行為だけのために外出した。

衰弱が進むと予想はしていたものの恐怖感は逆に麻痺していった。ただ、寂しさだけが募る。

誰かと、話したい。自分の目を見て話しかけて欲しい。笑いたい。驚きたい。誰でもいい。

その日、石をならべた後、孤独故の欲求が激しく湧きあがった。

誰か、顔見知りに会いたい。

誰でもいい。昔、勤務していた菱山商店の元同僚でもいい。中原彩奈でもいい。会えば自分が、浅見克則であったことが確認できる。誰かに会いたい。会えなければ、自分は消滅したも同然ではないか。

そして、克則が思いついたことといえば、情けないことに熊本刑務所西部管理センターへ行ってみることだった。

それしか思いつかなかった。

加えて、――ひょっとしたら、リング解除の新しい情報がわかるかもしれない――あの日のようにカラスが供給機から食べものを取り出してくれるかもしれない。

そう言いきかせる。克則にとって都合のいい解釈でしかない。なんでもいい。どんな些細(ささい)なことでもいいから、克則が今欲しいのはささやかな希望だった。

この数ヶ月、すでに歩き慣れた道のりだった。

その果てに、克則が見たものは、信じられない光景だ。

市電通りの歩道から近付いたのだ。

足がすくんで、動けなくなった。

自分に今、見えているものが理解できない状況が数秒続き、克則は立ちつくした。

西部管理センターが消失していた。

場所は間違っていない。

しかし、そこには、センターの建物もない。供給機もない。出入口の表示もない。

広大な空地が広がっているだけだ。自動車一台駐まっているわけでもない。

——そんな……馬鹿な。

確かに西部管理センターは、すぐにも解体してしまえそうな簡易建造物だった。しかし跡形もなく消失してしまうとは。

何故、西部管理センターが消えたのか、わかるはずもない。痕跡もないのだから。貼り紙一つ残さずに。この土地は以前から更地(さらち)だったと言われても、何の不思議もない有様だ。理由なぞ、放心状態の克則に思いあたるはずはなかった。まるで狐につままれたかのようだった。

ただ、これだけは、わかった。

今、克則から、すべての希望は剝ぎとられてしまったのだ。

そのことに気付いた克則の身体は揺れ、その場にへたりこんだ。

これは……悪い夢だ……。

いや、厳として現実だったのである。

14

何故、西部管理センターが消失してしまったのか……？

いまだに克則には理解不能だ。まるで、最初から、そこには西部管理センターなぞ存在していなかったかのようだ。

自分の部屋に這うようにして帰り着き、さまざま思い巡らすが、頭の中は疑問符が行進していくだけだ。

ひょっとして……。

消失刑で、さまざまな予想外の事故が発生し過ぎたということだろうか？

そして、消失刑そのもののプロジェクトが中断した……。

あくまでも、その状況は克則の推測だ。

だが、どのような想像を思い巡らせても、これだけは確実だという結論にたどり着く。

自分は、見棄てられたのだ。

もしかしたら、消失刑そのものが、〝なかった〟ことになっているのかもしれない。だから、消失刑のテストケースには、自分のような身寄りのない者だけが選ばれたのではないのか。

そんな無責任なことを国家がやるだろうか？　いや、現実はそうだ。

後は、孤独な死を迎える。

そういうことなのだ。

恐怖と絶望の中で、横たわった克則は、そう思う。身悶えする元気も残っていない。

後、何日、生きることができるのだろうか？

そんなことを、ぼんやりと思う。

いや、今でさえ、すでに生きているとは言えない。死んでいるも同然なのだ。

誰も自分の存在を知らないし、誰も自分のことを思いだすはずもない。ということは死んでいるということではないのか？

つまり、あと数日生きていても、今、死んでも同じことではないか。

無性に寂しい。

絶対の孤独だ……。

数えきれないほどの虚しい溜息をついたときだった。

克則に奇跡が起こった。

――あなたは、誰なの？

克則の耳に、女性の声が響いた。

信じられなかった。確かに聞こえた。

克則は閉じていた瞼を開いた。
自分の部屋だ。
そして今、聞いた声を反芻(はんすう)した。確かに、女性の声だった。
だが、部屋にいるのは、自分だけだ。
幻聴を起こしてしまったのだろうか？
空腹のため？　死期が近づいた証拠？
そして、再び奇跡は繰り返された。
またしても声が聞こえたのだ。
――あなたは、誰なの？
同じ声。同じ言葉。幻聴などではない。
――どこに、いるの？
そう続いた。頭の中に響くのがわかった。
克則は、声は出せない。その代わり、答えを思い描いた。
――ぼくは、浅見克則。自分の部屋にいる。
そう念じた。
――浅見……克則……。克則さんっていうんですか？
――そう。君は、誰だ。本当に存在しているのか？

——私？　私は……菜都美……なつみです。高塚菜都美です。私……頭がおかしくなったのかしら。どうして心の中で、あなたの声が聞こえるの？

克則は、ふらつく身体を無理に起き上がらせていた。無意識に周囲を見回す。高塚菜都美という女性の姿を探したのだ。

もちろん、その存在を感じることはできない。声は確かに聞こえたはずなのに。

——浅見さん……浅見克則さん……自分の部屋って……どこなんですか？　熊本なんですか？

——そう。横紺屋町。知っていますか？

——聞いたことがあります。正確な場所は、わかりません。

——菜都美さん。あなたも……熊本？　市内？　どこにいるんですか？

——私……。私も熊本のはず……。でも……ここは……どこなのかしら？　よく……わからない。

——ぼくの近くなんでしょう？　だから、声が聞こえるんでしょう？

——あ……聞こえない。かすか……

菜都美という女性の声が切れ切れになっていく。かすかになっていく……。まだ話したい。これが、幻聴でもかまわない。どうして聞きとりづらくなるんだ。

——もしもし。菜都美さん、もしもし。

克則は心の中で、まるで電話先に呼びかけるように念を送った。必死だった。立ち上がっていた。身体の方向を変えてみる。思わず両手を耳にかざしていた。

窓を開く。ベランダに出る。夕方の闇が外を覆いつつある。外の方が彼女の声が聞こえるのではないかと判断したのだ。

耳に届くのは、通りを走る自動車の騒音だけだ。

――菜都美さん！　菜都美さん！

必死で念じた。

声は、する。彼女の声だ。だが聞きとれないほどの小さな声。それも、より小さくなっていく。

そして、完全に菜都美の気配は消えてしまった。

――確かに話した。彼女と話した。

克則は興奮が醒めやらない。もう、誰も自分のことに気がついてはくれないと思いこんでいた。やはり、これは奇跡だ。妄想かもしれない。そんな精神の病があると聞いたことがある。それでもかまわない。自分の名前を呼んでくれたのだから。名前もわかっている。高塚菜都美というんだ。

部屋の中に戻り、へたりこんだが、他人と意思を通わせた歓びで動悸が激しく打ち続けた。無意識に背筋が伸びていた。

その歓びは、あてのないものだったにもかかわらず、克則にとっては十分すぎるものだった。

自分は孤独ではないのだ。心の通じる相手が出現した。それだけでいい。年齢も顔もわからない。それでもかまわない。

名前だけは、はっきりと心に刻みつけた。

高塚菜都美と。

そして、ふっと気付く。菜にみやこで都に美しい。どうして聞いただけで、そんな字が思い浮かぶのだ。ひょっとして、あれは声ではなかったのかもしれない。自分も、声を発することはなかった。声が聞こえたと思ったものの、実は、彼女の思考そのものが聞こえたのではないだろうか？

だから、彼女の名前が、どのような字をあてるのかということまで、瞬時にわかったのではないか？

だが、同時に疑問も湧く。

他人の思考がキャッチできたりするものだろうか？　そして、自分の考えだけが、特定の相手に伝えられたりするものだろうか？

ありえないことにしか思えない。

こんな現象を、こう言ったのではないのか？

精神遠隔感応力と。

それは、小説の中や、テレビや映画の超能力ばなしの中だけで出てくるものではないのか。

そんなことを思いつつも、克則は高塚菜都美に呼びかけ続けていた。

返事は……ない。

やはり、幻聴だったのか？　という思いと、もう一度、声を聞きたいという願いを交錯させながら呼びかける。

幻聴などではなく、あの声が本当に彼女であると確認できる方法はないだろうか、とも同時に思い巡らせた。

以降、菜都美の声は届くことはなかったが、劇的に克則に変化が生じた。

まだ、このまま死ぬわけにはいかない。

そんな光が差した。

菜都美という女性が、いったいどんな人なのか、まだ自分は知らない。若い女性なのか年輩なのか、学生なのか、ＯＬなのか、主婦なのか。

わかっているのは、女性であるということだけだ。だが、年齢も職業も、どうでもいい。一番重要なのは、自分と会話してくれたということだ。自分の気持が、不十分ではあったが伝わったということだ。

もう、孤独ではない。

それだけで、克則を舞い上がらせるには十分な事実だった。

ふらつく身体でありながら、克則は居ても立ってもいられなかった。とにかく何かをやらなければ、という衝動を抑えることができない。

克則は、壁に寄りかかったままドアを押して、外へと出た。誰かに会いたかった。話ができなくてもいい。菜都美と話をしたというときめきを、そのままにはしておけなかった。

そして、それまでの気怠(けだる)かった原因を悟っていた。

空腹感。

それまでは、死へと自分を誘う里程標(りていひょう)としか、その感覚を捉えていなかった。だが、かすかではあるが、一条の光とも言える希望が見えてからというもの、その放棄していた感覚が蘇った。その感覚の正体が何かということも。

何かを食べたい。それは、そのまま生への執着なのだ。

どこを目指そうと思ったわけではない。だが、そのとき克則は、他に思いあたらなかった。長六橋の下の荒戸和芳の顔を見たくなった。

心の中では、かすかな望みを託して呼びかけつつ。

――菜都美さん。菜都美さん。

そして、ふらつく足で、自動車の来ないのを確認して、電車通りを渡る。自分でも、何と大胆なのだと、驚きながら。

それから、躊躇うことなく、地下道を通る。幸い他に通行人の姿は見えない。空腹のため、絡まるような動きになる自分の足を庇いつつ、両手で壁を支えにしながら、いっきに地下道を通り抜けた。

階段から、長六橋へと続くコンクリートの小径へと下りた。その時点で、荒戸がいるかどうかはわからない。

果して、荒戸はいた。

青いビニールシートの塒横で、Colmanと英字で背に書かれた折畳み椅子に腰を下ろそうとしているところだった。

夕陽が落ちそうな時刻だ。幸いにも、荒戸は帰宅したばかりのようだ。肱かけのついた折畳み椅子の横には、いくつものビニール袋が置かれている。

腰を下ろした荒戸は、ぼんやりと白川の流れを眺めていた。どこかで拾って来たらしい古い型のラジカセから音楽が流れている。乾電池式のものだ。

克則は、足を滑らさないように左手でブロック状の壁に左手をあてながら、ゆっくりと橋の下まで進んだ。そこからは川にせり出した舞台のように空間が確保されている。

荒戸は白川の流れを眺めているのではないようだ。口をだらしなく開いて、薄目を開いて首を左肩に寄せていた。

座りこんだ途端に、居眠りを始めたらしい。

荒戸の表情に注意を奪われていたからだろう。克則の足元で何かが転げる音が響いた。

しまった！　と克則は思う。

発泡酒の空き缶を蹴り飛ばしてしまったのだ。反射的に両手をバニッシング・リングにあてた。幸いなことに、リングは何も反応する様子がない。

これは、克則が意識的に空き缶を蹴ったケースではない、と判断してくれたのだと感謝した。

荒戸にとっては雷ほどの音響に聞こえたらしい。

椅子から三十センチも飛び上がった。そのまま中腰で後ずさり、目を剝いてあたりを見回す。

「な、なんだ。なんだ。なんだ」

激しく荒戸は首を振る。右手を伸ばして錆びたゴルフのクラブを握った。

克則は、正直、そのとき「ここにいる」と叫びたかった。自分の存在を知ってくれればどれほど楽なことか。実際に声も喉まで出かかった。だが発することはできない。

くいくいと現金にもリングは反応を始めるのだから。

荒戸はゴルフのクラブを持ったまま右手を伸ばして周囲をはらう。

「いるだろう。そこにいるだろう」

あわてて克則は荒戸から離れたので、数十センチ先でクラブが振られるが幸いにもあたることはない。このまま、荒戸が前進してきたら克則は道を絶たれて白川に落ちてしまうしかない。

しかし、そこで、荒戸は、動きを止めた。それから、首を傾げて話しかけてきた。

「あんた……。ひょっとしたら、しばらく前に俺を助けた……ものののけかあ？」

そう言って、じっと気配を嗅ぎわけようとする。克則の存在は、わからないようだ。だが、それでも諦めはしない。

「この間、俺は、中学生に襲われようとしたんだと。警察官が、そう教えてくれたよ。そのとき、中学生たちが言っていたんだと。何だか、化物みたいなのがいて、襲われたんだってさ。

その、もののけ。あんただろ。もちろん、姿は俺には見えないけどな。

感謝してるよ。俺のこと、助けてくれたんだよな」

しばらく荒戸は首を傾げたまま黙った。どうも〝もののけ〟の反応を待っているらしい。

克則も正直、自分の存在を伝えたい。しかし、伝えることはかなわない。頼むから、それ以上は近付かないでくれと願うだけだ。克則は、真横にずれた。

そのとき、靴がコンクリートにこすれる音を放った。無意識だったからこそ、できたのだ。

「おっ」荒戸が目を輝かせた。

「いるんだな。もののけさん。やっぱり、そこにいるんだな」

荒戸は破顔し、踵(きびす)を返した。さっきまで座っていた折畳み椅子のところまで行くと、その傍らに置かれていたビニール袋を取り上げた。その中をまさぐる。

取り出したのは、コンビニ弁当と発泡酒だった。それから、荒戸はうやうやしく克則の目の前に供えた。

ビニール袋から、また別の弁当とガラス容器に入った焼酎を取り出し、克則の前に胡座(あぐら)をかいて座った。

それから、両手を合わせた。

「もののけさま。いつも俺をお守り頂き、ありがとうございます。おかげさまで、食いはぐれることなく、のんびり暮らしております。できたら、もちっと幸運が俺に巡ってくるようお願いします」

そう唱えて、柏手を二回打った。

目の前のプラスチック容器を見た。ご飯、塩ジャケ、玉子焼き、フライなどが入っている。生唾が湧いてくるのがわかる。

「消費期限過ぎているのを貰ってくるんだけれど、神さまなら、いいか」と荒戸が申し訳なさそうに付け加えた。「腹痛も起こさないだろうし」

コンビニでは、消費期限のきた弁当類は惜し気(おげ)なく廃棄してしまうと、克則は聞いたことがある。

荒戸は、そんなコンビニから、余りものの弁当を頂けるコネクションを持っているらしい。焼酎や発泡酒は、空き缶などを集めて溜めた金で正規に買ったもののようだ。余りものの弁当だから、余分に貰ってきているということか。

「どうぞ、お召しあがりください」

そう、荒戸が言うのと同時に、克則の手が目の前の弁当に伸びていた。

首輪も締まらない。食べられる!!

克則は、手を震わせながらコンビニ弁当を開いた。割箸を使う余裕もなかった。まず、右手が玉子焼きに行った。

頬張る。

かさついていた口の中から堰を切ったように唾液が溢れ出てきた。

うまい。

これほど玉子焼きが美味しいと思ったことがあったろうか。それからフライを摑む。

冷たいフライだ。だが関係ない。魚のフライだとわかる。何度も咀嚼する余裕もなく飲みこんだ。

喉につかえた。

あわてて、発泡酒の缶を開け、飲みこんだ。

今……人間の食べ物を食べ、人間の飲みものを飲んでいる。そう感じながら。

発泡酒もうまかった。周囲に気を配る余裕は、まったくなかった。

やっと人心地がついた。その時点で、初めて、克則は割箸を割った。

塩ジャケを口に入れ、飯を頬張った。飲みこむために、また発泡酒を口にする。

漬物もパセリも米粒一つも残さずに、コンビニ弁当を食べつくし、大きくげっぷを鳴らして空の容器を置いた。まだ、満腹になったわけではないが、少くとも飢餓感は消え去っていた。

目の前で、荒戸が目を丸くして克則を凝視していた。左手に弁当を持ち、右手に箸を持った状態で凍りついたままだった。

見えるのだろうか?

それが克則が抱いた疑問だ。

いや、見えていない。荒戸の視線は、それからずっと空の弁当箱にだけ注がれているのだ。

荒戸に助けられた……。

その思いだけで、自然と荒戸にむかって、克則は両の掌を合わせた。

「やっぱ、いるんだ。もののけ……」

荒戸は、目のまわりにチックを起こしていた。

これほどの幸運は願ってもなかなか訪れるものではなかった、と克則は思う。

まず、供えられた弁当を無事に食べ終えることができたのも不思議だった。弁当を手にして口をつけるまで、首輪のことが気にならなかったと言えば嘘になるが、それよりも、食べたい、という欲求が勝っていた。

だから食べることができたのだろうか？

いや、そうではないと思える。

荒戸が、克則に対して許可をした食べものだったからこそ口にすることができたのではないだろうか？

自然と涙が溢れてくる。

何故、涙が溢れるのかは、言葉で言い表せない。荒戸に対する感謝でもあり、再びあれほどうまいものを味わうことができたという感動でもあり、また、生をつなぐことができたのだという思いもあった。

少くとも、今の克則には願いがあった。生き甲斐があった。

生きていれば、菜都美とまた気持が通じ合えるのではないかというささやかな願いだ。

15

しばらく克則は、幸福感に浸ることができた。普通の社会活動をしていたときの克則なら、それを幸福とは決して感じることはなかったろう。期限切れの弁当で、満腹感を得る。見知らぬ誰かとコミュニケーションする。

それが、今の克則には途方もなく嬉しかった。切迫し気力も失せかけた極限の状況に置かれている。しかも明日をも知れぬ生命なのだ。

克則にとっては、かけがえのないできごとの連続だった。

それは克則にしてみれば、奇跡というジャンルに入る。ほんの一筋の光明でも、克則には大きな感動となったのだ。

だが、菜都美からの声は、以来聞くことがない。もう一度、話したかった。

何故、声が聞こえたのか？　克則はいろんな可能性を考えてみた。超常能力の一種だろうか？

わかっているのは、高塚菜都美という名前と、熊本に住んでいるらしいということだけなのだ。彼女は、自分がどこにいるのかを、はっきり言わなかった。

何故、はっきりと告げてくれなかったのか？　彼女は、「よく……わからない」という表現で答えたのではなかったか。自分がどこにいるのか「よく……わからない」という答があるものだろうか。

その点を考えると、ひょっとして彼女の声は存在しない、克則の強い願望が生み出した妄想とも思えてくるのだ。

もちろん、そんな考えは、あわてて振り払う。

聞こえない理由をさまざま、思いめぐらせる。

前回、飢餓状況が極限に達したからではないのか？　だから、正常な精神状態とは異なる現象を引き寄せることができたのかもしれない。

もう一度、菜都美という女性と話したかった。克則にとって、それは自然な欲求だった。以来、姿のない声の消息はない。

さまざまな方法を試してみた。菜都美の声を初めて聞いたときと同じ環境、同じ姿勢、同じ条件で彼女の声を受信しようとした。

しかし、かなわなかった。

またしても、二日間、食事をとらない状態を続けた。空腹が極限に至れば、ひょっとして彼女の声が自分に届くのではないかと思えたからだ。

そのときの心理状態を思い出そうと試みた。

ほとんど無気力な状態ではなかったか。ぼんやりと考えていたのは、自分の〝死〟についてくらいのものだ。同じ心理状態に置いてみようと努力したが、彼女の声を感じることはなかった。

そうだ……と思い出す。最初は、はっきりと聞こえたわけではない。かすかに、ほんのかすかに感じ、そして徐々に声としてはっきり聞きとれるようになったのだった。そして、ある時点を境に、また小さくなっていった……。

気象条件も関係するのだろうか……とぼんやり思う。

遂に、菜都美の声が聞こえることはなかった。

自分が、執着し過ぎることが声が届くのを妨げているのではないか、と思いあたる。では、彼女のことを考えなければ聞こえてくることもあるのではないのか？

またしても空腹感が限界を超えようとしていた。このときは、克則も生きることへの執着が生まれていた。また荒戸のところへ行ってみよう。荒戸から食事を恵んで貰おう。

荒戸の存在が、このときは克則にとって、生きるための微かな一本の糸だ。

その日、またしても長六橋下の荒戸を訪ねた。だが、荒戸は不在だった。しばらく、橋下のコンクリートの上で寒風に晒されて腰を下ろし待ち続けたが、帰ってくる気配がなく克則は諦めるしかなかった。

そこで、克則は思い出した。そう言えば、泰平橋下の柳の木のカレンダーに、前日から石を置いていないということを。

前日は、彼女の声を再び聞くことができるのかということに気をとられ、泰平橋へ足を向けなかったのだ。だが、石を積む行為は、自分が消失刑を受けて忘れ去られたあと、唯一できる記録でもあるのだから。

欠かすわけにはいかない。

石を置く日課を果してから、戻ってくるかと考えた。距離にして二百メートル程しかない。

周囲に注意をはらいながら、克則はよろよろと歩いた。途中で、空腹のため腸内の空気が移動するためか、くうーっと情けない音を鳴らした。

泰平橋まで来ると、子供たちが橋の上で騒いでいるのが見えた。それぞれが川面を指差していた。数人がぴょんぴょん跳びながら、喚声をあげていた。

いや、喚声ではなく、悲鳴に近い。

そのとき、克則は河原に下りかけていた。向こう岸に作業服を着た二人の男が見える。何かを追っている。白い鳥だ。

それはカモメだった。河口近くから遡上してくるのは不思議ではない。長六橋の宙空を群れが飛び交っているのを何度も目撃している。ただ、そのカモメは飛んではいない。川辺を円を描くように跛行している。何らかのハンディを背負っているように見える。

二人の男は、そのカモメを保護しようとしているらしかった。

市の職員だろうか？

カモメの動きは鈍いものの、それでも自分を捕らえようとする人間の動きよりは十分に敏速だった。男たちが近付き、もう一歩というところで素早く逃げ去る。男たちが両側から挟みうちにしているというのに。

飛ぶことはかなわないらしい。片羽だけなんとか半端な広げかたはできるようだが、もう片方の羽は完全に動かせないでいる。

挙句に、そのカモメは追われて白川の中に飛びこんでしまった。同時に、橋の上から子供たちの残念そうな溜息まじりのどよめきが起こった。子供たちは、ハンディを背負い飛べないカモメの運命を固唾を呑んで見守っているのだ。

カモメは、浅瀬を二人の男から逃れようと必死に逃げる。男の一人が川に足を入れると、カモメは全身を激しく震わせて深みを目指した。それから水面を跳ねるようにして、こちらの岸辺を目指し始めたのだ。

カモメは真っ直ぐに克則のいる方へと向かってくる。そのとき克則は知った。

カモメの全身に何かが絡まっていることを。

そこで方向が変り、カモメはそのまま泰平橋の下へと移動する。岸に上がり、身動きしない。

未知の敵から、やっと逃れたと安心したのだろうか?

克則は、自分の気配を消し、身をすくませたままのカモメに近付いた。克則は西部管理センターの供給機の前でカラスを捕まえたときのことを思い出していた。

ハンディを背負ったこのカモメはこのままであれば、長く生き延びることはできない。

自分なら、カモメを救うことができる。克則は、そう信じた。そして行動に移したのだ。

次の瞬間、あっけないほど容易にカモメは克則の腕の中にあった。そしてカモメがどれほど残酷な状況にあったのかを知った。

全身に釣り糸が巻きついていた。どうやってこの状況を招いたのかは、わからない。釣り竿にでも体当たりして巻きつけたのか、切れた釣り糸の針が嘴（くちばし）に刺さっていた。

克則は、まず嘴の針をはずし、左手でカモメを抱きかかえたまま丁寧に身体に食いこんだ糸を解（ほど）いていく。半ば絡まりあい、もつれているものを、あわてず確実に巻き取りながら。それでも、十分はかからなかった筈だ。向こう岸にいた二人の男が、橋を渡りこちらの河原に下りてきたときは、丁度カモメを自由の身にできたところだった。

カモメを置くと、すぐに羽を伸ばし、疲れた様子も見せずに飛び立っていく。

救ってやれた……。

克則は、満足感に浸っていた。

カモメが飛翔する姿を見たのだろう。頭上の泰平橋にいる子供たちが歓声を上げているのが聞こえていた。

振り向くと、二人の男が信じられないという表情でポカンと口を開き、飛び去るカモメを立ちつくしたまま見送っていた。

すでにカモメの姿は視界から消えてしまい、橋の上からは子供たちはいなくなっていた。

二人の男は、無言のまま何事もなかったかのように立ち去っていった。

克則だけが一人河原に取り残されたのだが、久々に満足感があった。自分はカモメの生命を救ったのだという思いからだ。

それから、ふっと、カモメを掌中にしたときに感じたことを思いだした。

このカモメは、まるで克則自身だと。釣り糸に絡まれる代わりに、自分の首にはバニッシング・リングがある。このままの状態なら死を迎えるだけだ。そんなところまで似ている。

糸を外す作業に入ったのは、子供たちのカモメに呼びかける声で我に返ったからだった。そうだ。カモメは、子供たちの声援を受けている。しかし、自分は……。誰にも知られず、ひっそりと死を迎えねばならないのだ。そう思った。

何故、自分がこの河原に来たかを思い出した。ゆっくりと重い足取りで柳の木の根元を目指す。拳大の石を探す。川辺に適当なサイズの石がある。

その石を持ったとき、腹がぐるると低い音をたてた。空腹も極限に至ったようだった。

克則は、そのとき石がそれまであった場所に蠢(うごめ)いているものを見た。

ミミズだ。そう言えば先日も積んだ石の間で見た。

そのとき、克則が、生きよう！　という本能からの連想が繋がった。左手には、釣り針やウキまでついた釣り糸が巻かれたままになっていた。救ってやったカモメの置き土産だった。

やってみよう。こんな偶然は、滅多(めった)に揃うものではない、と。

克則は手にした石を置き、憑(つ)かれたように左手に巻いた釣り糸を解(ほど)いた。これは善行に対して神がくれた贈りものなのだ、と自分に言い聞かせながら。

柳の枝を一本、折る。首輪が締まる不安はあったものの幸い反応しなかった。枝から葉をちぎりとると、四十センチほどの竿になった。釣り竿としては、しなり過ぎて手応えがなく少々頼りないが、他にいい方法は思いつかなかった。

その枝の先端に釣り糸を結びつけた。あわてて再びミミズを探す。まだミミズは逃げずにそこで待っていてくれた。

ミミズをちぎり、釣り針につける。

克則は自分が最後にやった釣りのことを思い出そうとした。小学生の頃だ。友だちと三人で谷尾崎町の小川で竹竿で鮒を釣ったことがある。自分の竹竿ではなく、友だちのものだった。釣りが得意なその子は、竿に特殊な結び方をしていた。餌は、その子が作ってきた練り餌だった。練り餌がなくなり、ミミズを探して餌にした。そんなことをぼんやり覚えているくらいのものだ。

だから、枝の先端に糸を結びつけても、それは克則の我流だし、ミミズを餌としてつけるのも、どのくらいの長さでミミズをつけるべきなのかもわからない。

そもそも、この川で魚が釣れるのかどうかもわからない。

餌をつけると、川面に釣り糸を垂らした。できるだけ深そうな場所を狙ったつもりだった。

ウキが流れはじめる。

そのウキが、二度水中に沈んだ。あわてて克則は柳の枝に力を入れた。

先端についているものを見て信じられなかった。

エビだ。何故、こんな川に？　と思ったがエビに間違いない。川エビが釣れたのだ……とやっと納得した。克則の手が先に動いていた。エビの頭を折ると、皮を震える指で剝き、身を口に入れた。生臭さはなかった。ぷりぷりとした身を噛むと甘味が口中に広がった。その美味さに、克則は思わず跳びはねていた。奇跡のような食料の確保に身体が勝手にはしゃいでしまうのだ。

ビギナーズラックではないのか？　すべての希望と縁が切れた状態を体験した克則の負け犬思考がよぎった。しかし、奇跡はそれで終わらなかった。

まだ餌はついていた。胸をどきどきさせながら再び克則は竿を振った。

川面に落ちたウキが安定し、ゆっくりと流れていく。ウキが克則の前に来たときに、突然水中へ没した。

竿を上げようとすると、柳の枝の竿は大きくたわんだ。

駄目だ。このままじゃ、上げられない。

克則は反射的に竿を引き寄せ、釣り糸を握った。釣りとしては邪道かもしれないが、糸が切れてしまえば元も子もない。

手応えがある。引くと、ピンと糸は張ってしまう。克則が先ず思ったのは、川底の産業廃棄物に引っ掛けてしまったのではないかということだ。

それほどの重量を感じる。ふっ、と手応えが消え、それから再び両手にガツンと感じた。

それが確信となった。

確かにかかっている。

克則は必死で釣り糸をたぐり続けた。そして足元までたぐり寄せた。その力の正体を知って仰天した。

四十センチもある大鯰（おおなまず）だったのだ。よく糸が切れなかったものだと感心した。柳の木まで大鯰を両手で抱え、あわてて入れものを探す。コンビニのポリ袋が落ちているのを見つけ、鯰を入れた。それから針をはずす。順序としては逆なのだろうが、釣りについては克則は素人なのだから仕方がない。おっかなびっくり、喉の奥に指を入れて針をはずそうとするが、なかなかうまくはずせない。やっと針を抜いたときには、鯰を血みどろにしてしまっていた。

さすがに、川エビを釣りあげたときのように、そのまま鯰にかぶりつこうという気は起きなかった。だが、これを食べることで、自分が餓死することは避けられると思う。どのように料理するのかは、そのときの克則の想像外だ。ただ、鯰の死骸を眺めながら、自分が他の生物の生命を奪うことによって生き延びるのだと実感していた。

かつて、そんなことを考えながら食べた記憶は克則にはない。

この釣りは奇跡ではないと実感した。三度、釣り糸を垂らし、次にかかったのは七、八センチのハヤだった。鯰のようなグロテスクさはない。

この釣り糸で、食べものを確保することができる。

初めて食料確保のための道筋が見えた気がした。荒戸の恵みだけに頼らなくてもいい。釣りには素人の自分に、これほど釣れるのが不思議だった。

そう言えば……と思いあたる。

この半年間というもの、白川の遊歩道を伝って西部管理センターへ何度通ったことになるのだろう。そうでなくても、時間を持てあまし、白川沿いをさ迷ったことは数知れない。しかし、その間、思えば一度も釣り人の姿をここで見ていない。

何故だろう、一級水系の川だというのに。町の中心部を流れる川だからだろうか？　カモメが飛ぶほどの河口近くで水質が汚染されているに違いないという先入観があるのだろうか？　魚を釣りあげたところで、不潔な獲物を口にする気にはならないということだろうか？

それなら、それでかまわない。だからこそ、克則のような釣りの素人の針にかかってくれるような、魚たちが間抜けになってしまう環境ができあがっていたのだろう。であれば、ありがたいことだ、と克則は考えた。

これ以上、釣りあげてもとても一度に食べられるものではない、と克則は柳の枝から釣り糸をはずし丁寧に巻きとった。糸は落ちていたハミガキの空の紙箱に巻きつける。これで、次回も魚を釣ることができる……。

鯰とハエが入ったコンビニのポリ袋を持つと、ずしりとした重さがあった。立ち去る前に、例の柳の木の下に二個の石を置くことを忘れなかった。石は、すでに山道に置かれる道標のケルンのように幾重にも積まれ始めていた。いずれは、ピラミッド状にまで小石が積まれることになるのだろうか。

部屋に戻り、流しに魚を置くと、克則はしばらくへたりこんだ。予想していた以上に体力を消耗してしまった。十分ほどもそのままでいたが、やっと気力を振り絞って立ち上がる。

鯰とハエを水道の水で丁寧に洗った。

そこで、はたと気がついた。魚のワタを出そうにも、切り分けようにも、ここには、ナイフや包丁を始め、刃物類は一切置かれていなかった。

どうすればいい。このままかぶりつくしかないのか？

目の前に、プラスチックの箸が一膳置かれていたのを見つける。西部管理センターのパックに入っていたものだ。一度、納め忘れて返却してしまったことがあったらしい。

窮すれば通じるということか。克則は箸を握ると鯰の腹に突き刺した。いける。思わずそう口に出しそうになる。そのまま、ゆっくりと力を込めて腹を裂いた。それから指でワタを丁寧にえぐった。

それ以上の加工は、プラスチックの箸では不可能なようだった。ハエも同様に処理をすませると、レンジに二匹を入れ、オーブン処理で焼いた。

箸と一緒に小さなパックに入った塩胡椒や醬油が残っていることも心強かった。これらの調味料も、西部管理センターの未使用の残り物だ。

オーブンのスイッチが止まり、尾頭つきのグロテスクな焼きものが仕上がった。

白身に塩胡椒を振ると、克則は皿を持ったままその場にしゃがみこみ貪り食った。鯰はやはり独特の臭みがあるが気にならなかった。生でかぶりつかなかったのは、川魚に寄生虫がいるのではないかという心配が先立ったためだったとあらためて思う。

だが、それほど空腹状態だったのに、鯰の片身だけで、克則は満腹状態に陥ってしまった。おかずにするのであればともかくも、皿の上に巨大に横たわる焼き鯰だけを食い続けるというのは並大抵のことではない。

ふっと思いだす。本来、鰻や鯰といえば、蒲焼で食べるのが一般的ではなかったのか？そんな食べ方であれば、もう少し食も進んだのかもしれないが。

だが、そんな贅沢を言ってはいられない状況であることをあらためて思いだす。

そう。

片寄った方法ではあるが、この状況でなんとか食べものを自分の手で確保する道を見出したことを、大きな進歩と考えるべきではないのか。克則は、自分に言い聞かせた。

16

菜都美からの声は、それからも聞こえてくることはなかった。

ぼんやりと部屋の中で過ごす時、克則は、菜都美のことを考えていた。会ったこともない、声だけの彼女である。しかも、今となっては本当に実在したのかどうかさえも疑わしくなっている。

やはり、あれは自分の肉体的限界が招いた幻覚症状のようなものではなかったのか？　自分の脳内思考の短絡現象の一種ではなかったか、と。

だが、そう自分に言い聞かせつつも、もし菜都美が実在していれば、どんな女性なのだろうと想像をたくましくしている自分自身に気づく。

そういえば、ホームレスの荒戸も後をつけていたときに、のべつ独り言を呟いていたような気がする。周囲に誰もいないというのに自分が何故今のような境遇にあるのかを愚痴り続けていた。存在しない誰かの相槌を確認しながら喋くり続けていたようだ。

あのときの荒戸も話相手になっている存在しない誰かの声を聞いていたのだろうか、と思う。

いつの頃からの連想だろうか？　自分でも克則は馬鹿馬鹿しいと思うのだが、菜都美がどのような女性かを想像していて、無意識のうちに思い浮かべてしまう女の顔がある。

中原彩奈の笑顔だ。

その想像を、克則はもちろんあわてて打ち消すのだが、不思議なことに彩奈の顔が浮かんでしまう思考形態ができあがってしまっているらしい。

そのときの彩奈は猫のような大きな目と、鮮かな紅をひいたぽってりとした唇で克則を見ているのだ。ちっとも可笑しいことなんかないんだけど、という不可解な笑みを浮かべて。

ちがう！　と思ってあわてて克則はその想像を打ち消す。消え去ってくれ。彩奈のことなんか二度と考えたくない。そんな不潔な女と菜都美さんを一緒にしないでくれ。

彩奈のことを連想してしまうのは、ただ単に自分の想像力が貧困なだけなのだから。菜都美さんをイメージする女性像を知らないだけなのだから、と。

そして無理に他の女性をイメージしようとすると、その顔はぼんやりとぼやけてしまうのだった。目も鼻もわからない、おぼろげな陰影だけのイメージだ。だが、清楚な印象だけは伝わってくるのが、せめてもの救いだ。

しかし、そのとき、もしやのことが起こった。

克則は空腹でもなかったし、とりあえず極限状況は脱した状態でいた。

部屋の中にいて、ぼんやりと菜都美の存在について思い巡らせてはいたものの、深く考えていたわけでもない。ぼんやりとした状態半ば、まどろみ半ばといったところだった。

声が聞こえ、次の瞬間、克則ははっきりと覚醒していた。

気のせいだったのか？

かすかに聞こえた。

気のせいなんかではない。彼女の声だ。

高塚菜都美の声だ。

——………浅見………

あまりにかすか過ぎて何と言っているかまったく聞きとれない。ただ、克則には、自分の姓の部分だけが、はっきりとわかった。カクテルパーティ効果というのだろうか？

テレパシーなら思考そのものが伝わるわけだが、伝わりかたに差があるというのは、おかしな話だ。その声の主が菜都美だということはわかっても、聞きとれずにいる。

——菜都美さん。わかります。でも、声がはっきり聞こえない。菜都美さんが、何か話しかけてきていることだけしかわからない。

どうしたら、聞こえるんですか？

克則は心の中で、必死に呼びかけた。

そのまま立ち上がり、無意識に両手を耳にかざす。

少しずつ部屋の中で、向きを変えてみる。どの方向を向くかで、少しは聞こえることがあるかもしれないという可能性に賭ける。

どの方向も同程度にしか彼女の声は感じられなかった。まるで、壁の向こうの声に必死に聞き耳をたてているのと変わりはしない。

克則は、こんなにもどかしい思いをしたことはない。部屋の四隅を移動してみた。微妙にベランダ側の方が、彼女の声が大きく聞こえている気がする。

ガラス戸を開き、ベランダへと出てみた。確かに、外の方がはっきりと菜都美の存在を感じることができた。ただし、同時に耳には周囲の雑音まで聞こえてくるのだ。

長六橋から届くトラックの排気音。近付いてくる市電のレールが軋(きし)む音。そして、マンション前に止まった自動車の発進音。バイクのエンジンの唸り。

菜都美の声はより大きくなっていると思えるのだが、けたたましい騒音の代償で、その効果は帳消しになっている。

前回は、あれほど耳にはっきりと届いていたというのに、何故今は、彼女の言っていることが聞きとれないというのだ。

再び、ベランダから克則は呼びかける。

――聞こえません。菜都美さんの声が聞こえません。ぼくは、ここに、います。もっと大きな声は出せませんか!

ひょっとして、彼女にも、自分の思いは、はっきりと聞こえていないのかもしれないと思いあたる。

彼女の声は、あたかも呟きのように克則に語り続けているかのように思えた。呟き続けていれば、必ず克則が応えてくれる。そう信じて。

だから、克則の声が彼女に届いたようには感じられない。

部屋にいては、これ以上、菜都美の存在を感じとれない。克則の中で、そんな考えが走った。

そう思い込むと居ても立ってもいられなくなった。

克則はベランダから室内に戻り、さまざまな方向を窺いながらドアへ向かって後退りした。

――話しかけるのをやめないで！

そう願いながら。

靴を履くと、そのまま外に飛び出す。どちらから聞こえてくるのかを見定めようとするが、確信を得ることはできない。

市電が熊本駅方向から走ってくる。車輪とレールから発される騒音に菜都美の声が掻き消されそうになるのを、必死で耳をすませた。

――浅見さん……

はっきりと自分の名前を聞いた。

幻聴ではない。そのとき克則は彼女の声が商工会議所ビルの方角から届いたと感じていた。

その後、彼女の声は再び呟き程度の大きさに戻っていた。

克則は、自分の直感にすがるしかなかった。

漂うように、彼女の声を感じた方角に向かって歩き出した。

別に菜都美の姿を見たいということまでは望まない。ただ、もっと彼女の声を聞きたい。話をしたい。

それだけの純粋な欲求だ。初めて彼女と心を通わせた時の、沙漠で一筋の清水を見つけるに似た歓び。それを、もう一度と願っているだけなのだ。

克則は大胆になっていた。通りを見渡すと自動車の往来が途切れたのを確認して、電車通りを横断した。彼女の声は感じている……。

商工会議所ビルから左折する。熊本の古町のイメージが残る鄙（ひな）びた通りが続く。この通りは一方通行だから、背後の気配にだけは注意を向けながら進んだ。

泰平橋の、例の柳の木の方向に出るという予感があった。

偶然だろうか？　何か意味があるのだろうか……？

五福幼稚園前を過ぎ、通りを抜けて下河原町の方向へ歩く。その通りになれば、ほとんど自動車は走らない。家の軒先に老婆がぼんやりとしゃがみこんでいる姿があっただけだ。

この頃から、急速に菜都美の声が遠のいていく。

不安になった。

方角を誤ったのだろうか？　彼女の声を受信できる圏内から、はずれつつあるということなのだろうか？

引き返した方がいいのか？

それとも、……正面に見えるニュースカイホテルのビルで遮られたということはないのだろうか？

声が途切れた。

聞こえない。

あわてて克則は走った。

目の前に、泰平橋が見えた。交差点の信号で立ち止まる。

耳をすませた。

聞こえる。さっきよりも、また声は小さくなっているが、聞こえる。かすかにわかる。泰平橋からニュースカイホテルへと身体を向けた。声がやや大きくなる。

こっちだ。

勘だけに頼って、何の根拠もないのだが、声を感じる方向に、信じて行かなければ他に方法はないのだ。

ニュースカイホテル方向に信号を渡った。そこで、再び彼女の声が途絶えた。

何故？

そこは、すでにホテルのエントランスに続いている。

「待てよ。舐めやがって」

男の大声が聞こえてきて、克則はびくりと立ち止まった。

声は、ホテル側からだった。

若い女が、ホテルから駆け出してきたところだ。女はコートを着る余裕もなかったらしく、右手にバッグとともに抱えていた。服は派手な色彩の腰のあたりを絞りこんだスカート丈の短い服だ。

彼女は、全身を激しく振って道路へ駆け出そうとしていた。男の声は、その彼女に向かって発せられたものらしい。女の狼狽ぶりに事態が尋常なものではない。

女の左手が、自分の腹あたりを押えていた。そのまま女は脅えたように背後を振り返る。若い男が走り出てくる。何かに取り憑かれたような形相だった。吊り上がった目が大きく見開かれていた。

女は、泳ぐように二、三歩進み、顔を上げた。

それまで、克則は何の根拠もなかったのだが、その若い女こそ菜都美ではないか、と思いこんでしまっていた。

だが、ちがうことが、はっきりとわかった。

それよりも、克則にとっては凍りつく事実だった。

顔を上げた女の顔……中原彩奈だった。

妙な因縁を感じた。菜都美の声から姿をイメージするとき、いつも浮かんできたのが中原彩奈ではなかったか。そして、ここまで菜都美の声に誘われるようにたどり着いた場所にいたのが中原彩奈だなんて。

これは、本当に偶然なのだろうか。

克則の内部で疑問符が飽和状態になり、思考停止のまま立ちつくした。

そして目の前で、いったい何が起ころうとしているのかもわからない。

彩奈は、悲鳴に近い金切り声をあげた。

「助けて。誰か助けてえ」

目の吊り上がった男に追われて彩奈はホテルのロビーから飛び出してきたのだということはわかった。

救いを求めてあたりを見回す彩奈には、もちろん克則の姿は見えていない。ロビーから外にまろび出たときに、彼女は客待ちのタクシーの中に逃げこむ選択もあった筈なのだ。そこまで、頭が回らないほどウロが来てしまい道路まで走り出てきてしまったらしい。

そのとき、克則は、彩奈が腹部を押えている理由を知った。服のその部分は真紅の模様ではなかった。

道に血を滴らせている。

刺されている。

それを知った克則が先ず思ったこと。

天罰が下った……。

追ってくる男に、克則は見覚えがない。

克則が取り返しのつかない結果を招いてしまった相手……安西輝彦と言ったか……でもなく、法華坂で偶然に彩奈を見かけたときに一緒にいた……チーくんと呼んでいたような……男でもなかった。

克則の知らない未知の男性だ。

ただ、どのような関係かということは、克則には容易に推測できた。

彼も、ある意味、中原彩奈の犠牲者にちがいない。

中原彩奈は、自分の欲望と衝動だけで次々と男を替えていく。まるで、ファストフードの新商品を次々とつまみ食いする感覚で。

言い替えれば、魔性の女だ。

誘われた男が抗(あらが)うことのできないような魅力も、彼女はちゃっかり備えている。いったいこれまで何人の男を毒牙にかけてきたことか。

そして、興味がなくなるか、利用価値がないと判断した男は悪びれもせずに、次々と廃棄処分にしてしまう……。

克則が過失を犯した相手である安西輝彦もそんな男の一人だった。チーくんと呼んでいた男は、どうなったのだろう。チーくんは真剣な交際を考えていたように見えたが。彩奈であれば、すでにお払い箱にしてしまったのかもしれない。

ただ、捨てられた男たちには、彩奈への執着だけが激しく残る。安西輝彦が彩奈をつけまわしたように。

この目の吊り上がった男も、安西輝彦と同じように普段は真面目な好青年なのかもしれない。彩奈の魔性で心を狂わされただけなのだろう。

どのような目に遭わされたのだろう。彩奈に自尊心を粉々にされてしまったのか。次の男を見せつけられたのか？　かなり手痛く振り回されたのか？

何があっても、彩奈なら不思議ではない。身も心も捧げた愛しい女に裏切られたら、どんなモラリストも豹変して不思議とは言えない。

男は表情こそ引きつりこの世のものとは思えないが、服は高価そうな趣味のいいスーツを身に着けている。

ただ、右手には刃渡り十五センチはあろうかというナイフを握っていた。そんなものは常人なら普通は持ち歩かないものだ。そんなものを準備していることでも、彩奈に対して明確な殺意を抱いていることがわかる。

彩奈は片足を引き摺りつつ、ホテル前のバス停の屋根を支えるポールにやっとのことでしがみついた。数人の通行人が通りかかっていたのだが、彩奈の異常に気がついて遠巻きにしたまま足をすくませてはいるものの、声をかけようとするものは誰もいない。二人ほどが携帯電話をかけているのは、警察、あるいは救急車を呼んでいるのだろう。

ましてや、ホテルから出てきた刃物を持った男を目撃しているのだ。下手に干渉したら巻き添えを食うに決まっている。その通行人たちも、男が近付くにつれて、蜘蛛の子を散らすように逃げ去っていく。

左手でポールを握り、彩奈は必死で自分を支えていた。すでに泣き出しているため表情は歪み、おまけに涙でマスカラが流れ出し、どろどろの顔になっている。男を魅きつけてきたセックスアピールも美貌も微塵も残っていない。おまけに出血のためか、肌の色はゾンビのように青黒く変色していた。

声も力がなくなっている。調子っぱずれの唄をかすかに繰り返すように発されるのは「助けて……助けて……」だ。

倒れこんでしまわないのは、彼女がまだ生に執着しているということか。

男が、いつまでも彩奈のところへ来ないのは何故かと思ったら、タクシー乗場あたりでホテルマンと揉み合っていた。まるで吉良上野介に斬りかかる浅野内匠頭を取り押える梶川頼照のように羽交い締めしたホテルマンは「おやめください。お客さま」と叫んでいた。勇気というより、職業的使命感らしい。だが男よりホテルマンはひと回り小柄で、羽交い締めにしてはいるものの、男がもがくたびに、振り回されてしまう。男が、手にしたナイフでホテルマンを刺さないのは、自分の標的は彩奈一人だと決めているためかもしれない。だとすれば、そのくらいの理性は残っていることになる。

男は「邪魔しないでくれえ。止めないでくれえ」と叫び、遂にホテルマンを投げ飛ばしていた。

障害のなくなった男は、右手のナイフを握りなおし、一直線に彩奈に向かって歩いてくる。

その様子は彩奈にもはっきりとわかったらしく、助けを求める声も止まり唇を激しくわななかせていた。

遠くでパトカーのサイレンが聞こえる。通報で駆けつけているようだが、まだかなり遠い位置らしい。とても、これから起こるであろう凶行には、間に合いそうもない。

克則は、呆然と立ちつくしたままだ。

確かに中原彩奈は助けるに値しない女かもしれない。彼女が存在することで、これからどれだけの男たちに不幸を撒き散らしてまわることになるのか。

それは、公害と呼ぶにふさわしい存在だ。

克則自身が今の境遇に堕ちた要因の一つも彩奈にあるのだから。

しかし、だからといって、このまま彩奈が殺されるのをみすみす看過ごすわけには、いかない。

ようよう彩奈がバス停を離れ逃げ出そうとしていた。それを見た男の足が小走りになった。

克則は、反射的に彩奈の方へと駆け寄った。理由はなかった。どんなにひどい女でも、他人に生命を奪われるべきではないと考えた。

そのとき克則がとれる手段は一つしかなかった。

彩奈と男の間に身を投げたのだ。荒戸を中学生集団から守ったときの方法だ。

彩奈がよたよたと逃げる。克則は男を見た。近付いてくる。

最接近したときにバニッシング・リングが激しく反応した。きりきりと克則の首が絞まり目の前が真っ白になった。そして背中をいきなり蹴られる感覚が。

再び視界が戻ると、男は克則の前方で横転して身を起こそうとしているところだ。ただ、理解できないというように克則が横たわった場所を見ていた。何故、自分が転んだのか、わからない。克則の姿は、男には見えていないのだから。

あわてて男は立ち上がり、彩奈の後を追う。彩奈は、それほど遠くへは逃げていない。克則の行動は、あまり救いの効果はもたらさなかった。

それからの光景は、克則は見たいものではなかった。しかし、目を離すことはできなかった。道路の上で、横たわったまま、克則はその結果を見た。

男は、左膝を傷めたようだった。左手で膝を庇いながら、大股で彩奈の後を追い続けた。

彼女に追いついたのは、数秒後だった。まだ電車通りまでもたどり着いていない。

男は、彩奈の襟首を掴み向きを変えさせた。すると、彩奈がそれほどの声量を残していたのかという叫び声をあげた。

右手に持っていたナイフを男が彼女に突き刺すと、悲鳴が止み、力つきてそのまま倒れこんだ。

男は、それでも許さず、彩奈に馬乗りになると、ナイフを振り上げ執拗に何度も、何度も突き刺していた。

パトカーが到着し、警官たちが男に駈け寄っていく。すでに絶命したのだろう。彩奈はぴくとも動かない。両脇から確保された男はそれから高笑いをあげた。

克則は、全身から力が抜けるのを感じた。

菜都美の声は、今はまったく聞こえてこない。

17

夢の中に出てきた男が、執拗に繰り返し繰り返しナイフを中原彩奈に突きたてる。男の顔はわからない。もやもやとした黒い影になっていた。すでに絶命している筈の彩奈が、かん高く狂ったような悲鳴をあげている。

そこで、目が醒めると、克則は自分の部屋にいた。

うなされていたのだということを自覚する。全身から、じっとりと服が濡れる程の寝汗をかいていた。

それから、闇の中で目が冴えてしまう。もう一度、眠りに入ろうと試みるのだが、それは不可能のようだ。心臓の鼓動の大きさを感じてしまう。

今、見たばかりの悪夢の光景が何度も頭の中で鮮烈にフラッシュバックする。

悪い夢を見たわけではない。目の前で起こった最悪の現実を、夢の中で追体験しているのだ。

中原彩奈が、自分の目の前で見知らぬ男に刺殺されてしまったこと。それは、夢ではない。何という偶然だったのだろう。あのような悲惨な現場に立ち会ってしまう確率はどれほどのものか。何かの因果の巡りあわせとしか思えなかった。

中原彩奈に関わったことで破滅した男は、克則だけではない。克則が暴行してしまった安西輝彦もそうだし、彩奈を刺殺した若い男もそうだろう。他にも、克則が知らない無数の男たちが泣き寝入りしていたような気がする。

中原彩奈は魔性の女だったのだ。罪悪感のかけらも持たないナチュラル・ボーン・ヴァンプという存在だった。

だから、そのような残酷な最期を迎えるというのは、因果応報というか、同情の余地はまったくないと言える。

しかし、そのような欠落した人格の持主であっても、生命はおろそかにするものではない。

他人の手でその生命を奪う権利は、誰にもないと、克則は思う。

克則は、とり返しのつかない罪を犯し、罰こそ受けているが、根は性善説の人間だ。彩奈もいつか自分の生きかたを悔いる日が来るであろう、とぼんやり考えていた。

そんな彩奈を救ってやれなかったのは、自分の無力さだと無意識のうちに自分自身を責めていた。

あのとき、自分に何ができたか？

刃物を持って彩奈を追いつめる男を転倒させるくらいのことだ。

彩奈の生命を助けることは、結果的にできなかった。

その無力さと、残虐な光景が、幾度も変質した殺人の悪夢を克則に見せていた。

しばらくは、この悪夢にうなされ続ける予感があった。

昼間は、白川のほとりで、場所を変えながら釣りをした。食べものを確保するために。場所を変えると、釣れる魚も微妙に変化する。鮒が釣れることもあれば、河口から上ってきたのか、汽水域にも生息するボラが釣れることもあった。必ず数匹を確保することはできた。

食べるときの味はともかく、釣りは克則にとっての貴重な娯楽になっていた。釣りに没頭し、水面に浮かぶウキを眺めている間だけは、少くとも、彩奈の惨事も、究極の孤独感も忘れ去ることができるのだから。

ウキは、遅い流れの川面をたゆたうようにゆらゆらと動き、川下まで流されてからせかすように水面に潜る。それを引上げて、川上へと糸を投げなおす。その繰り返しだった。

何度かに一度、ウキが不自然な反応を返してくる。そのとき、一瞬、克則はすべてを忘れることができる。自分が受刑中の身であり、また、刑期を終えてもとんでもない不幸を背負いこんでいることまで含めて。頭の中は空白になり、すべての悩みから解き放たれる。沈みこんだウキに合わせて、柳の枝の竿を上げる。躍る白い腹を見る興奮は、何物にも代えがたい。釣りとは、これほど面白く、興奮してしまうものだと、再確認するのだ。

五、六匹が釣れればよし、とする。今は、河原の草を魚の口から鰓に通し、釣り竿とともに手に吊るして家に持ち帰る。数匹は、内臓だけは出して塩をふり、ベランダの目立たない場所に陰干しする。釣れない日のための保存食のつもりだ。

ウキに反応がないときは、雑念ばかりが心に浮かんでくる。またしても彩奈を救えなかったことの後悔。そして、今はまたぱったりと途絶えてしまった高塚菜都美という、まだ見ぬ女性のことを思い出した。

そういえば、あれから菜都美の声を聞くことは、まったくない。

彩奈の惨劇に遭遇するまでは、菜都美のかすかな声に導かれるようにさ迷っていた。どちらの方向に菜都美がいるのかという確信も何もなかった。無闇に彷徨しているうちにクリアな彼女の声を聞くことができるのではないかという、あてのないあがきでしかなかった。

事件の前までは、いつか菜都美の声が途絶えるのではないかという脅えだけだった。今にも車の騒音で掻き消えてしまいそうな。

そして、血だらけの彩奈との思いがけぬ再会。

あのときだ、と克則は思う。

あの、目の前で繰り広げられた衝撃に、完全に菜都美の声は自分の意識の外に飛んでしまった。

彼女の声の所在を探していて、彩奈の事件に出くわすというのは、何か偶然ではない因果が含まれていたのだろうか？　あの場所に立ち会わせるための。

それは、まるで何かの暗合のように克則には思えた。

実在する女性だろうか？　自分の心の中で作り上げてしまった声ということはないのだろうか。

自分と心を通じることのできる高塚菜都美という存在を創造することによって精神状態が壊れてしまわないように自衛するという、克則が知らない心の機能があるのではなかろうか？

やっと彩奈の惨劇の光景を忘れることができるようになった時期だった。

その日は、克則にとって、驚くべきできごとが一つあった。

早朝から、本妙寺まで足を延ばした。子供時代の記憶が、ひょんな拍子で蘇ったからだ。

小学校時代の遠足だが、そのとき目的地は本妙寺の裏山だった。本妙寺は、熊本城の北西に位置する日蓮宗の寺だが、同時に肥後熊本藩主で熊本県民に今なお絶大な人気を持つ加藤清正を祀る浄池廟がある。その裏手を登ると熊本市内を一望できる高台にたどり着く。そこでは、巨大な加藤清正像が市内を見下ろしている。

そこが、遠足の終点で、教師から歴史のレクチャーを受けた後、自由時間となる。弁当を食べ、あたりの探険となる。

実は、その高台の奥は、まだ雑木林の斜面が続いている。そこは本妙寺山だ。

小学生時代の克則は、その斜面で細長いどんぐりをいくつも拾った。

集合時に、教師に見せると、それはどんぐりではなく、椎の実だと教えられた。

「茹でるなり、焼くなり、蒸すなり、どうしてでも食べられる。どんぐりは苦いけどな」と教師は言った。

克則は、それを持ち帰ったが食べた記憶はなかった。

どんな味だったのだろう。

ふと、その記憶が蘇ったのだ。それは確か十月のことだったと思う。年の瀬の今、椎の実が、まだあるのかは、確信はなかったが、克則は、とにかく川魚以外のものを何でもいいから口にしたかった。

だが、幸運なことに、その朝は予想外の収穫があった。

目的の椎の実は、小学生時代の記憶と同じ場所に無数に落ちていた。半分以上は虫食いだったが、それでも用意していったコンビニのビニール袋が、はちきれんばかりになった。その他にも、黒い親指大の無花果に似た木の実がついているのを見つけた。普通であれば気にもとめない野生の果実だ。それに手を伸ばし、口にふくんだ。

甘かった。無花果の原種のようなものではないのか、と思った。克則は知らなかったが、それはイヌビワという植物の果実だった。その小さな果実も袋に入れた。

それから、斜面を下るとき、朽ちかけた切株に群生しているカサの大きなキノコを見つけた。シイタケよりもやや色が薄く青みをおびている。直感で、それがヒラタケであることがわかった。

食べられる!

すべてを採りつくすと、克則は満足して、山を下った。

本妙寺の石段を下りながら、ぼんやりと、春先には、また足を延ばしてみようか、と考えている自分に驚いた。町の中の原始人の生活に自分は慣れようとしている……。たしかに、木の芽時期にはこのあたりの土手にはワラビやツクシやノビルが生えそうだし、フキノトウも見られるかもしれない。それに、棘の生えた木はタラではなかったか? タラの芽も収穫できるかもしれない。コシアブラと札に書かれていたが、あの新芽も美味しそうだと、思う。

そして、唐人町に戻ってきたときだった。町は日常の活動を取り戻していた。車の交通量は多いが、幸いなことに歩道を通る人の姿はほとんどない。

克則は、妙な視線を感じた。

気のせいだろうか、と思った。振り返ったが誰もいない。

視線は、まだ自分に向けられたままだということが、わかった。

ありえないことの筈なのに。

だからこそ、視線を感じるのか？

そして、克則は、その視線の主を発見した。

そこは、病院の入口だった。

その入口の前に、母親と五、六歳の女の子が立っていた。

通りを隔てた位置に、病院の駐車場がある。二人は、そこに自動車を駐めに行った誰かを待っているらしかった。それは、母親の様子で推察できた。

感じた視線は、その母親のものではなかった。母親に手を引かれた五、六歳の女の子だ。

その子は、目を大きく見開き、克則を凝視している。

信じられないものを見たという様子で。

まさか！

克則の方が、信じられなかった。

自分の姿が、この女の子には見えているのか？

克則は、女の子の様子を確認しながら、数歩右へ移動した。女の子の視線は、克則を追ってくる。

見えてる！　この子には自分の姿が見えてる！

奇跡のようなできごとに、克則は、自分の胸の鼓動が高鳴るのがわかった。

ひょっとしたら、助かる！

そんな思いが渦巻いた。

見えるのかい？　お嬢さん。ぼくの姿が。

そう声を発して訊ねたかった。しかし、やはり、声を発することはできない。

他の誰にも……今一緒にいる母親らしき女性にも克則の姿は見えないというのに、何故か女の子だけには、克則の姿が見えているらしい。

その何故か？　の理由はわからないのだが。

――母親に伝えてくれればいい。ここにぼくがいることを。

そう克則は願った。そして、母親が、誰かに連絡をとってくれる。願わくは、司法関係者に……。

克則は腰を落し、片手を女の子に上げて見せた。それから、ゆっくり手を振る。

首輪の反応は……ないようだ。

首輪をつけていれば、誰の目にも留まらない筈だという前提があるから、首を絞める機能は作動しないらしい。幸いなことに。

克則は、この奇跡になんとか、すがりたかった。どうして、この女の子には、自分の姿が見えるのか？　バニッシング・リングは人の脳に働きかけることによって首輪をつけている人間を盲点の中に入れてしまう、という説明を聞いた。

ということは、この女の子に限っては、バニッシング・リングの効果を受け付けない体質を持っているということなのか……？

とすれば、探せばこの女の子と同じような体質を持っている人が他にもいる可能性があるということなのか？

それは、わからない。だがそれは二の次だ。

何よりも、克則は、今起きている奇跡にすがりたかった。

もう一度、克則は手をひらひらと振ってみせた。せいいっぱいの作り笑いで。

だが……女の子の反応は、克則の願いとは、裏腹なものだった。女の子は、肩をすくめ、全身をフリーズさせて、表情を強張（こわば）らせている。まるで、この世のものではない妖怪に出会ったかのようだ。

克則は、愛想笑いを絶やさないように努めながら、もう一歩、女の子に近付いた。

それまで凍結状態でいた女の子の精一杯の勇気だったのだろう。跳ねるように身体を動かし、母親の後ろへと逃げた。

母親のスカートを両手で握りしめ、目から上だけを見せて、克則を隠れ見る。

「どうしたの？　イズミ。急に。何があったの？」

母親が、そこで初めて娘の様子がおかしいことに気付いたらしい。

「ママ。変な人……。変な人がいる」

イズミと呼ばれた子は、すでに泣き声だった。そして隠れたまま、左手で克則を指差そうとした。

母親は目を細め、イズミが指差した方向を見た。そこには克則がいるのだが。

「変な人って……。誰もいやしないわよ」

母親は呆れたような声でイズミを諭した。

「何がいるっていうの？　誰もいやしないじゃないの」

「いるよ。あそこ。ママ見えないの？」

「気のせいだから、心配しないで」

「ほら。よく見て。白い汚れた変な服を着た人。首に何かつけてる。イズミのことを、じっと見てるんだもん。怖いよ。痩せてて、幽霊みたいで、お化けみたいで。髭がもじゃもじゃ生えていて」

克則は、あわてて自分の頬に手をあてた。ごわごわとした髭の感触があった。

イズミという女の子の言うとおりだ。誰にも見られることがないのだという思いこみのために、今は髭も、伸び放題に伸びているのだ。そうなのか、と克則は舌打ちしたかった。イズミの目から見た自分は、相当にひどい恰好にちがいないのだ。囚人服もずっと着続けたままだ。「白い汚れた」と言っていたが、〝白い〟どころではない。すでに黄ばんで汚れきっている。髭が伸び放題なだけではない。髪も肩まで伸びている。ぼさぼさの見すぼらしいライオンのようだろう。おまけに、頬の肉も削げ落ちている。きっと、目玉もギラギラとしているのではないか？　首のバニッシング・リングも、はっきりと認識しているようだ。

克則自身でさえ思った。

今のぼくは、きっと化物なのだ、と。こんなことなら脱毛クリームを使っておくべきだった。もっと子供を脅えさせることのない恰好をして。

そう、この場で考えても、後の祭だ。

「ねぇ。あれがホントにママには見えないの？」

「イズミ。いい加減にしなさい」

母親は、少し声を荒らげた。それで女の子は口を閉ざさざるを得なくなったようだ。

「なんにもいないんだから」

「わかった。ママ」

仕方なく、イズミという子はそう答える。だが、視線は、まだ克則に釘付けになったままだ。それからも、しっかりと母親のスカートを握りしめていた。

どうするべきなのか、克則は迷う。どうやれば意思を伝えることができるのか？　この機会を逃したくなかった。

何故、このような幼い子にだけ見えるというのか？　大人であれば、もっと話は早いはずなのに……。

もう一歩、克則は女の子に近付いた。バニッシング・リングが締まり始める感覚が伝わってきた。これ以上、近付くことが不可能なことが、わかる。声を発することができないというのが、これほどもどかしいこととは。

イズミという女の子は、近付いた克則を見て、完全に、パニックを起こしかけていた。両目を固く閉じ、両手で母親の足を抱き締めている。そうすれば、〝存在しない〟と母親に言われた克則の姿を見ずに済むのだと思いこんで。

「いったい、どうしたの。少し離れなさい。イズミ。聞こえてるの？」

そう母親が呆れたときだった。

克則よりも少し歳上の男が通りの向こうから母子のところへ走り寄ってきた。

「ごめん、ごめん。駐車場がなかなか空かなくってさあ」

それが、父親らしかった。母子は、駐車場へ自動車を置きにいった彼を、そこで待っていたのだ。父親の声を聞いた女の子は、あわてて母親から父親へとすがった。

「パパ。パパ。そこにお化けがいるの。ママは見えないって。パパには見えるでしょう？」

イズミという子は、それまで母親が信じてくれないことに必死で耐えていたのだ。父親だったら、〝お化け〟がいることをわかって貰える筈だと、訴え始めた。

イズミの指は、さっきと同様に、克則をぴったりと差していた。

父親は、ちら、と克則の方向を一瞥しただけだった。表情一つ変えるわけではない。

袖を握る幼い娘の頭を、やさしく撫でた。それから、言った。

「そうだね。でも、あのお化けは、イズミに悪さをしたりしないから、怖がらなくっていいんだよ。もうすぐ、消えてしまうから」

嘘だ！　克則は叫びたかった。父親には、克則の姿など見えてはいない。ただ、幼い娘を安心させるために、話を合わせているに違いないのだ。

「またかよ」と父親は母親に言った。「見えないお友達とか、お化けとか、どうしてイズミは、よく見てしまうのかねぇ」

母親も首をひねる。

そして父親は優しく言った。

「さあ、イズミ。もう、怖いものを見ないですむようになるからね」

それから父親は幼女を抱きかかえ、母親とともに、病院の建物へと入っていく。

待ってください。ぼくが、いることがわかるのは、その子だけなんです。

しかし、克則は建物の内部へ入ることはできなかった。リングが反応し始めるのを感じたからだ。公共の場所というのに何故？　克則の意思の疎通をはかろうという思いが、あまりにも激しかったからだろうか。リングは、それを敏感に読みとった……。いや、公共の場所でも、病院は人の生死に関係する場所だということで、受刑者の出入りは制限されているのかもしれない。望みの細い糸は絶たれた。

そこに、克則一人が残された。受付の前でイズミという女の子は、まだ克則を見ていた。

見上げると病院名が見えた。

眼科だった。そんな問題じゃないだろう。彼女の目は真実を見ているんだ。だが、そんな感情は、誰にも伝わることはない。

虚しさに、克則の両目から涙が溢れた。

18

その日の朝は、前日とは、まったく外の様子がちがうことに克則は気がついた。

静かすぎる。

いつもなら、長六橋を走るトラックの音で目が醒めるというのに。外に、出てみる。商店には、門松の絵が描かれ「迎春」とあるポスターが貼られていた。「十二月三十日から一月三日まで休ませて頂きます。新年の営業は四日からです」とある。民家の軒先には日の丸の旗が立てられている。電車通りは、ほとんど自動車は走っていない。店は、すべて閉ざされていてまるで、この世から人々が消失してしまったかのようだ。

ゴーストタウンという表現が、ぴったりかもしれない。ただ、前日までの曇天(どんてん)ではなく、無人の町に麗(うら)らかな陽光が降り注いでいるのが対照的だった。

すべての人々の社会活動は停止している。

それぞれ、自分の家庭でのどかな新年を迎えているのだろう、と克則は思った。家族同士、新年の挨拶を交わし合い、祝いの酒を酌(く)み交わす。穏やかな時間を過ごしあっているのだろう。

今の自分には、まったく縁のない世界だ、と克則は思った。そんな人たちにとって〝見えない人間〟が、通りを一人、彷徨(さまよ)っているという事実を誰が想像するだろうか？もし、刑を受けていなかったら、自分は、どんな正月を迎えていたろうか、と克則は、ぼんやりと想像した。

身寄りのない克則は、やはり部屋でコンビニ弁当を買いこみ、テレビの正月番組をぼうっと眺めながら酒をかっ食らっていたのではないだろうか。

状況的には、あまり変らない気がしないでもない。ひょっとして、自分の生の限界というものを見つめることのできた今の方が丁寧な生きかたを試みているのかもしれない。高塚菜都美の存在を知らないときは、生がいつ終わりを迎えても、どうでもいいと考えていた。

しかし、今は、菜都美に出会うまでは、人間として、どのような生きかたをしているのが正しいのかと無意識のうちに考えている自分がいる。

その点だけ考えても、実は今の方が人間として清廉（せいれん）なのかもしれないと思ってしまう。

年末に、画期的なできごとがあった。

幼児ではあったが、克則を克則として知覚できる者が存在するということを知った。

バニッシング・リングからは〝脳が感知できなくなる、微弱な特殊電波〟が発信されているということだが、世の中には、その特殊電波の作用を受けない人間も存在するのだ。

克則の前に、そんな一人が現れたのであれば、他にもそのような人々が少からず存在してもおかしくはない、と考えられる。

イズミという幼児が病院の中へ消えてから二度とその子に会うことはかなわなかった。かなりの時間、院外のベンチでも待った。しかし、その一家とは出会えず仕舞（じま）いとなった。克則にしろ、生理的な用事を足さなければならない事態が発生するのだ。もし、見逃したというのであれば、克則が自宅に戻り、引き返してきた四十分程の空白の間に違いないと思われた。

二度とイズミという幼児に会うことはかなわなかったが、新たな希望の種火（たねび）が生まれたのは事実だ。

自分を知覚する幼児を見失い、しばらくは悲嘆にくれた克則だったが、他にも特殊電波の効果を受けない人物が存在する可能性を信じることにした。

それだけでも随分と心の持ち方は違う。

できるだけ、沢山の人々の目につく場所に行くことだ。その中に、ひょっとして一摑みの人間がいるかもしれない。克則を視ることのできる人が。十人より百人。百人より千人。一人でも多くの人に会うことだろう。なんのあてがあるわけではないが。

だが、そのような雑踏に足を向けるということは、逆に言えば克則が予測しえない形で第三者に接近されて首を絞められる可能性を孕んでいるということでもある。

麗らかな日射しに誘われたこともある。

ぶらぶらと人気のない電車通りを歩き続けた。はっきりとした、あてもなく。

二本木口の電車停留所を過ぎたあたりに坪井川の流れが見える。その橋際におてもやん像が建てられている。

おてもやんとは、熊本の座敷唄に伝えられてきた女性の名前だ。嫁入り後、自分と相性の悪い不細工な夫に早々と愛想をつかし飛び出して来たという、美人ではないが行動力のある女性である。庶民的であり現代的なキャラクターのため人気があり、この他にもおてもやん像は見ることができる。

そのおてもやん像の先を数組の家族連れが歩いて行くのが見えた。

少しずつ人の流れが増え始める。

橋を渡りきると、熊本駅方面からの歩行者が飛躍的に目立ち始めた。

北岡神社へと初詣に向かっているのだ。神社は、道路から石段を登った高台にある。

そうだ！　と克則は思いつきを行動に移した。

このまま歩道を進めば、徐々に混みつつある参拝客と異常接近してしまう可能性がある。とても北岡神社までたどり着くことは不可能だろう。

ならばと歩道横のコンクリートで補強された高さ一メートル程の斜面の上に駈け上った。そこは、熊本に新幹線が通るに伴い、最近、道路が敷設された場所だ。だから、神社近くまでは、コンクリート斜面の上は建造物のない芝生面になっていた。

その芝生面を伝う。障害物は、神社の手前まで、何もない。

第三者の目に見えるとすれば、克則の行動は、相当に怪しく映る筈だが、歩道からは誰も注意を向けることはない。

そのあたりから、高台にある神社で鳴り響くおごそかな笛や太鼓が聞こえてきて、それまで意識しなかった〝新春〟をいやでも実感する。

歩道を通る人々も、いつものような急ぎ足ではなく、どことなく正月ならではの、のんびりとした足取りであることがわかった。それぞれが屠蘇(とそ)機嫌で訪れているのだろう。

「北岡神社」と染め抜かれた旗も、そのあたりから、道の端に等間隔で立てられている。

もう神社の参道に続くそこは石段になっていた。道路沿いに古い石の鳥居が立ち、参拝者は、そこをくぐって登っていく。

鳥居の両側は樹齢千年を超えるという直径二メートル近くもある幹を持つずんぐりとした印象の楠（くす）の樹が根を張っていた。

ここここそ、適所だと克則は思った。

それほど幅の広くない石段を一目で見渡せるし、同時に、参拝者が石段をはずれて近付くこともない。根元あたりで腰を下ろしていれば、無数の人々と会えるということだ。

そして、克則のつけているバニッシング・リングの特殊な電波の影響を受けない人が、もし他にも存在するのであれば、そんな古樹（こじゅ）の根元にいる奇妙な服装の男に注意を向けるのは確実だ。

克則は、そこで、自分のことに注意を向ける人物の存在を探すだけでいい。

その人物こそが、克則を窮地から救いだしてくれる可能性を持った人なのだ。

その人物に、連れがいれば好都合だ。連れの人たちには見えず、自分だけにしか見えないとわかれば、その原因を探ってみようと考えるだろう。うまくいくかどうかはわからないが、克則にとっては賭けてみる価値は十分にあると思える。

それでなければ、好きでこのような参拝客でごった返し始める場所に来るものか。

大樹の根っ子に腰を下ろした。

上り、下る参拝者たちの様子を観察し始めた。

誰か！

ぼくの姿を見て欲しい。この間の女の子のように。

そう願う。

ふと、克則はイズミという名前の女の子を思い出していた。

あのときは、克則自身も焦りまくっていたが、今から思いおこしてみると、なかなか可愛い利発そうな子ではなかったか。白と紺のワンピースを着け、長い髪を二つに分けリボンをつけていた。きっと何不自由ない幸福な生活を両親とともに送っているのだろう。

目の病さえなければ。

目の病？　本当にイズミは目の病だったのだろうか？　克則自身を見ることができる。親には見えないものが見える。

それが、目の病ということなのか？

病院へ入るときに、イズミの父親が言っていた。

「さあ、イズミ。もう怖いものを見ないですむようになるからね」

それを克則は思い出した。ということは、イズミという幼女は、眼科へ足を運ぶまでは他にも〝見えないもの〟を見る力があったということなのだろうか？

それに両親が気付いたからこそ、イズミを連れてきたということか？

怖いもの……他の消失刑の受刑者のことだろうか？　それとも、霊的な存在を見ていたということなのか？

ひょっとして、霊能力者には、自分の姿が見えたりするのではないか……と、かすかな希望を克則は抱いてみたりする。

しかし、本物の霊能力者など、存在するのだろうか？

すでに目の前の石段を参拝者が溢れんばかりに行き来していた。克則が大樹の根元に腰を下ろしてから、一気にその数が増えたようだった。

通るのは、実にさまざまな人々だ。お揃いのフリースを着た老夫婦。あでやかな着物姿の集団。若いカップルは手をつないで石段を登る。スーツ姿の集団は会社の行事として、参詣しているのだろうか。

それ程の数の人々が往来している割に、その表情に笑顔を見つけることができない。

皆、自分の置かれた状況から、できることといえば神様にすがるしかない……そんな気持なのかもしれない、と克則は思う。だからこそ、これだけの数の人々が集ってくるのか。

その一人一人の表情は、今の世の中の様を反映しているのだろう。自分こそ、最悪、極限の立場ではあるが、世の中に、悩みを抱えていない人なぞ、存在しないのだということを思う。

だが……肝心の、克則が望む結果は得ることができない。

誰一人として、異様な風体の克則の存在に気がつく者はいない。

イズミのような特殊な眼力を持つ者は現れてくれなかった。

これまで、克則の目の前で、この石段を何人の人々が通って行ったのだろうか。コンベアーで流されるように、数百人いや、それ以上が流れて行った筈だ。

しかし、その中には克則に気付いた様子を見せた者は一人としていなかった。

あのイズミという子は、何万人に一人……いや何十万人に一人という特別な子だったのかもしれない。

しかし、未だ希望を捨てるわけには、いかない。参詣する人々が途絶えるまでは……。

克則に注意を向ける人は、突然現れるかもしれないのだから。しかし、それは、あてのない希望だ。

ただ、川の流れにも似た人々の移動を眺め続けるだけだ。

突然、会話が耳に届いた。

歩道のところで男が二人立ち止まって話し始めていた。二人とも七十過ぎの老人であった。お互いに耳が遠いのか、大きな声で話している。だからこそ、会話が克則の耳に届いた。二人は、ここで偶然に、久々に顔を合わせたらしい。

これは、これは、こんなところでお会いするなんて。

いやあ、奇遇ですなぁ。神さまのお引合せかもしれませんなぁ。

お達者で何よりですよ。お変りありませんでしたか……と。

それから二人は頭を下げ合い、新年の挨拶を交わし始めた。余程、二人は親しいのか、再会を喜び合い、他の参拝客の迷惑にならぬようにと、通りの端に寄る。それで、克則により近い位置で会話が耳に届いてくる。

克則にとっては、他人同士の会話でも耳にできるというのは心地よいものなのだ。できるだけ、話を続けて欲しいと考えてしまう。

「どうですか。最近は……」

「いやあ、うちは息子が最近、早期退職させられましてな。大黒柱がそんなふうなんで、家の中が暗いことといったら。私の年金も一部、家の方へ足しにしてくれと入れてるくらいのものですよ」

「そうですかぁ。似たようなものですなぁ。うちは、もう店の方を思いきって閉めましたよ。少くとも赤字を垂れ流すのが止まるだけでもいいと考えましてね。私は子供もいなかったし、うちの奴にも先に逝かれてしまいましたので、生きていくうちだけ食えればいいんです」

「そうですか。おたがい世知辛いことばかりのようですねぇ。毎日、新聞を読んだりテレビを観ていても、ちっとも心が晴れるようなニュースはありませんね」

「今の世の中が、どん底ということでしょう。もう景気がよい世の中なんて来ない気がしますよ」

そう二人は、たがいに愚痴を言い合う。二人は久しぶりの再会に加えて、時間だけはもて余しているらしくて、腰を据えて語り合い始めたようだ。

老人たちの会話から、やっと今の世の中の状況が、少しだけ克則にはわかった気がした。克則が服役し始めてから、世の中の景気が急速に悪化の一途をたどり始めたらしい。世の中の情報から隔絶させられている克則にとっては、聞き耳をたてているだけで新鮮な驚きだ。町を歩いていて、やたらとシャッターが下りている商店が目につくのだが、老人たちの話と照らし合わせて合点がいく。

それからも、二人の老人の情報交換は続いた。共通の知人たちの消息をたがいに伝えあう。Aという人物は病にかかったという話があって、あっという間に亡くなってしまったそうだ。Bは、消息不明になっているが、どうしたのだろう。いや、Bは倒産したということだが、それから姿を見たものがいない。もう、熊本にはいないという話だが。

そんな話が続いた。二人が話の口火を切ったときに、いかに世の中がすさみきってきたかという具体例が次々に述べられて、今の世の姿が浮かび上がってきたが、克則の立場で聞いていても、やりきれないものばかりだった。

「とにかく、これだけ景気が悪くなって、失業者が溢れ出すと、人々は切羽詰まってしまうんでしょうなあ。犯罪が増えてきたと思いませんか」

「確かに、そうですな。厭な世の中になってきたものです。人々は、なりふりかまわない状態になってきている気がします。何が起こっても不思議ではないような。ねぇ」

「そう言えば、昨年後半から起こっている若者の失踪事件って、なんなんでしょうね。もう、三、四件起こっていますよねぇ。あれも正体のわからない不気味な事件ですよねぇ。それも熊本で起こっているというのは気持悪いですよねぇ」

克則は、耳だけ傾けていたのだが、驚いて老人たちを見た。知らなくて当然なのだが、この熊本で、そんな変な事件が起こっているとは。若者の失踪……？

単なる家出というのでは、ないのか？

「失踪した若者って、それぞれ普通の若者で家出をする理由もまったくなかったらしいじゃないですか。まるで、どこかの国に拉致されたみたいな……ねぇ」

もう一人の老人は、肩をすくめた。

「ご存知なかったんですか？　数日前ですけど、最初に失踪した若者の遺体が見つかったそうですよ。万日山の雑木林の中で」

「えっ。じゃ、誘拐されて殺されたということなんですか？」

「そうらしいんですよ。ラジオのニュースで言っとりましたなぁ。なんだか、素っ裸で林の奥の方に置かれていたらしいですよ。犬の散歩をしていた飼主が見つけたらしいです。犬が見つけたんじゃないですかねぇ」

「へえ。物騒なもんだなぁ」

「それで死体のですねぇ、内臓がなかったというからねぇ。抜かれていたって」

聞かされた老人は、ぐへぇ……と声にならない声をあげた。

「万日山といったら、すぐ近くじゃないですか。私ゃ、心配で怖くなりましたよ」

「大丈夫ですよ。失踪した男女は、皆、二十代半ばまでらしいから。私とか、おたくとか、ここまで年齢いっていれば心配ないでしょうが」

克則も、その話はショックだった。なにも知らずに歩きまわっている行動範囲で、そのような猟奇的な事件が起こっているとは、信じられない思いだった。

二人の老人は、それからも他愛のない世間話を続け、そして近いうちに酒を酌み交わす約束をすると、異なる方向へと別れていった。

相変らず、無数の人々が神社へと吸いこまれ吐き出されてくる。それぞれの手に破魔矢(はまや)やお札を携えて。

しかし、これだけの人々が克則の前を通過しても、誰一人として克則の存在に気がつく様子を見せる者はいなかった。

陽が差しているといっても、正月の冷気は下から克則を冷やし続ける。両手を足にあてると、まるで氷に手をあてたように冷たいのだ。

今は、克則は、その冷気との戦いだった。

頼むから。

誰でもいいから。ぼくの姿を見て欲しい。気付いて欲しい。

克則は、中腰になって両手で腿から膝を激しくこする。摩擦すれば少しは暖がとれるのではないか。目は、群衆を追いながらも。

息を呑んだ。

あの子がいる。確か、イズミといった。

父親に抱かれた着物姿のイズミだ。その横に母親もいる。三人は石段を登ろうとしていた。見紛うはずはない。

克則は立ち上がった。両手を振る。イズミ。ぼくは、ここにいる。覚えているだろう。こちらを向いてくれ。そして、ぼくに気付いたら、この間のように両親にぼくのことを伝えてくれ。

克則は、我を忘れて、その場で何度となくジャンプした。声を出せなければ大袈裟な身振りで注意を引くしかない。

すでに、自分はイズミの視界に入っている筈だった。これだけ大きな動きを見せれば、必ず気付いてくれる。そう信じた。

だが、イズミは、克則に気付くことはなかった。抱いた父親と言葉を交わし、笑い転げているだけだ。

何故だ。あの子は、何故、自分に気がついてくれないのだ。

イズミが、ゆっくりと顔を克則の方に向けた。そこで克則は愕然(がくぜん)とした。イズミは左目に眼帯をつけていたのだ。その子は克則に気がついた様子もなく、再び父親の肩に笑いながら抱きつく。

イズミには、もう克則の姿は見えていない。あの左目こそが……。

三人の親子は、呆然と立ちつくす克則の前を過ぎ、神社へと吸いこまれていった。

19

克則は、またしても絶望の淵に沈みこんでしまった。年始の参詣客のあれだけの人々が克則の前を通り過ぎながら、誰一人として克則の存在に気付く者はいなかった。

それだけではない。

克則の存在を知覚できる人がいる筈だという示唆(しさ)を与えるに至ったイズミという幼女。あの子までも、今では、克則のことは〝見えない〟のだから。

かすかな希望の明かりだったというのに、それさえも消えてしまった。

北岡神社の帰りに、泰平橋の下の河原に下り、柳の木の下に虚しい気持で小石を一個積んだ。

すでに小石は、四角錐(しかくすい)を完成させつつある。まるで山道の道標であるケルンを思わせるピラミッドだ。

今は、この習慣もやめることのできない、惰性に近いものだ。石が一つ増えたところで何を感じることもない。

ふと、菜都美の存在を思い出した。

あの時……。彩奈が、すぐそこの路上で刺殺される寸前に聞こえていた菜都美の微かな声を覚えている。以来、菜都美の声が、克則の心に届くことはない。

寂しい。

無性に菜都美の声を聞きたい。自分に呼びかけてもらいたい。

そのとき、心底それを願っていた。

どのような精神状態にあるとき、彼女の声が聞こえるのだろうか。統合失調症の幻聴だと言われても、克則にとってはかまわなかった。とにかく菜都美と話したい。

――私のことなの？

唐突に、菜都美が答えた。

はっきりと聞こえる。間違いない。菜都美の声だ。この間のような微かな声ではない。克則は思わず背後を振り返ったほどだ。あたかも、菜都美が克則のすぐ近くにいるように感じられたからだ。もちろん誰もいない。

――浅見克則さん。私に呼びかけましたか？

克則は、全身に鳥肌が立つのを感じていた。これが夢なら醒めないで欲しい。幻聴でもかまいはしない。

――浅見克則です。今、菜都美さんと話したいと願っていました。

えーと。そう……ハッピー・ニューイヤー。明けましておめでとうございます。今日はお正月なんですよね。

これほど、菜都美との会話を待ち望んでいたというのに、何故、他愛もないことしか伝えられないのか、と、克則は歯痒い思いだった。もっと、ましなことは言えなかったのか。

しばらく、菜都美の声は返ってこなかった。見えない思考の糸電話の糸が切れたのだろうか？　願わくは、つながったままであって欲しい。

途絶えていたわけではなかった。

――すみません。今、お正月なんですか？　なんだか、ふわふわしていて、ぼんやりしていて、よくわからないのですが。克則さん、そう言われましたよね。

その答は、克則にとっても謎だった。以前に菜都美の声を聞いたときも、彼女は自分の居場所について、あやふやな答をしたことがあった。そして、今……。

今が、正月だということがわからない、というのは、どういうことなのか。克則のように、すべての情報を遮断されていても、世間の様子で正月が来たのだということを知ることができた。

菜都美は、何故それを知らないのだ。一般の人であれば、正月くらいはわかる。それがわからない理由とは……。

やはり、菜都美は現実には存在しない、克則の想像の中で生まれた女性ということなのだろうか？

だが、脳裏に浮かんだ疑問はさておき、克則は答えた。

——今、北岡神社へ行ってきたところです。初詣の参拝者が凄い数でしたよ。

——やはり、そうなんですね。北岡神社はお参りしたことありますよ。

それから、私、いるんですよ。実在するのか、今、半信半疑でしたよね。私のこと。声が聞こえたり聞こえなかったりだからかしら。

この間も、克則さんの声が聞こえたのですよ。私の声は、はっきりと耳には届かなかったのですね。私の声には、返事してくれなかった。克則さんが、私のことを探しまわってくださっていることは、はっきりわかったけれど。でも、そのときは、克則さんにとって、凄く厭なことがあったのではありませんか？　突然、克則さんの悲鳴のような声が聞こえてぷっつり途切れてしまったから。

あのときのことを言っている……と、克則は思う。彩奈が目の前で刺されたときのことだ。菜都美の声が微かにしか聞きとれなかったから、自分の声も菜都美には、ほとんど届いていないものとばかり考えていた。

実は、そうではなかった。

聞こえづらかったのは、菜都美の声だけで、克則の声は、彼女にちゃんと届いていた。

そう考えれば、彩奈がまさに殺害されんとしたときに、菜都美への声が途絶えてしまったというのは、僥倖(ぎょうこう)だったと言えるのかもしれない。あんな惨劇の状況を菜都美には見せたくも知られたくもない。

——ええ、本当に最悪の情景をあの後に目撃したのですよ。菜都美さんは知らない方がいい。

——そうですか。お気遣いありがとうございます。でも今も、克則さんの忌々(いまいま)しさを感じる心が痕跡として〝見えます〟から。

——見えるんですか？

——ええ。残っているのを感じます。

——菜都美さんは、今、何をしているんですか？

——横になっているんではないか、と思います。

——病気なんですか？

——病気ではないと思います。眠りに入ってしまったら、克則さんの声は聞こえません。目が醒めてしまっても、克則さんの声は聞こえません。眠ってもいない、醒めてもいない。そんなどちらつかずの状態のときに克則さんと話ができるんです。だから、ぼんやりなんだ、と思います。私。

克則は、菜都美のことを、あらためて不思議な女性だと思う。夢でもうつつでもない状態というのは、いったいどのような状態なのか。だから、季節の行事の認識もないというのだろうか？

――ぼんやりだとは、とても思いません。菜都美さんは、ちゃんとはっきり答えてくれています。

――ありがとう。

克則は思った。この心がつながる現象というのは、菜都美の特殊な精神状態があってこそ可能になったということか？　飢え死に寸前で朦朧としていた克則の心と、ありえない意識の境界にあった菜都美の心が出会ったというのは、ある種の奇跡だったのではないのか。

それから、菜都美が訊ねてきた。

――克則さんは、どんな人ですか？　私の夢の中の声？　実在する人？

彼女も克則に似たような疑問をぶっつけてきた。同時に他の声も訝していた。

――克則さんは、今、何をしているんですか？　どこにいるんですか？

克則に対して、同時にさまざまな興味と疑問を投げかけてきた。

どう答えたものだろう。受刑者であることを正直に伝えれば、彼女を脅えさせることになるのではないか。しかし嘘はつきたくない。自分が悪人か、そうでないかは彼女に判断させるべきかもしれない。

しかし、このまま菜都美を失ってしまいたくはない。

心から恋しいと思うのだから。

そう考えてから、えっ？　と克則は思いなおす。菜都美と初めて心がつながってから、菜都美のことを想像するとき、何故か彩奈のおもかげとダブってしまい、あわてて彩奈のイメージを振りはらっていた。

今は、それはない。

彩奈の呪縛から解き放たれたのか。菜都美を菜都美として恋しく思っている克則がいる。

まだ、菜都美の顔も姿も見たことがないというのに。

それでも恋と言えるのか？

――今は……河原にいます。ニュースカイホテル前の泰平橋横の河原。

――白川のほとり？　何故、そんな所に？

――柳の木が数本群生しています。その柳の木の下に石を積んでいます。小石を毎日、一個ずつ積むんです。

心の中で思うことだ。克則は嘘のつきようもない。ただ説明しても彼女に理解してもらえるものかどうか、わからない。正しく理解してもらうには、そこへ至る経緯まで知ってもらわなければならない。

どのあたりから、説明すればうまくわかってくれるのか迷った。

――苦労されたのですね。そんなつらい毎日なのですか……。

克則は、菜都美の声を聞いて、思わず頭の中が、真っ白になってしまった。これから、どう説明したものか、言葉を選んでいたというのに。克則は、自分があんぐりと口を開いてしまったことには気がつかない。

そして、やっと、そうなのか……と気付く。菜都美は、克則が言葉を思い浮かべる以前に、克則の心を、そして克則の記憶を読みとってしまったらしい。

――ごめんなさい。克則さんのいろんな声が一緒に伝わってきたから〝見えて〟しまったんです。苦労されたのですね。そんなことって……あるんでしょうか？　とても信じられない。

やはり、そうだ……。克則は無意識に額の脂汗を拭っていた。ということは、菜都美は、自分が彩奈との関わりで犯罪者になったことも、今、こうして消失刑を受けていることも、すべて知ってしまったらしい。

そして……今も苦労されているんですね。

――そんな、ぼくです。それで罪を償うために服役しているのです。服役期間は終わっているのですが、首のリングがぼくを解放してくれないのです。

そんな言葉を克則は伝えると、少し、ほっとしていることに気がついた。

もう、菜都美に対して隠しだてしていることは、何もない。そう考えると逆に肩の荷が下りたような気さえする。そんなありのままの克則を菜都美が受け入れてくれるというのであれば。

――菜都美さんのことを、ぼくはもっと知りたい。菜都美さんって、どんな人なんですか？

――私？　私のことですか？　恥かしいなぁ。そこらへんで目立たない普通の女性だと思うけれど。

同時に、菜都美の心の映像が、どっと克則の心に流れこんできた。

歩いている町は下通の風景なのだろう。パソコンに向かって叩く白い指。数人の女性たちとケーキを食べている菜都美。女性たちは同年代の友人たちなのだろうか？　皆、笑い転げている。楽譜、そして克則の知らないクラシックのメロディ。鍵盤（けんばん）を叩く彼女の指。

それが、すべて、菜都美がフラッシュバックのように思い出している、彼女から見える世界なのだ、ということがわかる。

彼女も、克則の過去を、このように幻視したのだろうか？

目の前には白川の寒々とした流れが確かに見えている。しかし、克則の心の中に見えているのは、まったく別の風景だ。

菜都美が過ごす日常の風景。

映像はめまぐるしく切り替わる。

バスから降りて歩いていく。その風景は克則も見覚えがある。新町のバス停だ。右手にある特徴のある店舗は……明治時代の作りだろうか。長崎次郎書店の建物だ。

菜都美は、今、わが家に帰宅しようとしている。しかし、速度が異様に速い。まるでコマ落しのように。

商店街から横丁へと曲がる。道路の両脇は、樹が生えている。住宅街だ。

ここは、知っている……。この場所は、わかる。

そして右側の洋館造りの家へ入っていく。そこが高塚菜都美の住まいだ。

またしても、映像が同時にいくつもフラッシュバックした。

その中の一つの映像に心を奪われた。

若い女が、こちらを見ている。

自分の唇に紅を引こうとしている。万全の注意をはらい、真剣な目で。

それが、誰なのか、克則には、はっきりとわかった。

菜都美が、出かける前に鏡の前に座っている。これは、化粧をする彼女の記憶だ。

平凡な女性だと、自分を彼女は評した。

それどころではない。十分に魅力的だ。年齢は、二十三、四歳というところだろうか。短めの髪で、ボーイッシュな印象だ。だが色が白く細おもてだ。切れ長だが大きな目は、知性を感じさせた。

彼女こそ、高塚菜都美だ。

——菜都美さん。

思わず、克則は呼びかけた。

菜都美の記憶と思考の映像が掻き消えるように途絶えた。

——はい。

菜都美の声が、そう答えた。

克則は、これ以上ない愛しさを感じていた。

——菜都美さんのことも、わかりました。今、ぼくは、あなたに会いたい。会っても、ぼくの姿は見えない筈です。それでも、会いたい。

克則は、今、はっきりと菜都美に強く惹かれていることに気付いていた。

会っても、話しかけられない。近付くこともできない。でも、会わずにはいられない。

——でも、私は、今、どこにいるのか、よくわかりません……。現実でもない。眠っているのでもない。そんな、ふわふわとしている今の私がいるのがどこなのか……。

——菜都美さんの記憶で、どこにいるのか、わかります。そこへ出掛けるつもりです。

——本当ですか？　本当に私がどこにいるか、わかるのですか？

——新町の近くということはわかりました。だいたいの位置も摑めました。近いうちに訪ねてみたいと思います。いいでしょうか？　多分、ぼくが訪ねても、菜都美さんは、ぼくがいることもわからないと思います。ストーカーみたいに思われるのは厭だから、やめて欲しいというのであれば、我慢しますが。

だが、菜都美の答は、あやふやなものだった。自分で、意識的にあやふやな答を返しているつもりはなさそうなのだが。

——多分、来られても、そこにいるかどうかわかりません。ここが、どこなのか。何故、私、ここにいるのか……。どうして、まどろみの中にいるのか。

そのとき、克則は、菜都美の声が聞こえるときと、聞こえないときがある、という法則のようなものを悟った。彼女が覚醒しているときは、克則に声は伝わってこない。そして、熟睡していても思考は届かない。彼女が覚醒までの端境、レム睡眠に入った時だけ、克則の心につながるのだということを確信した。

——菜都美さん。

もう一度、呼びかけた。突然、菜都美の気配が消えてしまったからだ。声が聞こえ始めた時と同様に何の前触れもなく。

それまで、視界には、菜都美のイメージしかなかった。しかし、今は、目の前の白川の河原だけがある。

無駄だとは思いつつも、周囲を見回してみた。どの方向かで、まだ呼び続ける彼女の声を受けとることができるのではないかと願いつつ。

もちろん、彼女の声は途絶えたままだ。傾きかけた陽が冬の雲に遮られようとしている。

しかし、望みが消え去ったわけではない。菜都美は、自分がどこに住んでいるのかという情報を残してくれたのだから。

河原から遊歩道に上る。

向こう岸の河原では、数人の小学生たちが無邪気に凧揚げをしている姿が目に入った。

自分の部屋へ戻る間も複雑な気持だった。やはり、自分の姿を見ることのできる人間は存在しないのかもしれない、と確認できたこと。それだけであれば、絶望にしか過ぎない。

しかし、最後の希望が蘇った。

高塚菜都美と再び語りあえたこと。それだけではない。今日、心がつながったことで、菜都美が空想の人物ではない、実在の女性であると確信した。

それに……それに……。絶対に寂しさからだけではない。どうも、克則は彼女に恋してしまったようなのだ。彩奈にさえ抱かなかった感情を菜都美には抱いている。

思い出すのは、鏡台に向かい、自分の唇に口紅をあてた彼女の表情だ。吸いこまれそうな瞳を思い出す。それが、繰り返し繰り返し心の中に浮かびあがるのだ。

克則が、マンションの自分の部屋に続く階段を上りかけたときだった。

女性の悲鳴が聞こえた。

一回だけ。はっきりと。

立ち止まり、あわてて表へ駈けた。通りには誰もいない。

今の悲鳴の主は、声を発したのではないということに、そのとき気付いた。

悲鳴は、克則の頭の中だけで響いたのだ。

今の悲鳴は、菜都美だった。他に考えられない。

菜都美に何かが起こっている！

それ以外に、克則は何も思い浮かばなかった。

何故、彼女が悲鳴をあげたのか？

悪夢を見たのだろうか。

言葉だった。確か……。

はっきりとは、聞きとれなかった。だが、「いやあ!」とか「助けて」という類の叫びだった。

当初は、日をあらためて新町の菜都美の自宅を訪ねようと思っていた。脱毛クリームを塗り、身なりを整えて。

しかし、その悲鳴を聞いてしまった今、もう、他のことは何も考えられなくなっていた。

幸い今は正月だ。車の通行も少い。

駈けつけてやることが先決だった。自分に何ができるのかは、わからない。しかし、菜都美の身に何が起こっているのかは知ることができる。

どうすべきかを考えるのはそれからだ。

かつて、服役期間に入ってから今まで、克則が疾走したことといったら、ホームレスの荒戸が襲われかけたときくらいのものだ。他は、周囲に注意をはらいながら用心深く、歩いている。

しかし、今は、走り出した。生まれて初めて恋しいと思った女性のために。

新町の、菜都美の住まいを目指して。息が切れようが、足がもつれようが、おかまいなしに。

20

克則が、新町商店街にたどり着いたときは、もうあたりは、薄暗くなろうとしていた。

商店街は見事にすべての店のシャッターが下り、注連飾り（しめかざ）りだけが吊るされていた。人の通りもない。まるで見棄てられた町のようだ。それは、克則にとっては幸いだ。周囲の人々に異常接近するリスクを考えなくてもいい。

電車通り側から商店街に入った克則は、一直線に菜都美の記憶に残っていた通りを目指した。

このあたりは、菱山商店でセールスをやっていた時代にも何度か配達で通ったことがあったから、道のイメージはすぐに伝わったのだ。ルートセールス時の担当区域ではなかったのだが、地域担当者が不在で緊急の配達が入ったときに、たまたま在社していた克則が厭な顔一つせずに商品を届けたりもした。その通りにも一軒、美容室があった。二度ほど届けたのだが、最初は店の位置がわからずにその通りを何回も行ったり来たりで探したこともある。だから、厭でもその特徴のある通りを忘れることはない。

第二次世界大戦の時、この地域は空襲を免れている。だから、民家の作りも木造を主体として軒を連ねている。そして、民家だけではなく古い商家の建物も残っている。道の両脇には、夏場には歩くものに日陰を提供できる程の樹木が等間隔にならぶのは、他所ではお目にかかれない光景だ。

だからこそ、克則が菜都美のイメージの中でその風景を見つけたとき、紛うことはない、と確信したのだった。

その菜都美が住んでいるに違いない横丁へと右折した。その通りの半ばから、高麗門跡へと通じる道もイメージの中に存在した。

菜都美の住まいは、その先の左手。こぢんまりした古い洋館を連想させる家の筈だ。

何故か、胸が、どきどきする。心の中でつながった何処にいるのかもわからなかった女性が住む場所を、これほど容易に知ることができるなんて。

そして、不安なのは、突然発した彼女の叫びだ。その理由が何なのかが、わからない。とにかく、彼女にいったい何が起こったのか、起ころうとしているのか確認したい。

近づくに連れ、胸の鼓動と同時に、本当にイメージで見たとおり彼女の家が存在するのかどうかも不安になってくる。

もし、存在しなかったとしたら……すべては、やはり克則の妄想であったことが証明されることになる。

それも不安だ。

だから、右手の木陰に洋館風住宅を自分の目で見たときは小躍りしたいほどだった。

門柱に、「高塚」という大理石の表札が埋めこまれていた。克則は一瞬、息を止めた程だ。間違いない。高塚菜都美は実在する。

それまで、菜都美は必ず実在すると信じてはいた。しかし、そう信じてはいても、心の隅では、ひょっとして架空の存在かもしれないと怖れている自分もいた。

しかし、やはり妄想などではなかった。イメージの導きどおり、このプラタナスの木陰に隠れて菜都美の自宅は存在した。

嬉しさに身体を揺すり、軽くその場でステップを踏みながら、門の中を観察する。

もちろん、克則はバニッシング・リングの首枷により、他人の家の中へ侵入することはできないから、門の外で様子を窺うことしかできない。

門のまわりは、低い木製の柵になっていた。克則の股ほどの高さしかない。板状の柵は青いペンキが塗られているが、年月のため、ずいぶんと剝げ落ちていた。

菜都美は、生まれたときから、ずっとこの家に住んでいるのだろうか？

門は左右の柵の中央部にあり、右の柵の向こうは猫の額ほどの庭があり、万両の木が一本植えられ、そのまわりには何も植えられていない植木鉢がいくつか、無造作に置かれているだけだ。

門の左の柵向こうは、道近くまで部屋がせり出している。部屋の外装は木を使用していてベージュ色のペンキが塗られていた。その中央に張り出し窓があるが、中は厚地のカーテンで窺うことはできない。

門から、三メートルほど先が、玄関のドアになっていた。もちろん、玄関は閉じられている。

玄関には注連飾りもなく、門には正月を祝う旗の掲揚もなかった。

ここには、正月の気配そのものがないのだ。

門の横の郵便受けを見た。

日焼けで消えかかったペン文字があった。

三人の名前が並んでいた。

〈高塚大吾、幸子、菜都美〉

ここで初めて、克則は菜都美の名前を発見した。克則が、心に刻んでいた文字とまったく同じだ。

ということは、最初の二人が菜都美の両親で、この家に親子三人で暮らしているということだろうか？

郵便受けには、新聞も郵便物も広告チラシの類も何一つ入っていないようだ。誰も住んでいなければ、ポストインされたチラシの類が郵便受けから溢れている筈だ。だから、この家には現在も住人がいるということを示している。

克則は、高塚家の方に注意を向けていた。

家の中からは、人の気配はまったく伝わってこない。人声はおろか、テレビの音さえもない。

玄関のドアは木製だ。だから、内部で明かりがついているのかも、わからなかった。

家族だけで静かな正月を送っているのだろうか。

すでに、あたりは宵闇に包まれつつあった。

家族三人で新年の夕食を始める時間であってもおかしくはなかった。誰か、高塚家を年始の客でも訪れてくれないものだろうか？

だが、そんな願いは、虚しいもののようだ。この道も、ライトを点けた自転車に乗った中年男と、着物姿の若い男女が通っただけなのだ。

菜都美の叫びと思ったのは、いったい何だったのだろうか、と思い巡らすが、あたりは静寂に包まれ、遠くで時折り、自動車の排気音が響くくらいだった。

どれほど待てば、望みの結果が得られるのか？　今、彼女と心がつながれば、自分が家の外まで来ていることを伝えられるのに。

これほど待って、家の中で何の変化もなければ、日を改めるのもアリではないのか、と思えてきた。寒さが、身体の芯まで滲みこんできている。

両手をこすり合わせ、息を吹きかけた。

そのとき、克則は気がついた。

菜都美は、心がつながるのが、「眠ってもいない、醒めてもいない。そんなどちらつかずの状態のとき」と、そう言っていたではないのか？

さっき、心がつながったときは、まだ昼下がりだった。ということは、彼女は、それまで熟睡していて、眠りから醒めようというときだったのか？

家族三人で暮らしていて、昼過ぎまで眠っている……。それも元日に。

前日、夜更かししたと言えば、そうかもしれないが、不自然過ぎないだろうか……。

病気で臥せっている……？

いや、菜都美自身が、それは否定したではないか。病気ではない……と。

そのときだった。

乗用車が、一台近付いてきた。黒っぽい車は、そのまま通過するのか、と思った。だが予想外にも、克則の真横で停車したのだ。

克則には、事態が把握できなかった。自分の姿が、この自動車の運転手の目に留まったのではないか、と一瞬思ったほどだ。

運転席側と助手席側のドアが同時に開く。今の時間に、高塚家へ年始の客の訪問だろうか？

しかし自動車で乗りつけるものだろうか。

降りてきたのは、屈強そうな二人の男だった。一人はブルゾンにジーンズ。もう一人は地味なダスターコートを着ている。

年始に訪れる者の服装とは言いがたい。二人に共通しているのは目付きの鋭さだった。こんな目をしている者に、かつて会ったことがあるような気がする。

ひょっとして……。と克則は思う。

二人は、克則に視線を向けることもない。はなっから、克則の存在には気がついてはいないのだ。

「今日は、手早くすませようぜ」

そうブルゾンの男が言う。

「ああ、今夜はこれで引揚げさせてもらうよ。まだ、うちは正月らしい正月は迎えてないんだからな」とダスターコートが答えた。

それから二人は頷き合い、高塚家の門を開けると玄関へと歩いていった。

玄関でブザーを押した。

「はい。どなたさんですか？」

インターフォンから男の声が聞こえた。それが、菜都美の父親の高塚大吾という人物であろうと、克則は推測した。やはり、中に高塚家の人々はいたのだ。克則が外でなす術もなく佇んでいる間も、ずっと。

ダスターコートの男が、顔をインターフォンに近付けて言った。

「夜分にすみません。中央署のモンですがぁ」

あの目付きに見覚えがあると思った理由を克則は悟った。あの連中に散々訊問されたのだ。あの二人は、私服の刑事に違いなかった。しかも、今、はっきりと、中央署と言ったではないか。

中央署とは、熊本中央警察署の略称だ。

何故、そんな二人が高塚家を、今、訪問するというのだろう。ここで、警察を呼ばなければならない事件が発生したのだろうか？

菜都美の叫び……に関係があるのだろうか？

「はあい。すみません。ただ今、参ります」

インターフォンの向こうで菜都美の父親らしい声が、そう答えた。

慌てている様子はない。待ちかねていたという感じさえする。ということは、この家で警察を呼んだ、という可能性もある。

数秒の間の後、ロックがはずされる音が外まで届き、光が漏れるのが見えた。

ドアが開き、五十歳くらいの中肉中背の男のシルエットが見えた。家の中には、もう一人。普段着のセーターを着た品のいい顔立ちの中年婦人が座っているのが見える。

その女性が、菜都美の母親ではないのか、と克則は思った。

だが、菜都美らしい若い女性の姿は見つけることができない。奥にいるのだろうか？

「寒いので、中へどうぞ」

そう父親が二人に勧める。

「いや、今日は。もう、すぐ失礼しますので」

私服の刑事の一人が、そう言ったが、もう一人が、ドアを閉めてしまった。

防音効果があるのか、以降、屋内からは何の音も漏れてこない。

すぐ失礼します、と言っていた筈なのに、二人の刑事は、なかなか出てこない。その時間は、克則にとって途方もなく長く感じられた。

今、高塚家では、刑事たちと、どのような会話がなされているのだろうか？

克則には、まったく見当もつかない。

そんなときは、悪い可能性が先に思い浮かんでくる。

菜都美の姿だけが見当たらなかったということは、彼女の身に何かが起こっているということではないのか？

あの昼間の菜都美と思われる女性の叫び。あの声も関係しているのではないか？彼女が通り魔に襲われ、怪我をしている……だから病院に運ばれており、姿が見えないのでは。

だから、両親は何のためらいもなく、刑事たちを迎え入れたのだ。両親は、より詳細な状況の説明を刑事たちに求める。だから、「すぐ失礼します」と言っていた刑事たちも、なかなか出てこない。

寒さに両手で肩を抱き、足踏みしながら、克則は、そんなことを考え続ける。

もし、そうだとしたら……自分に何ができるというのだろう。

そう克則は自分に問いかける。しかし、何も思い浮かばないことが、情けなかった。

誰にも見えず誰にも存在を知られず誰にも情報を伝えられない。

そんな自分にできることを思い描こうとしても、頭が空回りするばかりだった。もし、怪我で菜都美がどこかの病院に入っているとして、その病院がどこかわかっても、克則は入ることもできない。顔を見ることもできない。頑張れと励ますこともできない。ましてや、手を握ってやることもできない。

できることといえば、あたかも浮遊霊のように病院前で未練たらしく立ち尽くすことだけなのだから。

高塚家のドアが開く音がした。

克則は、その必要もないのに、反射的に門の前の街路樹の陰に身を寄せた。

屋内から光が漏れ、四つの人影が現れた。

二つは菜都美の両親。そして先に出てきた二つは刑事たち。

二人の刑事は両親に頭を下げた。

「正月早々、夜分に失礼致しました。引き続き、情報が入り次第ご報告申し上げます」

「よろしく、お願いします。私たちには、もう正月も何も関係ありませんから」

菜都美の父親らしき人物が、そう頭を下げた。

克則は、確信していた。やはり、菜都美の身に何かが起こっているのだと。

刑事たちが辞退しても、菜都美の両親は外に駐車された自動車まで見送りに出てきた。

刑事が車に乗り込み、ライトをつけると、ぼんやりと両親の顔が見える。二人とも、菜都美の親であると納得できる上品さを備えていた。

両親は、発車した刑事たちの車に深々と礼をする。見送ると、父親はうなだれた。

二人とも交わす会話もなく、まるで亡霊が漂うように家の中へと戻っていく。

一瞬、バニッシング・リングの存在を忘れかけ、二人を追って詳しい事情を聞きたいという衝動に駆られた。

音もなくドアが閉じられると、あたりは、またしても静寂に包まれた。

そこで克則は迷った。

どうしよう？　このままでは、ここで佇んでいても、何の情報も得られないような気がする。足先から身体の芯まで冷えてしまった気がしていた。

しかし、今、帰ってしまえば謎は謎として残ってしまい、菜都美の心配をエンドレスに続けることになるのだが。まるで魚の小骨が喉に突き刺さったままのように。

決定的だったのは、ひとひらの雪が克則の首筋を襲ったことだ。

はっ、として見上げると白いものがはらはらと舞い下りてくる。

明日の昼、また出直して来よう。昼なら、新たな動きを見る機会も生まれる筈だ。

確信はなかったが、克則は自分にそう言い聞かせ、高塚家を後にした。

――菜都美さん。聞こえますか？　菜都美さん。ぼくは、今まであなたのお家の前にいたんです。聞こえるなら……返事をくれませんか？

歩きながら、心の中で克則は、そう呼びかける。

しかし、そのときは、気配はまったく感じることができなかった。菜都美は克則の心に応えてくれる条件下にはないらしい。

雪は、だんだんひどくなっていく。ぼたん雪だから、南国の熊本では積もるには至らないだろうな。その証拠に道路に舞い落ちた雪は、みるみる融け去ってしまう。

それでも、朝まで降雪が続けば、南国といえども積雪の可能性は出てくるかもしれない。

その雪の中で、克則は一つの可能性を思いついた。

もしも、明朝、この雪が積もっていたら……。町を歩いてみようか。姿は見えなくても、誰かが自分の存在に気がついてくれる。

それは、子供の頃、克則が深夜に目を醒ましたときにテレビでやっていた映画のワンシーンだった。かなり昔の映画らしく、モノクロのものだ。

すでに物語は終盤にさしかかっていた。

悪役は、透明人間である。

外は、雪。姿の見えない犯人が雪の中を逃げようとする。すると……。

足跡だけが、次々と雪の上に生じるのだ。主人公は、その足跡を頼りに拳銃を撃つ。すると、何もなかった雪の上に、男の死体が出現する。透明人間が射殺されて、初めてその正体を露わにするという場面だった。

舞い落ちる雪が、幼な心に刻みこまれたその場面を連想させた。

今の自分は、まさに世の人々にとって透明人間と同じなのだ。しかし。

他者からは、自分の姿は見えなくても、足跡は見て貰える筈だ。これは、人に意思を伝えようとする行為ではない。単に歩くだけのことだ。結果として、足跡という自分の痕跡が残ることをバニッシング・リングは制御できる筈がないではないか。

そうすれば、人の注目を集めることができる。自分の存在を知ってくれる。無人の雪の上に足跡だけが生まれる現象を目撃したならば。

そう想像を広げていくと、少しは希望が生まれた気がするが、まだまだあてのない希望だ。

それからも、首をすくめ肩をすぼめて急ぎ足で暗い通りを自分のマンションへと歩いた。

唯一、明かりが灯っていたのが、鍛治屋町（かじやまち）のマンションだった。階段灯が入口までを照らしている。

その入口に、ゴミ置場のスペースがある。

正月で収集に来る筈もないというのに、非常識な住民がいるらしく、古新聞の束が置かれていた。

ふと克則は足を止めた。年末の新聞らしい。その一番上に置かれた紙面を見て思い出した。

午前中に、北岡神社前で老人同士で交わされた会話。不気味な事件という……。

〈連続失踪の中田（なかた）さん、遺体発見〉

被害者の大学生が、他殺体で万日山で発見されたというニュースだった。その大学生の顔写真と発見現場の写真が添えられていた。

他の失踪中の若者たちとの関連は不明だとされていた。しかし、謎の失踪は十一月から続いているらしい。

他の被害者の名前も、その後に列記されていた。まさか……急に克則の内部で不安がこみあげる。しかし……それは見事に適中した。

何度も目を疑った。熊本市新町、高塚菜都美さん（24）。失踪者名の三番目に記されていた。

21

マンションのゴミ置場に積まれていた古新聞の束。

その中に、それほど衝撃的な情報が隠されていると、誰が想像できたろうか？

克則も、菜都美の正体についてはさまざまな思いを巡らせてきた。しかし、克則の考えたどんな可能性をも遥かに超えた位置に菜都美がいるのだということを思い知る結果となった。

若者の連続失踪は、十一月から熊本で発生している事件のようだ。

金銭目あての営利誘拐とも異なるのだろう。犯人からの身代金要求は一切行われていない。しかも、失踪した若者の一人が、死体で発見されたなんて。それも、発見場所は克則のマンションから、それほど遠くない。万日山の雑木林ということだった。

北岡神社前で、老人同士がこの話題で脅えていたことを思い出す。ビニール紐でくくられた古新聞の一面では知ることはできなかったが、老人の一人は、こう話していなかったろうか？

——内臓がなかったというからねぇ。抜かれていたって。

強烈な言葉だっただけに、克則は、はっきりと記憶している。

ビニール紐は、克則には解くことができない。手を伸ばそうとすればバニッシング・リングが反応を始めようとするのがわかる。だから、折り畳まれ一番上になっている新聞一面の上半分だけしか読むことはかなわない。ひょっとすれば、下半分や、社会面に、もっと詳細な情報が掲載されているのだろうが、そこまでは知ることはできない。だが、克則は、自分の部屋に戻り、凍えた指先が温まるのを待つ間も、その記事が網膜に焼きついたように目の前に浮かび消えないのだった。

菜都美は、一切、自分の状況については詳しく語ってくれたことはない。

それは……。

克則は思った。

菜都美自身、自分が置かれた立場をまったく意識していないのではないのか？　だから、克則が、どこにいるのかと彼女に問いかけても、うやむやな返事しか戻ってこないのだ。ひょっとして、彼女は、自分が拉致誘拐されたことも理解していないのではなかろうか？菜都美が、薬物で昏睡させられている可能性に克則は思いあたった。

だとすれば、いくつも納得できることがある。菜都美は、今が正月であることも知らなかった。何をしているか、と克則が問いかけると、彼女は、横になっている、とだけ答えた。

それから、謎のような事を告げた。

——眠りに入ってしまったら、克則さんの声は聞こえません。目が醒めてしまっても、克則さんの声は聞こえません。眠ってもいない、醒めてもいない。

あの言葉の意味が、今となっては克則にははっきりとわかる。

菜都美は、薬物によって眠らされた状態で何処かに幽閉されているのではないか？　だから、菜都美自身も自分が何処にいるのか、はっきり答えようがなかったのだ。

加えて言えば、克則に菜都美の心が繋がるという奇跡としか考えられない特殊な現象は、菜都美に使用された薬物がもたらした効果だったのではないのか？

だから、薬物の効果が切れ菜都美が覚醒しようとする、彼女の意識が端境にある状態のときだけ克則の心の叫びと共鳴しあうとすれば……。

すべての辻褄が合う、と克則は考えた。これまで〝眠りから醒めようとする〟さまざまな時間帯に菜都美の声が聞こえてきたのは、それが、常に薬物の呪縛から菜都美が目醒めようとしていた時間にちがいない。目醒めると、彼女は再び克則と意識の繋がらない深い眠りの底へと沈められていたのか。

強力な薬物の力によって。

だから、菜都美の声が克則に届くタイミングに法則性がまったくなかった。

部屋の中で胡座をかいて座る克則は、やはり新聞のことを片時も忘れ去ることができないままだ。

なんとか、菜都美を救ってやりたい。

そんな思いが、込み上げてくる。それは、克則にとって衝動に近い。たった一人しかいない。この世の中に。自分がここに存在していると認めてくれる人は。理屈ではないじゃないか。

克則は、そう思いを迸らせた。

今、自分がやらねばならない使命は、高塚菜都美を探すこと。彼女を救うこと。同時に、菜都美が鏡の前に座ったときに映った彼女の顔が浮かぶ。そして、けっして忘れることはできない。

その表情に、愛しいという気持を抱いている自分を克則はあわてて制した。そして、もう一度、自分に言い聞かせる。これは使命なのだと。自分しか、菜都美を救える者はいないのだと。何故なら、彼女と心が繋がっている存在は、他にはいないのだ。彼女の心が彼女の所在を知る唯一の手懸りではないのか。

それから、何故、菜都美たちが誘拐されているのかという理由について想像してみた。

これまで、誘拐犯から、被害者の家族に何の接触もなかったということ。もちろん、身代金の要求なども行われてはいないことがわかっている。失踪者は、ある日突然に家族の前から姿を消し、それっきりになっている。だから、連続失踪と認識されたのは、この数日のことではないのか？　それまでは、家出の可能性が消去されていなかったのではないか。それも失踪者の一人が遺体として発見されてから。

遺体が発見されたというニュースの詳細は克則にはよくわからない。新聞では発見されたということしかわからない。北岡神社の前で話していた老人の会話から、それが猟奇殺人であったことが、うかがわれるだけだ。ひょっとすれば、新聞の他のページにも、そんな遺体の状況は具体的に詳述されていないのではないかと思えるのだ。

克則には、何となく、とんでもない変態野郎たちではないかというイメージがあった。それから、ふと、野郎たちと判断したことに間違いないと確信していた。その筈だ。複数の若い男女を誘拐し、一定期間を幽閉するというのは単独犯にはとても無理だ。どうしても組織的な犯罪にしか思えない。

そんな、とりとめのない想像の中で、克則は自分で気づかぬ間に、部屋の中で眠りに落ちていったのだ。

その眠りは深かった。眠りの前は、自分の誤った受刑生活に失望するのではなく、菜都美という女性のためにできることを模索して市内を走りまわった。だからこそ、疲労も極限まで達していたのだろう。神経も存分に伸ばしてアンテナ化していた故に。克則自身も気がつかぬ間に。

夢の中にいることも、克則は気づいてはいなかった。できること、やらねばならぬこと。それは、眠りの中でも、菜都美に呼びかけることだった。克則は本能的に、彼女の名を唱え続けていた。

もちろん返事が返ってくるかどうか、あてのない呼びかけに過ぎないのだが、それでも何の希望もない日々を送っていた克則にとっては、たやすいことだった。

——菜都美さん……菜都美さん……

——菜都美さん……菜都美さん……

そのあてのない呼びかけが克則の夢の中でどれだけ繰り返されたことか。

克則は、それから眠りの中で呼びかけることも忘れるほどの深い眠りの中にいた。

自分が、それほどの深い眠りの中にいたことに気付いたのは、声が聞こえたからだ。

鏡の中の、大きな瞳の菜都美が、克則の顔を眺めていた。

そして、やさしく言った。

——克則さん。

思わず「はい」と克則は答えた。虚を衝かれたような気分だった。

——菜都美さん。夢じゃない。

克則は、今、自分が夢の中にいるのか、覚醒しているのか、はっきりわからずにいる。

それはかまわない。今、克則自身も眠りと覚醒の境にいる。多分、菜都美もそうだ。

——菜都美さん。あなたはどこにいるのですか？

——わからないんです。家？　他所？　知らない場所？

——高塚菜都美さん。ぼくは聞いた。ぼくは知っています。あなたは行方不明なんです。ぼくは菜都美さんの新町の家まで足を運んでみました。ご両親の姿も拝見しました。すごく菜都美さんのことを心配しておられました。

——両親……お母さん、お父さん……。克則さん、会ったんですか？

——ええ。家の中には入れないのですが、外から。たまたま警察が訪ねてきましたので、そのときに。

——警察がですか？　私の家に……。

——そうです。ご両親は、菜都美さんの失踪届を出しておられるようです。そして行方がわからなくなったのは、菜都美さんだけじゃない。何人もの若い男女がいなくなっているんです。その人たちも一緒じゃないんですか？

——わかりません。私……いなくなっているんですか？

そのときは、克則もすでにはっきりと覚醒していた。ただ、あえて目は開いていない。瞼（まぶた）を閉じていることで、菜都美と心がより深く繋がっている気がしたからだ。

そして、これだけは、はっきりとわかる。彼女は、まだ自分が誘拐されたという自覚がないのだ、と克則は思った。

その可能性を教えることは、いたずらに菜都美を恐怖に陥らせることになるのではないか。しかし、すでに菜都美は恐怖を感じているのではないか、と克則は思った。

その証拠に、克則は、かつて一度、彼女の悲鳴を聞いている。前回の菜都美からの声を聞いた、その後だ。あのときは克則に悲鳴だけが唐突に届いたのだ。本当に菜都美からだったという裏付けは何もないのだが、克則の心の中だけで響く悲鳴というのは、菜都美以外には、存在しないのだから、間違いない筈だ。

——さっき……私と話した後……怖い目に遭ったんじゃありませんか？　私の心に届いた、あれは、何だったのですか？　突然に大きな声で叫びをあげていた。「いゃあ！」とか、「助けて」という叫び声だった。正確にそうだったかどうかはわからないけれど、そんな感情を、ぼくは聞いたんです。

そのときの菜都美さんに何があったのですか？　菜都美さんは、そのときのことを憶えていませんか？

しばらく菜都美から返事がなかった。しかし、菜都美の意識が、すぐそこにまだいるということはわかる。彼女は、思い出そうと努力している。

あやふやな、まどろみの中で。

——そう……何だか、怖かった……何が怖かったのか思い出せません。

やはり、無理なのだろうか、と克則は思う。あの悲鳴も現実にではなく、菜都美が眠りで見た悪夢に対する悲鳴だったのかもしれないのだ。克則は告げた。

——でも、ぼくは、行方のわからなくなっている菜都美さんをなんとか救おうと考えています。菜都美さん自身は、どんな状況に置かれているのか、はっきりとはわからないのではありませんか？　ひょっとして行動の自由を奪うために薬漬けにされているのかもしれませんから。だから、何でもいいんです。今、菜都美さんがいるところ……わかることだけでいいから、教えてくれませんか？　何が現実で、何が夢なのかもよくわからないかもしれない。でも、かまいません。何でもいいですから。何が手懸りになるのか、わからない。

——私を見ていました。白い服の人たち。三人。私を見下ろしていた。白い部屋。

——皆、白い服を着ているんですか？　男ですか？　どんな連中です？

——男の人……と思います。でも顔がわからない。マスクしているから。三人が私を見下ろしている。

克則がそのとき連想したのは、鳥インフルエンザの防疫作業のために鶏舎に入る全身白装束の検疫官の姿だった。そんな男たちが無抵抗の菜都美を取り囲んでいるなんて。なんと禍々しい光景だろうか、と。菜都美をまるで何かの実験材料のように……。

実験材料……？

——白い部屋っていいましたね。他に、何か見えませんか？

——全部白いです。あ……窓があった気がします。

——窓……。窓から何か見えませんか？　隣の建物とか。

しばらく、またしても菜都美の答は途切れた。

考えているのだろうか、と克則は目を閉じたまま待った。瞼の裏に深い緑の葉をつけた樹が見える。その向こうの青空には白い雲が浮かんでいた。菜都美から伝わったものだ。

冬の空のイメージではない。もっと厚い雲が空を低く覆っている筈だ。それに窓の外にこの冬空で緑の樹々を見るというのは、どういうことだろう。

常緑樹なのだろうか？　肝心の葉の部分がぶれてしまって特定できない。

これは、本当に彼女に見えている光景なのだろうか？　あるいは、彼女の思考のフィルターにかかった幻影に近い光景なのだろうか？

判定のしようがない、と、克則は思っていた。もっと絞り込みのできる情報はないものだろうか。

遠くの空に浮かぶ、雲に焦点が合っている。だから、緑の樹々も、ぼんやりとしか見えないのかもしれない。

やはり、これは現実の世界とは異なる菜都美の心象世界なのだろうか？

窓の外のぼんやりとしたものが、だんだん焦点が合ってくる。

結んだ像は、まだ二重に見えたりもするが、その物体が何なのか、そのとき朧気ながら、わかったような気になった。

金属の椀状のものが先端部に載っているが、それは鉄塔であることがわかった。

何かの中継塔？　電力会社の塔？　放送局？　電話会社？

一度は、焦点が合ったと思えた鉄塔の像はまたしても、ぼやけ始めた。

克則は思いきって、目を開いた。

その目に光が飛びこんできた。

すでに夜は明けている。朝日も高く昇っていた。前日とは、打って変った明るさだ。菜都美が送ってくれたイメージは、その瞬間に霧消してしまった。だが、窓から浮かんで見える鉄塔のイメージは、ぼんやりとではあるが、確かに残っていた。そのときは、すでに正確な形は、思い出せないが、もう一度目の前で見せられれば間違いないか確認する自信はあった。

反射的な行動だった。

克則は、立ち上がると部屋のカーテンを開きベランダへと出た。

それから、驚いた。

正月二日の空に。

前日とは、打って変った透けるような青空と日の光があった。綿菓子のような雲の塊がはかなく数個漂っているだけだ。

これほどの空の青を正月に見ることができるとは。

空に見とれて、思わず気がつく。

この空の青さ、そして白い雲の姿は、菜都美の送ってくれた窓の外のイメージにある情景、そのままではないか。

あまりの澄みきった空の青に、そのイメージはてっきり菜都美の脳内で捏造されたものだと思いこんでいた。あんな冬の青空はありえないと克則は思いこんでいた。それは、しかし、菜都美の想像でも願望でもない。

さっき、菜都美から伝わった窓の外の光景は、ひょっとしたら現実のものである……と。

そう……。菜都美は克則に、現実に、今見えていた窓外の風景を伝えたのだ。

白っぽい椀状のものが載った鉄塔は、だとすれば、なんだろう?

――窓から見えます……塔が見えます。

そのとき、再び克則の心の中に菜都美の声が聞こえてきた。

今度はイメージによる映像は伴わない。

最初のときに聞こえてきたように、菜都美の声だけだった。

――ぼくにも、見えました。菜都美さんが窓から見た塔のイメージが一瞬ですが伝わりました。

あの塔が、見えるのですね。何の塔なんですか? わかりますか?

――何の塔かしら。鉄塔が。字が。字が見えます。

それは、克則にはわからなかった。克則には、瞬間的に像を結んだ塔のシルエットにも似たイメージで焼きつけられているのだから。文字が記されているなんて、気がつきもしなかった。

——何て書いてあるんですか？

——アルファベット。

——アルファベット？

——そうだ……と思います。赤いK。その上にI……。そしてR……かしら。ＩＫＲ……アイケーアールと読むのかしら。窓から見える字はそれで精一杯です。あまり、自信はないけれど、そのくらいしかわかりません。

まだ、頭がふわふわしています。

克則は、何度か、I、K、R、と口の中で唱えていた。それは、何かの単語の一部なのだろうか？　鉄塔のすべてが見えているわけではないから、多分、そうなのではないか、と思う。

色々と思い巡らせてみたが、I・K・Rを含む単語は思いつかない。Kはクマモトのｋなのだろうか？　IとRも何かの頭文字にあたるという可能性もある。

テレビ局という可能性も考えたが、熊本にはI・K・Rという局は存在しないと思った。

わからない。

しかし、情報としては、それでも随分と手懸りが摑めた気になった。

万日山で遺体は発見されている。そこを中心に、歩きまわってみよう。まずは、それからだろう。

――菜都美さん。ぼくはあなたを必ず救い出します。たぶん、菜都美さんを救えるのは、ぼくしかいない。そんな気がしています。待っててください。

そう克則は、呼びかけた。しかし、その瞬間、繋がっていた心の糸が、切れてしまったような感触があった。菜都美の声は返ってこない。

彼女は、再び、深い眠りの底へと沈みこまされてしまったのだろうか？

22

幸いなことに、正月二日の交通量は、熊本の市街地ではそれほど多くはない。外を歩きまわって菜都美を探すには、克則にとっては一番の時期ではないかと思われた。とても厳冬の時季とは思えない、前日とは打って変った春のような陽光。克則は、体力の続く限り、どこまでも歩き続けて菜都美を探すだろうという予感があった。

顔を洗うと、食事もとらずに克則は、外へと出た。一刻を争うような気がした。タイミングを逃せば、後悔しきれない、取り返しのつかないことになってしまう気がする。切迫している。一秒でも早く動くことが、菜都美の命を救うことにつながると思えてならなかった。

外へ出ると、自分の足が、ややふらつくことが気になる。克則は、かまわずに電車通りを歩き始めた。栄養失調のためかもしれないし、空腹のせいかもしれない。いずれにしても、どうでもよいことだ。そんなことより、一刻も早く菜都美を探し出したい。

元日より、少しは通りを走る自動車は増えているようだった。だが、年末と較べると、圧倒的に交通量は少ない。歩いている通行者といえば、それに輪をかけて少い。

それでなくとも、無意識のうちに克則の足は小走りになるのだった。菜都美を救うことのできる者は、自分をおいて他にはいない、と。

克則は、視線を宙空に向けてさすらう。それは、菜都美が伝えた手懸りが、鉄塔、そして、それに書かれたアルファベット文字だからだ。

そんな風景は、それほど多くは、熊本市内には存在しない筈だ。犬も歩けば棒にあたるように、高い場所に注意をはらっていれば、いつか、菜都美が伝えた情報にぴったりの文字の入った鉄塔を探し出すことができると考えている。そのためには、少しでもより広範囲の場所を歩いておく必要がある。

鉄塔に書かれた大きなアルファベット文字。それほど目立たないものではないだろう。

先ず、克則が目指したのは、万日山だった。老人たちの会話がどうしても耳に残っていた。最初の頃、行方不明になった若者が遺体として発見されたのが万日山の雑木林脇の藪(やぶ)の中だと聞いた。

そこで、手懸りがなくても、鉄塔に関係ある視覚情報が得られるのではないのか？　より可能性に近付けるのではないか？

そう思えた。

春日(かすが)小学校近くから花岡山山頂へ続く道路を上っていった。それから万日山に一番近いカーブを曲がらずに道路脇の雑草の間から未舗装の道へと進んだ。人っ子一人そこを通ることもない。たまに、犬を連れた散歩者が歩くくらいの場所だ。その細い道は自動車が一台やっと通れるくらいの道幅だ。

その延長上の斜面の藪の中で、行方不明の若者の遺体が見つかった筈だと克則は見当をつけた。道からは急斜面の藪になっているので、もし死体が転がっていても、なかなか気付かないだろうと思われる。そのときも、飼犬が発見したということだった。

克則は、その場所をあらためてみるつもりは毛頭なかった。菜都美のいる場所、監禁されているところと、何らかのリンクがあるのではないか、ということだけだ。

そこを通り過ぎると、やや道幅が唐突に広くなる場所に出る。

鉄筋のビルと、そのビルに隣接するようなカフェがある。その緩やかな斜面の庭は芝生になっていて白い洋風のテーブルと椅子が、いくつか置かれている。春には、そこに客が腰を下ろし、お茶やコーヒーを楽しむのだろう。

カフェのその斜面はすべての樹々が伐採されていて、熊本市の西部地区を一望できるようになっていた。

ここまで景色が開けているとは、克則は予測していなかった。

正月だから、店は閉店している。だから、野外のテーブルはおろか、店内にも人の気配はない。克則は道とカフェの敷地の境界となっているチェーンの杭に尻を乗せて、そこから下界を見下ろした。

あてもなく、首を振り見回す。直下に熊本駅が見えた。ホームの発車ベルの音までが聞こえてくる。

そして駅の向こう。南西から北東の方角へ蛇行する白川の流れが見えた。その流れに沿って目を走らせると、左に、ニュースカイホテルが見える。あのビルの下で彩奈が殺されたのだ、とふと思う。もうずいぶん昔のできごとのような気がする。

鉄塔は、いくつも見える。

先端が細くなる構造の鉄塔は、送電線を支えるためのものだろう。ＮＴＴの熊本支店の屋上にはパラボラアンテナのついた鉄塔が見えるが、アルファベットの文字は、見当たらない。

他にも、細い鉄塔やら、低い鉄塔やらも見える。川の向こうにも、鉄塔が見えるのだが、白川の向こうであれば、最初から望みはないなと考えてしまう。

克則が行動できるのは、白川の手前までだ、と最初に聞かされている。だから川向こうであれば克則は、なす術はなにもない。

しかし、見える範囲の鉄塔には、アルファベットの書かれた塔は一つしかない。

〈KCT〉

鉄塔の一つに、そんな文字が見えた。それは川向こうの世安町にあるテレビ局の鉄塔だった。確かに書かれているのはアルファベットだ。

——熊本中央テレビ……そんな局名ではなかったろうか？　克則は頭をひねった。

たしかに放送局であれば鉄塔にアルファベットがついている。その文字が局名を示す。

菜都美はI・K・Rと伝えてきた。

そんな放送局はない。確かに、どの放送局もKの文字は入っている。四つの放送局があるが、いずれも、Kの文字は確かに入る。そのKは、熊本、のイニシャルとして使われている。

他の放送局である可能性はないだろうか？

一つの局は白川の向こう。KCTだ。

これはちがう。

熊本市の北部にもテレビ局がある。NKTだ。これは中熊本テレビだ。そして、ここから見える山崎町の放送局がある。KKHだ。熊本県民放送。ここはテレビ局とラジオ局を兼ねている。

無意識に、克則は道の端に落ちていた木の枝をとり、〈I・K・R〉と地面に書いてみた。菜都美の伝えたイメージどおりに。

それから、その横に〈K・C・T〉と書いてみる。

やはり、少し違う……と克則は思う。

そして、その横に〈N・K・T〉と書いてみる。微妙に似ている気もするが、そうではないようだ。

そして山崎町に立っている鉄塔の文字を書く。〈K・K・H〉

Kの字だけは共通するが、異なることは一目瞭然だ。

そして、もう一つの放送局名も思い出していた。

熊本駅のもう少し右側。山陰になって少し見えづらい場所だから、ここからは無理だ。

最近、花畑町(はなばたちょう)から局が移転して来ている。

〈Y・K・B〉夕陽熊本放送。

そのアルファベットを書いて、克則は、はっとした。

書いてみなければわからなかった。ワイ・ケー・ビーでは、耳からの語感とは異なりすぎるのだ。Yの下半分、そしてBの上半分で見た場合、I・K・Rと誤読をする可能性があるではないか。

その衝撃に、克則は、木の枝を落とし、立ちつくした。

菜都美が幽閉されている場所が、絞りこまれた。

もう一度、木の枝でY・K・Bの中央部分だけを○で囲んだ。その囲みで納得した。

I・K・R……そう連想しても不思議ではない。

菜都美が、今いる場所の窓からY・K・Bの鉄塔が見える筈なのだ。それも至極、近い場所から。Yの下半分、Bの上半分の見える位置。

そのとき、克則は居ても立ってもいられなかった。間違いない。まるで魔法がとけるように、一瞬にして菜都美のいる場所がわかった。

とにかく、夕陽熊本放送が見える場所まで歩いてみよう。克則は、そう思う。

木の枝を藪の中に放りこむ。熊本駅向こうの、白川と坪井川の流れにはさまれたような位置にYKBは存在する筈だ。ここまで来た意味は十分にあったと克則は判断した。この場所へ来て、初めて菜都美の所在を確信できた。後は、一刻も早くYの下半分と、Bの上半分しか見えない位置を特定すればいい。

——菜都美さん。わかったよ。あなたのいる場所が摑めた気がする。

そう、無意識に呼びかけたが、返事はなかった。

足が弾んでいた。

本来であれば、花岡山の登山道へ戻り、いったん下山してから熊本駅方向へと目指すのが一般的だろうが、ときめいているそのときの克則は、一刻も早くその場所へ駈けつけるための選択をやっていた。頭が選んだ結果ではない。克則の足が選んだのだ。

しばらく、万日山山頂への道を選ぶと、左側の斜面に石の細い階段が現れた。克則は迷うことなく、その石段を駈け下りる。

もちろん、その石段を克則はこれまでに使ったことはない。だが、方向的には、その石段を利用することが、熊本駅に続く最短コースであることを本能的に悟っていた。

幸いなことに、位置的にそのあたりでは、通行人は、まったく見ることがない。誘拐された若者の死体が遺棄されるような場所だ。正月であれば、それに輪をかけた無人状態になってしまう筈だった。

石段から下り立つと、斜面沿いに住宅街が続いている。万日山へ続く稜線とは、またしても、まったくイメージが異なる風景だった。その通りを抜けるとバス通りに出る。新幹線の橋桁が林立して見える。

これから踏切を探す。バス通りの右手は春日小学校であることがわかった。

踏切は意外なことに、元旦に来たばかりの北岡神社近くだった。克則は、早足でその踏切を渡ると、熊本駅までひたすら急いだ。それから、熊本駅前のタクシー溜りの市電側の交番前を通った。

その交番を覗く。旅行者らしい男性が、椅子に座った警官に地図を描いてもらっているようだ。警官がもう一人。その横の机に頬杖をつき、後部のモニター映像をチェックしていた。

モニター映像は、一つの画面が四分割されて、それぞれの風景が映っている。熊本駅の改札口付近の映像。市電が映っている映像。熊本駅前のタクシー乗場あたりの映像。そして、もう一つは、その交番前の映像だった。

交番前の映像など、見えているから監視カメラの必要などないのではないか、と克則は思った。

振り返って見上げると、確かに金属ポールの上に監視カメラが据えられているのがわかる。見下ろすように交番前の通りを映し出しているようだ。

そのカメラの下に行けば、克則は自分の姿がモニターに映るのではないか、と思う。監視カメラの映像は、バニッシング・リングの電波の効果は関係ない筈なのだ。肉眼で見る者にだけ、克則の姿は盲点に入った状態になる。

ゆっくりと、克則は後退してみる。監視カメラの視界に入った状態で交番の中のモニター映像を確認した。

自分の姿が映っている。

克則は奇跡に出会ったように驚いた。警官は、頬杖をついて画面を見ている。克則は手を振った。だが、警官は振り返らない。何故こちらを見てくれないのだ。克則は、何度も手を振る。警官は、何の興味も克則に向けてはくれない。

画面を覗いている警官には、そこにホームレスが手を振っているとしか見えていない。興味を魅く光景というわけではない。あえて、克則に何の注意を向ける必要もない。

それから、克則は、交番を離れた。

人影は、それほど多くはない。帰省客の混雑が本格的に始まるのは、明日くらいからだろう。

電車通りから、ＹＫＢの鉄塔を探した。ビルの陰になっているのか、そこからは、見えなかった。

ＪＲホテルを過ぎたところで、夕陽熊本放送の社屋と鉄塔が見えた。克則は、一度、ＹＫＢの鉄塔下まで行ってみることにした。そこを中心に、探してみようと決める。目の前の鉄塔には、確かにＹＫＢの文字が、赤く縦に大きく記されている。鉄塔は、細長い直方体状に鉄骨が組まれていた。そして、ＹＫＢの文字は、四面すべてに記されているわけではない。熊本駅に向いた面と白川側に向いた面の二面だけだ。だから菜都美が、室内から目撃できる位置というのは限られている。

熊本駅方向からの位置に絞られる筈だ。白川側は、ほとんど建物はなく、白川の向こう岸ということになるが、どの窓から鉄塔を見ても、ＹＫＢのすべての文字が読みとれる筈だ。その位置からＩＫＲと読みちがえることはない。

克則は歩いていく。

駅周辺は、猛スピードで再開発が行われている。古い建物が解体された空地。第二次世界大戦前からの古い日本式家屋が残っている場所もある。空襲を受けていない家屋も奇跡的にあるのだ。しかも、遊郭（ゆうかく）だった屋敷やらも混在しているため、時代を超えた不思議な雰囲気も残っていた。同時に、いくつもの空地が駐車場として使われている。

このあたりだ……と克則は思う。理由ではない。勘のようなものだった。菜都美が伝えようとしたイメージは自分だけにわかる筈なのだから。

古いタイル張りの外装の昭和二十年代を思わせる建物の横を過ぎたとき、目の前に現れたのは四階建のモルタル塗の箱型のビルだ。ビルの表面は、雨樋が何本も剝き出しのロボットの血管のように走りまわっていた。

今どき、珍しい建造物だ。その周囲は、榎の木が植えられていた。塀は、取り壊されている。そして、その建物の裏は、日本式の住宅が連結している。小さいが、住まいの前に庭もある。何だろうと、克則は思った。この奇妙でアンバランスな建物は。

今は使用されていない建物らしかった。住宅部分の玄関あたりは板が幾重にも打ちつけられて、入れないようになっている。そして鉄条網も。

再び、克則は裏へと回る。塀で見えない部分を過ぎると、箱型ビルの側面だ。四階までの非常階段が消防車の梯子のようについているが、腐蝕が進んでいた。

人が住んでいない外観なのに、二台のライトバンが空地に駐車していた。

いったい、この老朽化したビルは何だったのだろう?

わからないままに、克則は敷地に足を踏み入れた。

建物にそって周囲を歩く。窓は高い位置にある。そのガラスの奥の天井は白く、高い。この建物は、ひょっとして……。

建物の外に古めかしい白いホウロウの洗面器が重ねて置かれていた。

その先に看板が置かれていた。

〈二本木病院　外科・小児科・循環器内科〉とあった。そうなのか……と克則は思う。

古いタイプの病院らしいが、すでに閉院してしまったらしい。

そして、次の建物の角を曲がる。

正面に大きく、夕陽熊本放送の鉄塔が、そびえていた。そして、克則の真横に榎の木が……。

二階の位置に榎の木に隠れるように窓が見えた。

——あそこだ！

克則は確信した。あの窓の中に菜都美がいるはずだ。

この場所からなら、ＹＫＢが、ＩＫＲに見えるにちがいない。

何故、菜都美が廃病院の中に拉致監禁されているかは、わからない。しかし、彼女が伝えた条件がすべて合致する場所に、自分はいるのだ。

そう克則は思った。

思わず、克則は菜都美に呼びかける。

——菜都美さん。返事をしてください。ぼくはここにいます。菜都美さんの近くなんですよね。もうすぐ救いだします。返事して貰えませんか？　ここで間違いないんだ、と。

菜都美からの返事はなかった。

今、彼女が意思を伝えてくれる状況にはないようだ。

覚悟を決めた。内部を確認することが、優先する。

克則は考えた。自分が消失刑を受けるようになったのも、不慮のできごとで刑期が無期延期されたのも、そして、菜都美と心がつながったのも、すべて、意味があったのではないか。いや、使命だったのだ。克則に与えられた。……彼女を救出する。

そう考えると納得できる。自分が生きていたことは無駄じゃなかったのだ。

鉄扉のノブを回した。廃屋だから入れるのではないか？

だが、鍵がかかっていた。入れない。それから、非常階段を見上げた。

非常階段から、各階にも鉄扉から入れる構造だが、やはり鍵がかかっているようだ。だが、二階、三階に、二十センチほどの出っぱりが外壁沿いにあり、そこを伝えば、窓から中を覗くことができる。だが、落下の危険性を覚悟しなくてはならない。

確認するには、他に方法はなかった。ぎしぎしと軋み音のする非常階段を駈け上る。それからＹＫＢの鉄塔を見上げた。克則は推理する。あれを、ＩＫＲと間違える位置は……三階の……窓際。

そう結論づけた。克則には、それが正しいかどうかわからない。非常階段から三階の張り出しに足を載せた。両手を外壁にくっつけるように横へ少しずつ進む。一番手前の肘掛け窓にたどり着き、中を覗く。そして、克則は見た。ベッドのそれぞれに若者が横たわっている。六、七人の男女だ。そして、一番、窓際のベッドで眠れる美女は……間違いようはない。

……彼女が……菜都美だ。

23

思わず克則は、息を呑んだ。

これほどぴったりと自分の推理が当たるなんて。ベッドの上に横たえられている男女は、全員、意識がない。薬品で眠らされている。何のために。

そして、菜都美も、ぴくとも動きはしない。

イメージの中に浮かんだ鏡の中の美女……それが菜都美その人に間違いなかったのだ。彼女は……ここにいる。

どうやったら、彼女を救える?

誰がここに幽閉しているのだ。

大部屋だった。八つのベッドがある。そして突然、けたたましい音が響き、あわてて、克則は身をすくめ、身体のバランスを崩しそうになった。

もし、手を離せば……地面まで三階から、真っ逆様だ。

両手の指先で窓枠につかまり、必死で体勢を立て直した。

けたたましかったのは、部屋の隅の机の上に置かれていたスマホだ。室内のベッドの若者たちは、誰もその音に注意を向けない。目を閉じたまま。誰が置いたスマホかわからない。ガラガラと音がする。古い病棟なので、大部屋の出入口は、磨りガラスの引き戸になっているのだ。

若い男が二人入ってきた。二人とも白衣を着ていた。あわてて克則は身を低くする。しかし、その必要がないのだと、体勢を戻す。彼等の目に見える筈はないと自分に言い聞かせつつ。

眼鏡をかけた方が、鳴り続けていたスマホをあわててとった。二人とも端正な顔立ちだが、眼鏡の方が三白眼で、酷薄そうな印象がある。もう一人は眼鏡よりも背は低い。眉をひそめて、ベッドの上に横たわる男女を、ぬかりなく見回していた。かすかに声が聞こえる。

「B型ですか？　はい、大丈夫です。時間は、……はい。では、こちらで明日午後二時にお渡しということで。はい。健康体女性です。ただ、心臓だけでは勿体ないので、他の臓器も……。ええ、前回はちょうどリクエストが揃いましたので、効率よかったのですが。ああ、一刻を争うのですか？　じゃあ、他の臓器分も値段上乗せということになりますが。かまわない、と。そうですね、生命は金じゃありませんから。ありがとうございます」

最初、電話で、何のことを言っているのかはっきりわからなかった。それが、徐々にうっすらと見え始めた。

二人の若者はこの廃病院の内部で、誘拐した男女の臓器売買をやっている。白衣の着こなしから、二人は医者のタマゴ。つまり、医学生なのではないかと思われた。そして、彼等の背後には、もっと大きな闇のシンジケートが存在しているのではないのか?

まさか、空想のようで、安っぽい犯罪小説のような世界が現実にあるなんて。白衣の若者たちは、どこにでもいそうな真面目で気の弱そうな風体なのだ。

そんな真実に一歩入りこんで、克則は膝がショックで揺れ始めるのがわかる。菜都美が置かれている状況を理解して。

彼女は、臓器売買グループの〝商品在庫〟なのだ。

膝だけでない。必死で摑んでいる指先まで震え始めるのがわかる。何とか止まって欲しい。

眼鏡の男がスマホで話している声もなんだか、異世界の声のようだった。

スマホを切って眼鏡の声が途絶えたことで克則は、はっと我に返った。

眼鏡が、もう一人に言う。

「次の注文が来たぞ。心臓だけだが、急ぐそうだ。他の注文がまとまるまで待てないから値段は、上乗せOKだ。女性のB型+だから、エフのツヴァイ使うか」

もう一人は黙っている。背の低い方も端正な顔立ちで痩せているがゲジゲジ眉だ。

「いいよ。摘出は俺と後藤でやるから。棚端は、場所提供だけで十分だ。棚端のおかげだよ。学費稼げるのも食ってけるのも。ここが使えなかったら、この話は最初っからなかった……」

眼鏡の三白眼からそう言われてゲジゲジ眉は、いらいらしたように頭を振る。ゲジゲジ眉は棚端という名前らしい。そして、この廃病院は、棚端にゆかりのある施設だったらしい。

「一階に飾ってある肖像は棚端のお祖父さんだろう。手を合わせなきゃ、なんないなあ」

「ひい祖父ちゃんだ」と憮然と答えた。やはりそうらしい。その曽孫も医学生となったのだろう。だが、学生の身を支援してくれる筈の実家では、病院をすでに畳んでしまった……。今では医学生グループが金を稼ぐためのアジトとなっているのだ。それも、猟奇的な……。万日山で発見された若者の遺体のことを話していた老人はこう言っていた。「内臓が抜かれていた」と。それは臓器を売り飛ばされたあとの抜け殻なのだ。

「明日、午前中に心臓を用意する。エフのツヴァイでいいな」

眼鏡は再度確認するように言うと、こちらを見る。棚端もこちらを見た。その視線を追う。その二人の視線の先にあるベッドに横たわっているのは、高塚菜都美だ。

まさか……。

ベッドには、それぞれフェルトペンで書かれたカードが下がっている。男性はM、女性はF。そして番号。

克則は必死で考えた。――エフはわかる。ツヴァイって……2なのか？　菜都美のベッドに二人の視線は集中している。そして菜都美のベッドのカードはF－2と書かれているのだから。

そのとき、棚端が不安気に言った。「また終わったら山にでも捨てるのか？　この間もすぐ見つかってしまったじゃないか。このことがバレるのは時間の問題だぞ。浅山だろう？　この間、万日山に捨てたのは」

「あそこは、人が通らないから絶対見つからない筈だったんだがな。心配するな、今度は焼却炉使うから。犬猫専用の焼却炉で使わせてくれるとこあるんだ。口の固いとこで」

二人とも医学生の筈だ、と克則は思う。しかし、その割にはなんと粗雑な発想をすることかと呆れ果てていた。

「だったら、問題ないだろう」

浅山という眼鏡が勝ち誇ったように言った。

棚端は、口を尖らせ仕方なさそうに、ゆっくりとうなずく。高塚菜都美に視線を向けたま
ま。

克則は、ごくりと生唾を呑みこんだ。やはり間違いない。明日の午前中、菜都美は、この狂人集団に殺されてしまう運命だ。

その真実を知っているのは、自分一人。誰かに知らせなくてはならない。唯一、菜都美の

生命を救う道だ。

しかし、どうやって知らせるべきか、思いつかずにいる。ただでさえ寒いのに身体ががたがたと震える。さっきよりも寒風が強くなったようだ。

とりあえず、窓から非常階段へと移動しよう。

克則は、両手を緩やかに動かしていく。その速度は自分でも呆れるほど遅いが、一歩誤れば、そのまま十数メートル落下してしまうことになる。慎重に震える指を使い、やっとのことで腐蝕の進んだ非常階段まで戻った。重みで鉄階段が、グワシと軋んだが故意で鳴らした音ではないので、バニッシング・リングは反応しなかった。代わりに、ロックが解ける音がして、目の前で三階のドアが開いた。

「誰だ！」

顔を出したのは、浅山だった。克則は身をすくめ、息を止めた。浅山は右手に手術用のメスを握りしめていた。だが、克則の姿は見える筈がない。しばらく凍結したように眼球だけを動かし、変化を探ろうとする。だが、薄着で白衣だけの浅山はそれ以上の寒気には耐えられなかったようだ。建物の老朽化のせいだと結論づけたらしい。ドアは再び閉じられ、内部から施錠の音が響いた。

克則は、溜息をつき、胸を撫でおろした。だが、心臓は激しく鳴り続けている。

濁流のうねりのように、今、克則の内部で思考が渦巻いている。菜都美を救出し、彼女てしまうのだ。

を救う方法だ。しかもタイムリミットがある。翌日の午前中には彼女は手術台の上で殺され

それは、絶対に阻止する。何とか、菜都美を救う。

宿命であり、これは自分に与えられた使命だと思う。菜都美の容姿もわからない頃から自分には、彼女しかいなかった。そして、彼女と心を通わせることで、唯一の心の穏やかさと幸福を取り戻せた。

確認するまでもない。高塚菜都美こそ、自分に必要な、そしてただ一人の愛する女性なのだ。

自分にしか救えない。

克則は、そう思った。

閉じられた鉄扉に寄りかかり、必死で菜都美に呼びかけた。

――菜都美さん。菜都美さん。聞いてください、ぼくです。浅見克則です。菜都美さんのいるところを発見しました。ぼくの、目と鼻の先にいるんです。答えてください。

答は返ってこない。それほど深い眠りの底に堕とされているのだろうか？

やはり、彼女と心を通わせることができるのは、彼女が麻酔から醒める端境の限られた意識状態のときらしい。次に、菜都美の声を聞くことができるのはいつのことかわからないし、それほど悠長に待つことはできない。

もう一度だけ、呼びかけた。

——高塚菜都美さん。

返事はなかった。

これだけはわかっている。彼女を救うためには、自分だけではどうしようもない。誘拐犯に存在を悟られることはないが、克則が、廃病院内に侵入することはできないし、ましてや彼女を揺り起こすこともできないのだ。

頭上を見上げる。

屋上の鉄柵が見える。そこまでは、非常階段を使って上れるようだ。そこから入ることはできないだろうか？

足を寒さで震わせながら、階段を上った。

打ちっ放しのコンクリート屋根だった。

落下防止に屋根まわりは鉄柵になっているのは下から見上げた通りだ。

屋上の隅に未使用の消防ホースがとぐろを巻いたように置かれていた。それほど長いホースではない。長さが十メートルほどか。このホースを自分に巻きつけ、三階の窓まで下って助けることはできないかと想像した。もし、うまく菜都美を救い出しても、どうやって脱出すればいい？　すぐにそんな問題が浮上する。

屋上に上った頃から一段と風が強くなっている。階下に続くドアがあった。ノブに手ごたえはない。固く閉ざされているようだった。

その横に消防用の斧が落ちている。それで屋上のドアを開くことはできないか？

克則は斧に手を伸ばそうとした。しかし、そのとき、銀色のリングは、容赦なく克則の首を絞め始めたのだ。最近、そんな反応を起こすことは、なかなかなかったというのに。

バニッシング・リングは破壊行動を克則の意識から予測したのだろう。

斧を諦めると、輪は枷であることを現金にやめた。

自分の力ではなんともならないことを思い知らされた。

何故、こんなときに首を絞められなければならないのか不条理な気分に襲われる。大切な人の生命を救いたいだけなのに。

そんな遣瀬なさが苛立ちをつのらせる。

誰かに知らせなければ。

この状況を誰かに見てもらわなくては。

どうやって？　どうやって知らせる？

考えるんだ。方法を。何とかして、ここまで連れてくるんだ。

話しかけることはできない。バニッシング・リングに首を絞められるだけだ。

高い位置から下界を見下ろすと、正面に熊本駅の駅舎が見える。

あの下に交番があるのだ、ということを思い出した。

あの警官たちが来てくれれば……。

それで菜都美を救うことができる。

だが、ふっと克則は考える。ほぼ同時に思いついたことだ。

もし、その警官たちをここまで誘導することに成功して、菜都美の救出に成功したとしよう。そして、菜都美の意識が回復し、正常に戻れたとする。

そのとき……克則の予想が正しければ、二度と菜都美の心と克則の心が繋がることはない。

菜都美の声が克則に届くというのは、麻酔薬によって菜都美が異常な体調に陥ったときだけに起きる、奇跡のコンタクトだったにちがいない。

菜都美を救えるかもしれない。しかし、唯一の心の友を克則は永遠に失ってしまうことになる。

その可能性は、克則の心を大きく揺らす。そのときは、再び克則は孤独の世界に戻らなければならないことを意味するのだから。

だが、迷うことはない。

どんな方法を用いても、菜都美を救う。

それは、自分にしかできないことなのだ。この消失刑を受けることは、菜都美の生命を救うという意味があってのことだったのではないのか。そうであれば、自分の生命も、無意味なものではなかったことになる。

警官に知らせる方法は後で考える。

今は、彼女を救うために走り出すしかない。

駈け下りる克則は、それを瞬時に結論づけていた。

どうする。どうやって知らせる。そう自分に問いかけながら。結論は出していない。

非常階段を下りた克則は、道路へと走る。だが、道は、裏通りだ。ほとんど人の流れはない。駅前を目指す。足のふらつきはおさまっていないが、かまわない。一刻も無駄にすることはできない。

そのまま克則は熊本駅前、バス停留所横の交番を目指した。前方からの歩行者との間合いを器用に取りながら。安全な距離をすでに身体の方が憶えている。克則には、すでに消失刑で生活する術が身体に刻みこまれているということかもしれない。

実際、正月も二日の昼過ぎからは、帰省客が駅周辺に集中しはじめる。普段の克則であれば、足を向けるのを避ける環境だろう。

小走りで、両手に息を吹きかけ、かじかむ手を誤魔化した。それでも指先の冷気がおさまる筈もない。ズボンのポケットではなく、コートのポケットに手を入れた。

何か入っている。

右手に触れた細いものを出した。

体温計と細い容器に入った〝何か〟だ。

何故こんなものが入っていたのだろう。

思い返してみる。体温計を使ったのは、熱発したとき。あのときは、熱に浮かされた状態で泰平橋下の河原に小石を積みに出かけた。

可能性としてはあのときしかない。河原に出かけるとき、無意識のうちに机に置いていた体温計をポケットに入れてしまった。もう一つの細いガラス容器も体温計の横に置いておいたものだろう。

あの容器は……そうだ…中原彩奈がボーイフレンドの愛車から投げ捨てた……香水の携帯用容器だ。確か、ミツコという名前の。結果的に克則が暴行を加えてしまった彩奈の元彼氏のプレゼントの品。それがポケットの中にあるなんて。なんと皮肉なことだろう。

再び、ポケットの中に収めた。

交番は、もうすぐ目の前だ。

疾走しつつ、克則は交番の中へ飛びこもうと試みる。

走れる。勢いをつけた。そして、交番の入口に近付いたとき。

首輪が締まった。

首の骨が折れたかと思うほどの衝撃が走り、克則は身を折るように道路の端に突っ伏した。

警官に知らせるどころか、交番へも入れない。

喉の輪っかが緩み、視界が戻ると、克則はあらためて交番内を窺った。

警官が三人。そして目を疑った。

荒戸和芳が椅子に座っていた。荒戸は不貞腐れたような態度だ。取調べを受けているように見えた。三人の中で一番若い警官が荒戸の前に座っているが、顔をしかめているのは、よほど荒戸の異臭が凄まじいということか。後の二人は立ち上がって街頭を眺めたり、書類を作成したりというところだった。

もし、三人が駆けつけてくれれば……。警官一人では心もとないが、三人ならば、事態は変る気がする。

しかし、どうすれば三人の警官を廃病院へ連れていくことができるのだ。

何故、荒戸がいるのかということは、朧気ながらわかる。克則の耳に〝賽銭盗ったら〟とか、〝悪いとわかってたんだろ〟という台詞が聞こえてきたから、神社の賽銭泥棒をやっている現行犯で連れてこられたらしい。

盗っちゃいません。お詣りに行って、小銭が参道に転がったのを拾っただけですよ、と荒戸が言うのが耳に届くが、これも盗人にも三分の理というやつだろうか？

荒戸の視線は、気のない様子で若い警官の奥のモニター映像に向いている。四分割の映像だ。

そうだ。監視カメラなら自分の姿が映し出された。しかし……誰も気付かなかったではないか。ホームレスがふざけているとしか思ってくれなかった。

いや……物は試しだ。

克則は、金属ポール上の監視カメラの近くへ走っていき、カメラに手を振る。道路に横になる。逆立ちをやってみせる。それから、交番を見やる。荒戸がぼんやりとモニター画面を見ていたが、特別に、それ以上の反応は何も示さない。

気付いてくれ！　と叫びたい。どうやったら自分の存在をわかってくれるのだ。もう時間がない。すべてが手遅れになってしまう。

菜都美を救うことができない。

どうすれば、わかってくれる。自分の存在を……。

そのとき、電撃のように、そのアイデアが閃（ひらめ）いた。

それを実行するしかない。

迷ったのは、今の最悪の寒さだった。しかし、他に方法はない。この方法なら、警官たちも克則に注意を向けないわけにはいかない。

克則は覚悟を決めた。

一枚ずつ服を脱ぐ。上半身が裸になって、身体がぶるぶると震え始めた。それでも、ズボンを脱ぐ。パンツを脱ぐと、まさに素っ裸だ。

耐えがたい寒さだった。その場で克則はマラソンするように両足を交互に上げた。

尋常な行動でないことは承知の上だ。これで警官たちは、モニター画面の克則を見つければ看過ごすことはできない筈だ。

24

素っ裸の克則は、交番内を注視した。全身を激しく動かしながら。じっとしたままなら、凍えてしまう。両腕と両足を全力で振りまわす。

最初に克則に気がついたのは、荒戸和芳だ。そのモニター映像は克則自身にも見えた。なんと滑稽な。そして悲惨な姿であることか。まるで、羽根を抜きとられた痩せた老鶏のようにしか見えないのだ。セックスアピールなどとは程遠い醜悪な姿だ。刑期を終えても解放されない事情が自分をこんな姿に変貌させたのか、と克則は自己嫌悪に陥りそうになるが、とりあえず、邪念を振り払う。

一刻も早く菜都美を救出することが、最優先だ。そのためには手段は選ばない、と言い聞かせた。

荒戸は、半ば腰を浮かし、モニター画面を指差していた。全裸の克則に気がついたのだ。

そうだ！　荒戸！

もっと、騒いでくれ！

克則は、念じていた。

荒戸が振り返る。克則の立っているあたりをまじまじと見る。しかし、克則の姿は見えないらしい。それから、モニター画面に視線を戻す。また振り返る。

それから、はっきりと大声で荒戸は言った。

荒戸は感極まっていた。

「もののけが……俺を助けてくれたもののけが、……そこにいるんだよ。交番の前に！」

荒戸には、わかったのだ。これが、ホームレス狩りから自分を救ってくれた〝見えない〟もののけなのだと。警官たちだけであれば克則の存在には気付いていなかったかもしれない。

克則は、涙を流さんばかりに嬉しかった。

荒戸！　ありがとう。

そう、心の中で叫ぶ。

警官たちは三人とも、騒ぎ出した荒戸に注目していた。目を見開いて、信じられないといった様子だ。

「ほら、もののけだよ。テレビには映ってるだろ。素っ裸だよ。でも、映ってる筈の場所にはいないんだよ。どうだい」

三人の警官も、モニター画面と克則の位置を交互に眺めていた。自分の目を疑っていたにちがいない。肉眼では克則は見えない。しかし、モニター画面では全裸の男が映っている。

警官たちは、どうする……という様子で顔を見合わせていた。状況を理解できないらしい。

克則は、歯痒かった。急いで尾いてきてくれ。そう叫びたかった。

それを代わりに言ってくれたのが荒戸和芳だった。

「もののけ、何か言いたがっているよ。もののけは、何か知らないが言いたいことがあるんだよ。聞いてやれよ。聞いてやらなくちゃなんないよ。あいつの言うこと正しいからさ」

荒戸の話を聞いていた警官は納得できないようで首を捻った。

荒戸は、言い方を変えた。

「じゃあ、どうするんだ。全裸の男が手招きしているのを取り締まりもせずに、ほうっておくのかい？　全裸の男が駅前を歩くのは、公序良俗に反するんじゃないのかい？」

克則は、寒さに耐えるため、激しく足踏みしながら、両手で大きなジェスチャーで手招きする。

二人の警官が明らかに、これは異常事だと認めたようだ。交番から出てきた。そして、克則に近付いてくる。モニター画面と交互に克則がいる場所を見較べながら。

「私の目には見えませんが。いるのでしょうか？　先輩には見えますか？　全裸の男が」

「いや、見えない。しかし、……脱ぎ捨てられた服がある。あれが、モニターに映っている全裸の男の服じゃないのか？」

もう一人の警官が、克則の囚人服を指差した。

「そのようであります。ということは、目に見えないが、誰かが存在しているということでありますか？」

克則は、それ以上、警官たちに近付けないのがまどろっこしいが、確実に克則がいることはわかって貰えたと思える。そして、何より嬉しいことがあった。「待て！ どこへ行く」と交番で声があがる。荒戸が交番から飛び出したのだ。

「あんた達じゃわからない。もののけは、おれに助けを求めてるんだ。じっとしてるわけにはいかんだろう」と荒戸が叫ぶ。仕方なく取調べの警官も追って外へと出てきた。

克則の震えも限界に来ていた。あわてて、脱ぎ捨てた服を着る。

「消えました。脱ぎ捨てられていた服が消えました」

ここまでは、うまくいっている。三人の警官と、荒戸を外へと引っ張り出すことに成功したのだから。これから、どうやって菜都美のいる廃病院へ導けばいいのか？

三人の警官と荒戸は、克則の目と鼻の先にいる。克則は話しかけることもできない。それ以上、接近することもできない。

今まで、克則の囚人服が脱ぎ捨てられていたあたりを見下ろしているのだ。

「確かに、ここに服がありましたが、消えております」

あたりを見回すが、やはり、克則は見えないのだ。

荒戸だけが、「もののけは、何か言いたいんだよ。聞いてやれ。耳を貸してやれよ。俺の大恩人なんだから」と鼻息を荒くしているが。警官たちは「耳を貸そうにも、気配もない」とその位置から交番のモニター画面を見ようとするが、生憎（あいにく）、死角になってしまい確認できないのだ。

このままであれば、警官たちは、交番内へ再び引き返してしまう。方法を考えろ。

克則が、ポケットから取り出したもの。それは無意識の結果だった。掌（てのひら）の中のそれ。

——これが使える。

中原彩奈の携帯用の香水だ。

蓋をひねる。中からプッシュ式の吹出し口が出てくる。それを克則は自分に向けた。人差し指で押すと、霧状に香水が噴き出されてくる。甘酸っぱいような匂いだ。「ミツコ」という名の香水。少しであれば、甘酸（あまず）っぱい匂いかもしれないが、克則が続けざまに吹きつけると、強烈な匂いに変化する。香水という生易しいものと思えなかった。

それは、三人の警官にも未知の存在を知らしめる結果になった。

「何だ。この匂いは？」

「異臭です。異臭です」

香水だけの匂いではない。克則自身の汚れた体臭とミックスされた結果の匂いなのだ。喩（たと）えようのないものの筈だろう。加えて、警官たちにしても、普段、香水など嗅ぐ機会もあまりないようだった。

「もののけだよ。もののけの臭いだよ。こんなことやるってのは、余程、もののけが伝えたいことがあるんじゃないか？　しかも、あんたたち、おまわりさんに伝えたいってことをよく考えてみなよ」

荒戸が、そこまで、痒いところに手が届くように口添えしてくれるとは思わなかった。

尾いて来てくれ。菜都美が囚われている廃病院まで。

克則だけでは、ここまでうまく話が運ぶ筈はなかった。ゆっくりと移動する。

「もののけの臭いですか？　これ？　先輩、あちらに臭いが逃げていきます」

克則があたりを見回すと、通行人たちが、克則を見ていた。

いや、見ているのではない。発生源のわからない異臭の位置を探しているのだ。それが、視線が不思議と克則の方向に集中しているのだ。

「あちらです。間違いありません」

若い警官は、通行人の視線を追っているのだ。そして近付くと叫ぶ。「確かに、匂いが移動しています。こちらに間違いありません。あ、強くこちらで匂います」

三人の警官とホームレスの荒戸の集団は、正確に克則の後を追ってくる。

克則には、まるでそれが奇跡のように思えた。これまで、様々な方法を試してきた。自分の意思を伝えようと。それが、ことごとく失敗してきた。それが、今、曲がりなりにもなんとか伝わろうとしている。

それも、ホームレスの荒戸の先導によって。

今もそうだ。

荒戸が、先を急ごうとする克則の位置を正確に把握している様子なのは驚きだった。

「ほ、ほんとうに、こっちにいるのか？　まちがいないのか？」と警官の一人が、眉をひそめて息をきらしながら荒戸に問いかける。

「俺ぁ、何度もものけと会ってるんですよ、普通の仲じゃないんだ。わかるんですよ。わかるようになっちまってるんですよ」と言っているが、それも満更、嘘ではないなと思えてしまう。そして、鼻を中空に向けて大きく空気を吸い込み「こっちだあ」と、克則のいる方角を指差すのだ。それが、また適確に当たっているから克則は嬉しくなる。

あまり、警官たちと距離をとってしまうと克則の匂いが届かなくなる。それでは、まずい。

克則は電車通りを渡りかけつつも、通りの中央で立ち止まった。通りの中央は、二車線の市電の軌道敷設の中央とも言えるのだ。

左右を自動車が行き来はするが、不思議なことに、レールの上り下りの間を自動車は走ろうとしない。克則は通りの向こう側へ渡る横断歩道のその位置に立っていた。そして願うように、彼らに見えないとわかっていても手招きした。

警官たちと荒戸が通りを渡り始めたときは、克則は小躍りしそうだった。

もう菜都美が囚われている廃病院は目と鼻の先なのだ。

だが……。

「匂いが消えたぞ。こちらじゃないんじゃないか？」

歩きながら、もう数歩で市電の通りを渡りきるというのに、警官の一人がそう言う。

「いや、こちらです。自分には、はっきり匂うであります」

そう若い警官が断固と言う。

克則は、あわてて彩奈の香水の容器を取り出した。さっきの香水は、もう匂いが飛んでしまったのだろうか？　それとも、皆、この匂いに慣れてしまって感じなくなってしまったのだろうか？

あらためて、克則は香水の残りを全量、自分の身体にかけた。

匂いが消えたと叫んだ警官が、あわてて訂正する。

「わかったぞ。たった今、こちらから匂った。間違いない」

そこで、荒戸がうなずき、右手の親指だけを立てて「グッド」と言うと、警官は白い歯を見せて思わず笑顔を浮かべていた。

後、数メートルのところだった。路地への曲がり角で、克則は警官たちを待った。廃病院は、そこから曲がらなくてはならない。

彼等は、わかってくれるだろうか？

だが、そこで一つの奇跡が起こった。

違いないのだ。

克則の足がよろめいたのだ。必死で動いてはいるものの衰弱した体力の身であることには違いないのだ。

角は、閉店したタバコ屋だった。そのシャッターに勢いよくぶつかったのだ。幸い、バニッシング・リングは状況を理解してくれたらしい。決して故意ではなかったと。

警官たちは、そのけたたましい音に驚き、克則を見ていた。いや、克則のいるあたりに視線を向けていた。

「あのあたりであります。います！　いますよ」と若い警官が指差す。

そこで角を曲がる。あと十数メートルで、廃病院にたどり着くのだ。

その位置で警官たちを待つ。荒戸は、克則を見逃すことはなかった。

「そっちだよ。もののけが、こっちに呼んでいるよ。匂うだろ」と指差してくれた。

そこまでは警官たちを導けた。

克則は、自分の胸がどきどきするのを感じていた。

菜都美をもうすぐ救うことができる。しかし、いかにすれば、警官たちを廃病院に踏みこませることができるだろう。

「ここは、二本木病院だったところですよ」と警官の一人が言う。「もう、閉院してますよ。数年前に経営に行き詰まって。いずれ、周りと同じようにこのあたりも再開発されるのではないでしょうか？」

「それで、鉄条網まで張られているのか。古い建物だなあ」

「このあたりは空襲に遭ってないところもありますから。古い作りの病院ですね。隣接した日本家屋が診療所だったのでしょうな。老朽化したビル部分が、病院で。昭和初期かなあ。建てられたのは」

三人の警官と荒戸は、廃病院の近くまでは来たものの、病院の敷地内までは入って来ようとしない。確かに、日本家屋の部分は、かつては外来患者のための診療所だったようにも見える。侵入者を防ぐための外観から判断する限り、あえて、廃病院の中を窺うという気は起きないらしい。

建物の向こう側にまわれば、駐車している二台のライトバンが見える筈だが、この位置では、それは確認できない。

「もののけは、気配を消したんじゃないのか？」

荒戸は、そう言われるが返答に窮している。

「いるよ。そこに。何かを伝えたいんだよ」

克則が彼等に近付くと、荒戸は、そう答えたが、それ以上の進展は望めない。

「あまり匂わなくなったようだが」

肩幅の広い警官がそう言ってあたりを見回す。香水を嗅ぎすぎて、嗅覚が鈍感になってしまったらしい。後二人の警官もうなずいていた。

このまま警官を帰してしまうわけにはいかない。折角、ここまで彼らを誘導できたというのに。これまでの苦労が水の泡になってしまう。

どうすればいい。どうすれば気付いて貰える。

ここまでやれたのに。最後の詰めができないなんて。声も出せない。触れることもできない。体当たりできないのか？　それを想像しただけでリングが締まり始める。菜都美を救うためなら死も覚悟する。しかし……肉体は苦痛を避けたがるのだ。

もう、それしか方法はないと考えていた。

どんなに肉体が痛みを厭がっても、それしか伝える方法がなければ、選択せざるを得ない。自分に痛みを厭がる余裕を与えなければいい。

とにかく、廃病院内部へ警官たちを踏みこませることを最優先する。自分にできることは、いずれにしてもそこまでだ。だが、なんとか、そこまではやりとげたい……。

克則は、そんな祈りを繰り返していた。

病棟であった老朽ビルを見上げる。

克則には、もう一刻もためらうことが許されていなかった。幸い三人の警官と荒戸和芳は、その場に立ち止まり、それぞれの意見を勝手に述べ合っている。それも、一人は全裸で交番の前にいた謎の人物の行方だったり、一人はもののけの正体についてだったり、他の一人はこれから何を探せばいいのか、という意見だったりで、それぞれが嚙み合っていないのだ。

そのまま、そこで待っていて欲しい。

克則は走る。そして非常階段を目指す。それから、おかまいなしに階段を駆け上る。階段は金属の軋み音をぎしぎしと発する。この音が、地上の四人の耳に届いてくれれば一番いいのだが、それはかなわないようだ。駅方向からの雑音と寒風が遮ってしまうらしい。おかまいなしに、克則は上り続ける。菜都美が幽閉されている筈の三階の鉄扉の前で、克則の速度が緩んだ。

しかし、ここでは、どうしようもない。そのときの目的地は克則にとっては屋上なのだ。今は、菜都美が無事であることを願うばかりだ。

地上を見下ろす。

警官たちと荒戸は、まだ同じ場所にいる。だが、廃病院には何の注意も向けていないようだ。

待ってろ！

頼むから、そこを動かないでくれ！

克則は、屋上にたどり着いた。

そこで克則は目的のものを見つけた。

未使用の消防ホースだ。

迷わずに、そのホースを手にとる。それから、ホースを屋上から垂らす。

見てくれ！　ここだ！

そう克則は叫びたかった。

しかし、警官たちは、頭上の廃病院のホースなどに注意を向けることはない。ホースを振ろうとした。それはできない。ゆっくりと首のリングが締まろうとするのがわかる。

見下ろすと、そのホースの先端が、三階まで下がっているのだ。

このホースの次の利用法を試すときが来た。克則は、これが最後の手段だと、非常階段を駆け上りながら考えていた。

悔いはない。

これまで、長いようで、短い一生だった。しかし、菜都美を知ることができて、自分の一生に守るべき存在を得ることができた。そんな彼女を自分が守りとおすことができるとしたら……。それほど素晴らしいことがあるだろうか？

消失刑に処されたことも、予期せぬ形で消失刑の刑期が狂ってしまったことも、すべてに意味があったと思えてくる。

意味とは、自分にとって一番大事な女性、高塚菜都美を救うことなのだから。

急いで消防ホースを再び引上げた。

屋上の鉄柵に、ホースの端を結びつけた。その強度を確認して、ちょうど三階へ届く長さでホースを自分の身体に巻きつけた。バニッシング・リングは締まらない。

できた！　克則は、そのまま、屋上の鉄柵を越える。

克則の発想は、こうだった。このままできるだけ遠くにジャンプする。結果的に三階の窓ガラスを割ることができる筈だった。そうすれば、どんなに鈍くても地上の三人の警官たちと荒戸は異変に気がついてくれる筈だと克則は踏んでいた。

だが、自分は、どうなるだろう。三階の窓ガラスをうまく割れるだろうか？　そして、ホースが切れてしまう可能性はないのか。

鉄柵に結んだホースを思いきり引いた。

ホースが切れる恐れはない。しかし、鉄柵の腐蝕が進んでいるのだ。鈍い音がして、鉄柵が埋めこまれたコンクリート部分が二ヶ所ほど浮き上がった。不安な状況だった。瞬間的な荷重は、さらに凄まじそうなのだから。

迷う余裕はなかった。

乾いた音が響く。非常階段を誰かが上ってこようとしている。

姿が見えた。マスクをした三白眼の男。白衣を着て、右手にはメスを握っていた。

浅山だ。

彼は、三階の窓の外に消火用ホースが垂れ下がったのを目撃したらしい。あわてて、屋上に駈け上ったのだ。

克則は祈った。南無三。皆、気がついてくれ。そう祈るとバニッシング・リングが締まり始めた。そのときは、すでに克則は、鉄柵の向こうへ身を投げていた。

ガラスの破砕音を、はっきりと克則は自分の耳で聞いた。首に何かが刺さるのを感じた。ガラスだろうか？

出血しているかどうかは、どうでもよかった。出血したら、その血は第三者には見えるのだろうか？　それだけが気になったことだ。

宙をくるくると回るのがわかる。そして身体に巻きつけた消火ホースがはずれたのがわかった。病院の外を落下しているのだ。

数瞬後、克則は衝撃を受け、意識を失った。

エピローグ

高塚菜都美がはっきりと意識を取り戻したのは、救急病院のベッドの中でのことだ。

そこで、彼女は、自分がどのような危険な立場に置かれていたのか初めて聞かされた。

十一月に、誘拐された時点から彼女は薬品を使って昏睡状態にさせられていたという。

意識を取り戻したのは、年が明けてのことなので、ずいぶん長いこと意識をなくしていたことになる。

監禁されていたのは、熊本駅近くの今は閉鎖された病院の内部だったと知った。そこに、菜都美のような若い男女が、十名近く眠らされていたとのことだった。

誘拐犯は、医学生のグループだった。計七名もの組織的犯行で、信じられないことに金を稼ぐために臓器売買の目的で菜都美のような健康な男女を拉致監禁していたということだった。

「共通していたのは、閉院になった医者の子供たちばかりだったことですよ。学費を稼ぐために、こんなことをやり始めたらしい。

自白によると、次の犠牲者は高塚さんだったらしいですよ」

聞かされなければ、菜都美には、状況は、まったくわからなかった。

ただ、この事件は、あまりにも異常で身勝手な犯罪ということで、しばらく全国的にも話題になり、ワイドショーのネタとして騒がれたという。

自分は、たまたまパトロール中の警察官たちに発見、保護されたのだと聞かされた。奇跡的に発見した警官たちの機敏な行動のおかげで、一命を取りとめることができたのだと。

「本当にお前は運がよかったよ。話を聞いただけで、血が凍りそうになるよ」と母親は脅えながら言ったものだ。

しかし、その間のことを思い出そうとすると、菜都美の心の奥の方は、現実に彼女が受けていた仕打ちとは裏腹に、温かいもので満たされる。

断片的に蘇ってくる単語や名前があった。〈消失刑〉というものだったり、〈克則〉という名前らしいものだ。そんな耳慣れない刑罰のことをどう説明すればいいものやら、あやふやでしかないのだ。

ただ、いつも〈克則〉という人に励まされていたような気がするのだが。

果して実在していたのだろうか？

「〈消失刑〉って刑罰は、存在するんですか？」

事情聴取に訪れた刑事に、ベッドで起きあがった菜都美は訊ねたのだが、管轄外のことだから、と否定も肯定もされなかったから、真実はわかる筈もない。

別の刑事からは、「それは犯人たちが使用した薬品による幻覚なのかもしれませんね」とさえ言われたほどだ。

〈消失刑〉などという突飛な刑罰など、存在する筈がないのだろうか？　やはり、刑事が言ったように、幻覚の中で存在した人物なのだろうか？　〈克則〉という人は、実在しない……。

日常に復帰した菜都美が、閃光のように、そのことを思い出したのは、それから二ヶ月も経過してのことだ。

〈克則〉という人物は、自分を救ってくれた。それが、わかる。

自分の生命を賭してまで。

そんな事実が、一瞬の閃光の中に含まれていたのだ。〈克則〉という人は、夢幻の中で常に自分を支えてくれたではないか？

絶対に彼は、実在したのだ。幻覚であるはずはない。

閃光の中で、〈克則〉が言っていたこと。彼が実在するという証拠。それが、蘇った。

その日曜日の午後、菜都美は白川沿いに来ていた。〈克則〉が実在したことを確認したい……ただそれだけのために。

確信はない。彼が存在した記録はない。だがその場所に行けば、自分が正しかったことを、確認できると彼女は思っている。

どのような形で確認できるのか……足を延ばしてみないとわからないが……。

見下ろすと河原は一面の花畑だった。手前にすずしろの小さな白い花弁が広がる。川沿いでは菜の花の黄色が帯のように見える。

そして、柳の木の群生を菜都美は見つけた。

「あれだ」

思わず、叫びそうになった。夢の中で〈克則〉に言われた柳の木のことを思い出した。

しかし、偶然とは言えないだろうか？　かつて、目にしたことのある風景が意識下に刷りこまれていた結果ではないか。それを架空の〈克則〉という人物の言葉に混同させてしまった可能性はある。

それを確認する方法は、一つしかない。柳の木に近付けばわかる……そう意識の底で、菜都美自身が叫んでいた。

泰平橋の横から河原へと続く階段を下りていく。菜都美の足首まで、白いすずしろの花が、覆う。かまわずに彼女は、柳の木の群生へ向かって歩き続けた。

菜の花に囲まれた柳の木々の中央を見たとき、菜都美は思わず口許に手をあてた。

そこにあったのは、無数の小石が積まれてできたピラミッド。

とても自然にできたものではない。誰かがある目的を持って積んだものだと一目でわかる。

そしてこの小石を積んだ誰かこそ……。

このことを〈克則〉は夢の中で言っていたのだ。

「やはり、克則さんは、私を救ってくれたんですね。夢じゃ……なかったんだ。克則さん……。ありがとう」

しかし、夢でなかったとして……浅見克則は、どうなったのだろう。その後、彼と心が繋がることもない。声が聞こえることもない……。ひょっとして浅見克則は、すでにこの世に存在しないということなのだろうか？　そう。克則の話が本当ならば、人は一人で、そんな極限の状況の中で生きていける筈はないのだ。

菜都美が、両掌を合わせたときだった。

ピラミッドの上で、カツンと乾いた音が響いた。

彼女が、そちらに顔を向けると、小石が一個、音を立てながら菜都美の足元まで転がって来たのだった。

偶然？

菜都美は思った。小石のピラミッドを凝視する。すると、目に見えない何かがぶつかったように石のピラミッドが崩れた。目に見えない何かがいる。確かにいる……。それは……。

「克則さん。克則さんね。そこに、本当にいるのね」

菜都美は思わず声をあげていた。間違いない。

それに答えるように、もう一度、小石がカツンと転がった。

孤独と愛の物語

森下一仁（もりしたかつひと）
（作　家）

消失刑。

それは罪を犯した人間を「見えない存在」にしてしまう刑罰である。

この刑を選択した者は刑務所を出て自宅で暮らすことが許される。しかし首につけられたバニッシング・リングの働きによって、他人にその姿は見えない。リングは受刑者の意図を読みとり、人と関わるといった禁止行動をとろうとすると、首を強く締め付けて阻止する。他人と触れ合うことなく、静かに暮らすことが刑の絶対的な条件なのだ。

受刑者は「存在しない人間」として社会の裏側でひっそりと生きるしかない。完全な孤独である。刑務所に居れば、たとえ独房に入れられようと、最低限、刑務官との接触はある。そんなささやかな関係さえ絶たれ、たったひとりで暮らすことを強いられるのだ。

これがどんなにつらいことか。著者はその様子をまざまざと描きだす。

つまり、これは孤独についての物語なのだ。「透明人間」というＳＦのアイデアを応用することで、孤独のつらさが鮮やかに浮き彫りにされる。

作者である梶尾真治にとって、この題材は特異なものといえるのではないか。

デビュー作「美亜へ贈る真珠」以来、梶尾さんは「愛の作家」というイメージが強い。その一方で羽目を外したドタバタを繰り広げるスラップスティックSFも得意としている。また『サラマンダー殲滅』や『OKAGE』のように迫力のあるストーリー性を打ち出した長編群もある。

デビュー以来半世紀あまり。刊行数七十を優に超える作品を生み出してきた梶尾さんは、さまざまな物語を創り出している。どのようなテーマも例外的ではあり得ないといっていいかもしれない。

それでも、人間をむしばむ孤独について語るこの物語は、バラエティ豊かな梶尾作品の中でも異彩を放っているように、私には思える。

なぜこのような作品が書かれたのか？

愚を承知で勝手な想像をめぐらすことを許してもらえば、それは「限りある人生」という現実と直面したからではなかったか。

もともとこの小説は雑誌〈小説宝石〉の二〇〇八年八月号から翌年七月号まで連載されたものだ。一九四七年生まれの梶尾さんが還暦を過ぎた頃である。老いの入り口にさしかかっていたといっていいだろう。

この歳になると、人はどうしても体の不調を感じたり、やがて直面する死について考えたりするようになる。我らがカジシンにしても例外ではなかっただろう。

そんな事情がこの『ボクハ・ココニ・イマス』の背景にあるのではないかと、私は勝手に想像してしまうのです。エンターテインメント小説に個人的事情を重ねて読むのは、作者にとって心外かもしれない。けれども、社会から隔てられてゆく焦燥や寂寥感は、経験しなくてはわからない部分があるように思えてならないのだ。

ちょっと脱線してしまった。話を作品の内容に戻しましょう。

主人公・浅見克則の孤独をさらに切実なものにする要因として、彼の暮らす街が熊本市に設定されていることは、どうしても指摘しておかなければならない。

いうまでもなく、熊本は著者の梶尾真治さんが生まれ育ち、今も暮らす街だ。住む家があり、仕事場があり、散歩や買いもので歩く道がある。この作品で描かれる熊本の街には、そうした生活の実感が色濃く漂っている。気心の知れた人々の息づかいが感じられる場所であるだけに、誰とも触れ合わず生きる切なさがいやおうなく募るのだ。

『黄泉がえり』や『つばき、時跳び』など、熊本を舞台とする梶尾作品は多い。地図を傍らに置いて楽しむ人もいるのではないだろうか（私もその一人です）。この『ボクハ・ココニ・イマス』も、そうした梶尾さんの「熊本もの」として貴重な位置を占めている。

振り返ってみれば、熊本ものの嚆矢は〈S-Fマガジン〉一九七八年十一月号掲載の「清太郎出初式」（『地球はプレイン・ヨーグルト』などに収録）だった。火星人が熊本に襲来するという時代SFで、H・G・ウェルズの古典的名作『宇宙戦争』へのオマージュとなっている。

だがウェルズといえば、ここでは『透明人間』を挙げておかなければならないだろう。『透明人間』は多くの追従作や新機軸を生み出しており、もはやひとつのジャンルといっていいほどだ。当然、『ボクハ・ココニ・イマス』もその中に含まれることになる。

ウェルズの透明人間は薬品によって化学的に人間の体を見えなくした。

一方、本書の消失刑では、受刑者の首に装着したリングが放つ特殊電波が周囲の人間の脳に働きかけることによって、受刑者の姿が見えなくなる。本文中では「装着者は盲点に入ったような状態になる」と、わかりやすい譬えで説明されている。

また、ウェルズの透明人間は、他人から見えないのをいいことに、自らの欲望を叶えようとして社会の脅威となる。しかし、本書の消失刑受刑者は人間社会から追放されている。一般人への働きかけは一切できない無力な存在だ。この点で両者は対照的な性格をもっているといえよう。その意味で『ボクハ・ココニ・イマス』は、『透明人間』とはまったく異なった人間のあり様を描く小説となっている。

刑罰ということならば、似通っているのはむしろ作品の中で言及されているロバート・シルヴァーバーグの「無視刑」だ。短編「見えない男」で描かれたこの刑は、罪人が透明人間になるわけではない。額につけられた刻印が無視刑囚であることを、常時、まわりの人々に告げている。市民は無視刑囚を無視することが義務づけられており、違反すると罪に問われる。だから誰も無視刑囚と関わろうとしない。そこにいるのに、いない者として扱うのである。

この短編はドラマシリーズ〈トワイライト・ゾーン〉で映像化されており、梶尾さんはかつてこのドラマを見たことがあったそうだ。消失刑というアイデアを思いつき、いざ書こうとして、このドラマのことを思い出したという。そこからシルヴァーバーグの短編にたどり着いたということのようだ（ご本人から教えていただきました）。似たような前例があるということで作品の中で紹介し、敬意を表しているのですね。

このように『ボクハ・ココニ・イマス』と「見えない男」はともに刑罰としての孤独という共通点をもっている。

だが、先に書いたように、梶尾真治はデビュー作「美亜へ贈る真珠」以来、ずっと「愛の作家」だ。そしてこの『ボクハ・ココニ・イマス』もまたやはり愛の物語なのである。

もしかしたら、この本を手にしている人の中には、雑誌連載や単行本ですでに内容を知っている方がおられるかもしれない。そしてそこに描かれた愛がとても哀しいものだったという記憶をお持ちの方もいるのではないだろうか。

しかし本書でもう一度、この物語を読み終えた時、その印象はかなり変わっていると思う。作者は、熊本の街が時代によって変化してゆく様子とともに、主人公の愛の行方(ゆくえ)についても、さらに踏み込んだ描写を加えている。それによってぬくもりのある余韻(よいん)が生まれているのだ。

ということで、初めての方はもちろん、すでにお読みの方にも、カジシンが描く愛の世界をじゅうぶんに堪能(たんのう)できる傑作であることを保証いたします——というか、本文をすでに読み終えた方は、このことをじゅうぶんにご存じのはずですね。

初出　「小説宝石」二〇〇八年八月号～二〇〇九年七月号

二〇一〇年二月　光文社刊

光文社文庫

ボクハ・ココニ・イマス

著者　梶尾真治（かじおしんじ）

2023年7月20日　初版1刷発行

発行者　三宅貴久
印刷　堀内印刷
製本　榎本製本

発行所　株式会社　光文社
〒112-8011　東京都文京区音羽1-16-6
電話　(03)5395-8147　編集部
8116　書籍販売部
8125　業務部

ISBN978-4-334-79555-9　Printed in Japan

組版　萩原印刷